FRANKENSTEIN

Mary Shelley

FRANKENSTEIN

ou o Prometeu moderno

vitrola
Fic

Direção Editorial
Suzanne Borela

Tradução
Maria Luiza Nery

Capa
Marcus Pallas

Diagramação
Carol Palomo

Preparação
Alana Fernandes

Revisão e Assistência Editorial
Tayná Werlang De Carli

A ortografia deste livro segue o Acordo Ortográfico da Língua Portuguesa.

Dados Internacionais de Catalogação na Publicação (CIP)
(Câmara Brasileira do Livro, SP, Brasil)

Shelley, Mary W., 1797-1851
Frankenstein, ou, O Prometeu moderno / Mary W. Shelley ; tradução de Maria Luiza Nery. -- Frederico Westphalen, RS : Vitrola Editora, 2025.

Título original: Frankenstein, or, The modern prometheus.
ISBN 978-65-6030-080-4

1. Ficção inglesa I. Título. II. Título: O Prometeu moderno.

25-275993 CDD-823

Índices para catálogo sistemático:
1. Ficção : Literatura inglesa 823
Eliete Marques da Silva - Bibliotecária - CRB-8/9380

Vitrola Editora e Distribuidora Ltda.
Rua das Camélias, 321 — Aparecida — CEP: 98400-000
Frederico Westphalen — RS
Tel.: (55) 3744-6878 — www.vitrola.com.br

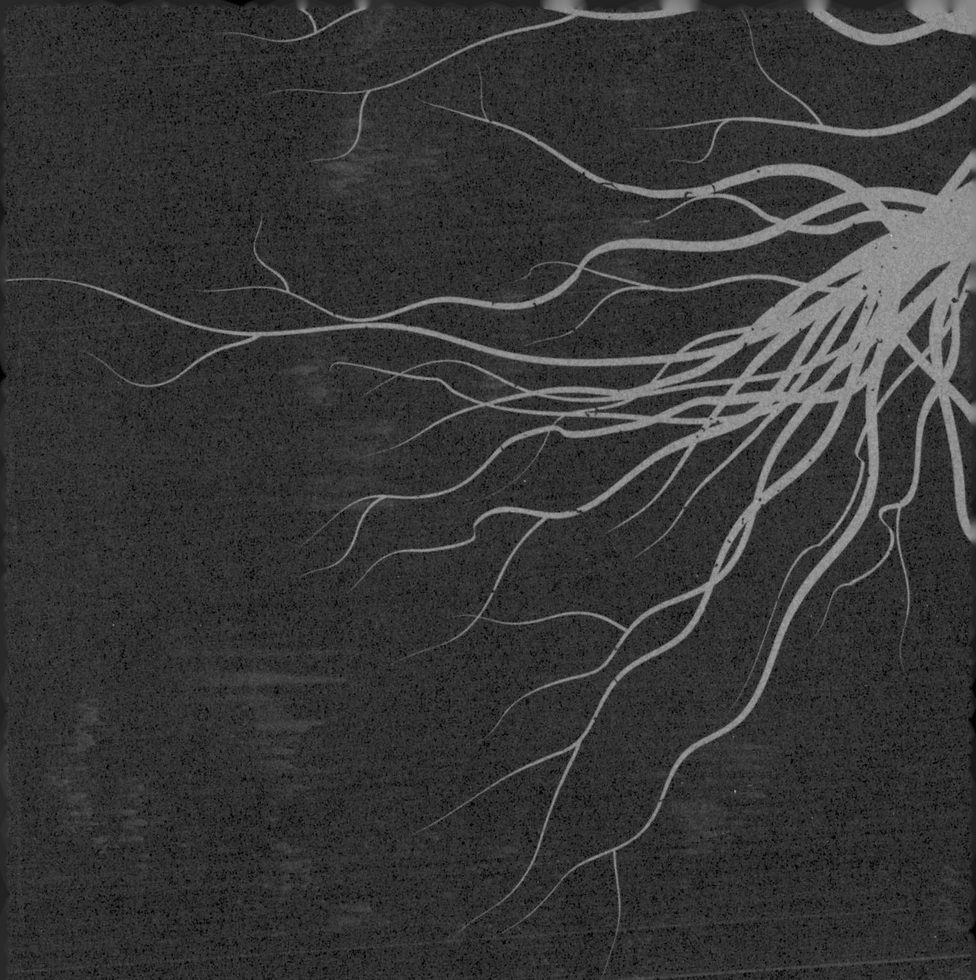

HÁ MUITAS COISAS QUE ESTAMOS SEMPRE PRESTES A DESCOBRIR SE A COVARDIA OU A INDIFERENÇA NÃO CRIAREM OBSTÁCULOS.

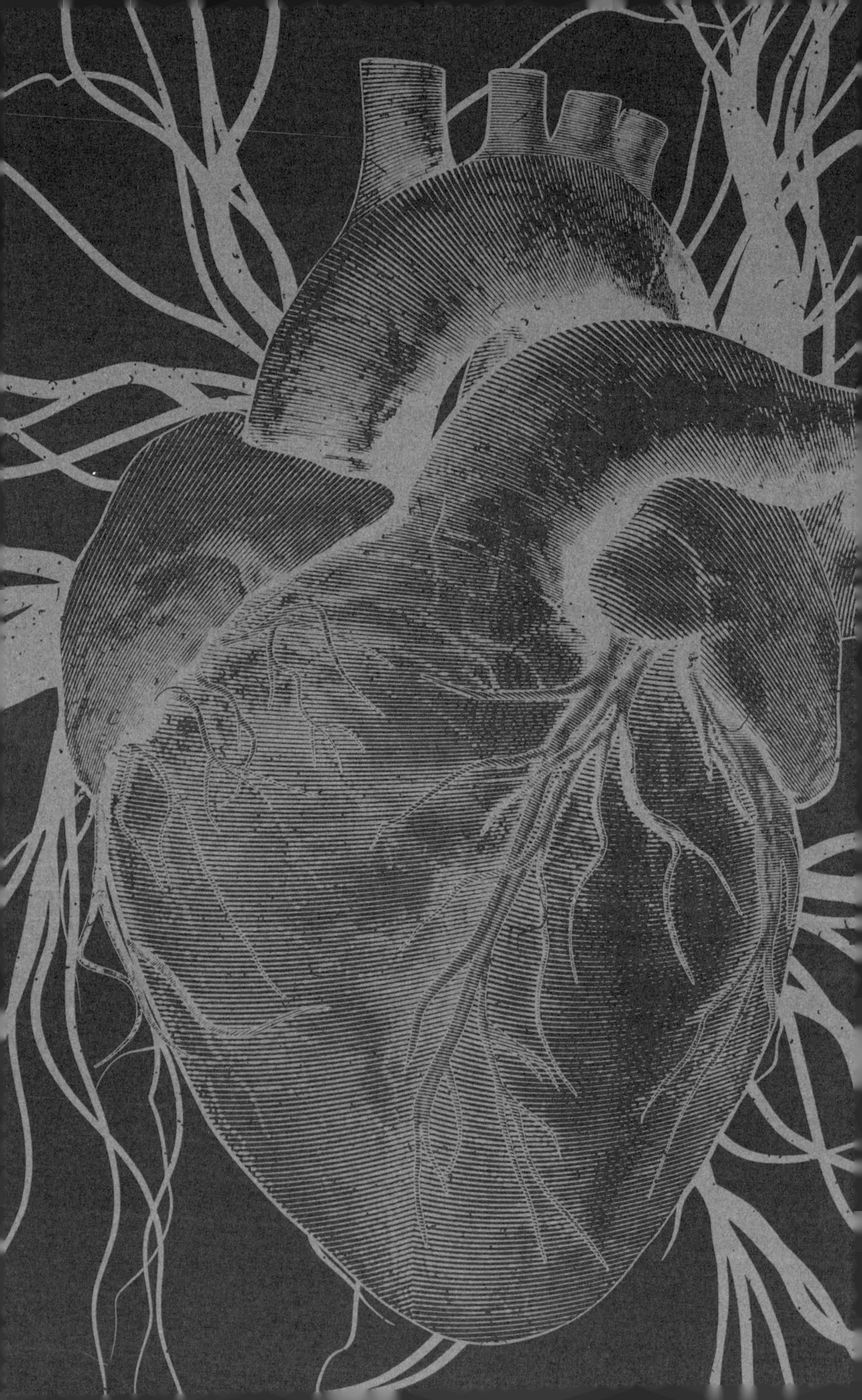

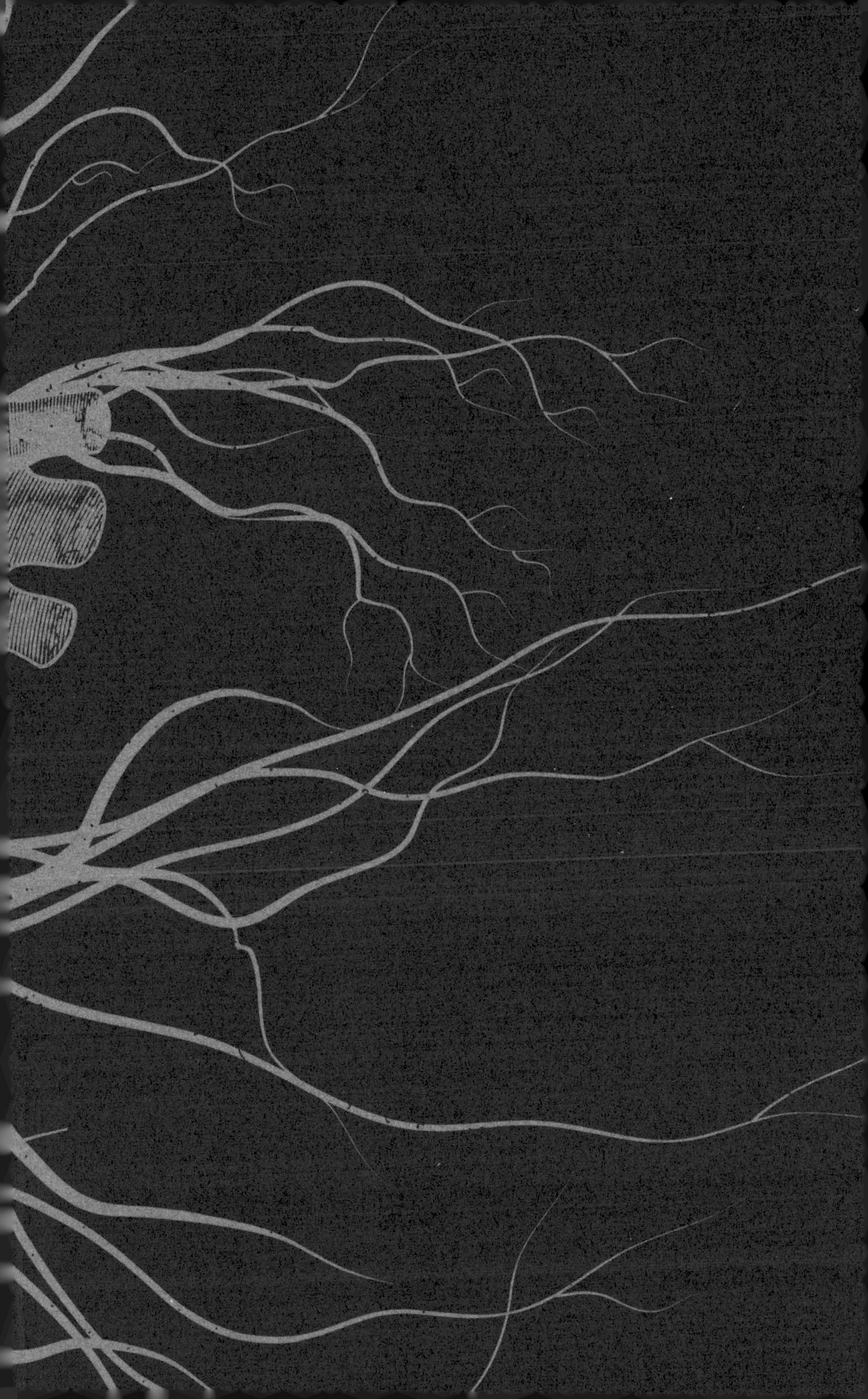

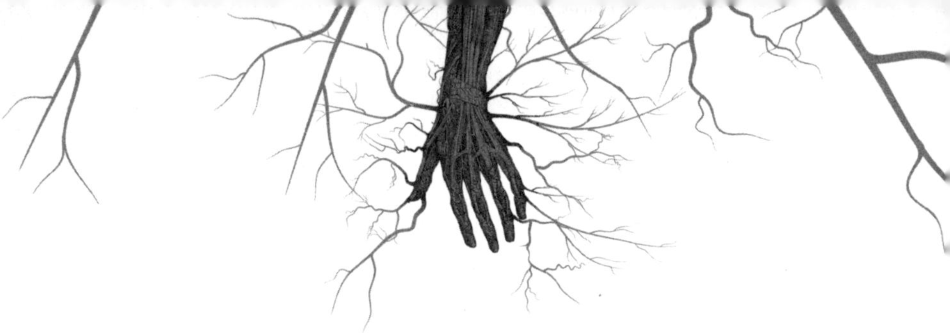

Introdução

Os editores da *Standard Novels*[1], ao selecionarem *Frankenstein* para uma de suas séries, expressaram seu desejo de que eu lhes fornecesse um relato acerca da origem da história. Estou mais do que disposta a aquiescer, pois assim darei uma resposta geral a essa questão, que tão frequentemente me fazem: como eu, ainda uma jovem, pude imaginar e desenvolver uma ideia tão hedionda? É verdade que sou muito avessa a me apresentar de forma escrita, mas, como meu relato aparecerá somente como apêndice de uma produção anterior e se limitará a temas que têm ligação apenas com a minha atuação como escritora, dificilmente posso acusar a mim mesma de uma intrusão pessoal.

Não é surpresa que eu, filha de duas pessoas de ilustre celebridade literária, tenha contemplado a ideia de escrever desde muito cedo. Quando criança, eu rabiscava, e meu passatempo favorito

1. *Standard Novels* foi uma série de romances publicados na Inglaterra, no início do século XIX, pela editora Richard Bentley. (Nota do Editor.)

durante as horas de recreação era "escrever histórias". Mas eu tinha um prazer ainda maior que este, que era construir castelos no céu — a indulgência de sonhar acordada — e seguir os trens do pensamento, que tinham por objetivo a formação de uma sucessão de incidentes imaginários. Meus sonhos eram, ao mesmo tempo, mais fantásticos e agradáveis que meus escritos. Eu era uma imitadora nessa última atividade — fazia o que outros já haviam feito em vez de colocar as sugestões de minha própria mente. O que eu escrevia, ao menos, era para outro par de olhos — o meu companheiro e amigo de infância —, mas meus sonhos eram apenas meus. Nunca os dividi com ninguém. Eram meu refúgio quando estava aborrecida, e meu mais caro prazer no tempo livre.

Vivi principalmente no campo quando menina, e passei um tempo considerável na Escócia. Visitei ocasionalmente as partes mais pitorescas, mas minha residência habitual era a vazia e sombria costa norte de Tay, perto de Dundee. Eu a chamo de vazia e sombria em retrospecto, não era como eu a via na época. Ela era meu recanto de liberdade, e a agradável região onde, longe da vista de outros, eu poderia comungar com as criaturas de minhas fantasias. Eu escrevia na época — mas no estilo mais comum. Era debaixo das árvores em nossa propriedade, ou nas clareiras sombrias das montanhas sem bosques na região, que minhas verdadeiras composições, os voos arejados de minha imaginação, nasciam e se abrigavam. Não fazia de mim mesma a heroína de minhas histórias. A vida me parecia um tanto comum, assim como eu. Não via como romances malfadados ou eventos maravilhosos pudessem ser parte de meu destino, mas tampouco estava confinada à minha identidade, e podia povoar minhas horas com criações muito mais interessantes para mim naquela idade do que minhas próprias sensações.

Depois disso, minha vida se tornou mais agitada, e a realidade tomou o lugar da ficção. Meu marido, porém, estava desde o início muito ansioso para que eu me provasse digna de minha filiação e entrasse eu mesma para a fama. Ele sempre me incitava a obter uma reputação literária, o que, em parte, também me preocupava na época, mas tornei-me infinitamente indiferente a isso desde então. Naquele tempo, ele queria que eu escrevesse, não tanto com a ideia de que eu pudesse produzir algo capaz de ser notado, mas para que ele mesmo julgasse quanto eu teria realmente a promessa de progredir a partir dali. Ainda assim, não fiz nada. Viajar e cuidar de minha família ocupavam meu tempo, e o estudo em forma de leitura, ou do desenvolvimento de minhas ideias em diálogo com a mente dele, tão melhor formada, era toda a forma de literatura que me prendia a atenção.

No verão de 1816, visitamos a Suíça, onde nos tornamos vizinhos de Lorde Byron. Passávamos nossas horas de lazer junto ao lago, ou passeando em suas margens, e Lorde Byron, que estava escrevendo o terceiro canto de *Childe Harold*[2], era o único entre nós que punha suas ideias no papel. Essas, que ele trouxe até nós sucessivamente, trajadas à luz e harmonia da poesia, pareciam ter as divinas glórias do céu e da Terra, de cujas influências partilhávamos.

Mas foi um verão úmido, monótono, e a chuva incessante nos confinou em casa por vários dias. Encontramos alguns volumes com histórias de fantasmas traduzidos do alemão para o francês.

2. *Childe Harold's Pilgrimage* é um poema escrito por Lord Byron entre 1812 e 1818, sendo uma das suas obras mais conhecidas e que consolidou a sua fama. O poema é uma longa narrativa composta por quatro cantos, e segue as viagens e as reflexões de um jovem nobre, Childe Harold, que se sente insatisfeito com a vida e parte para uma jornada de autoconhecimento e busca de significado. (N. do E.)

Havia a *História do amante inconstante*[3], que, pensando abraçar a noiva a quem fizera seus votos, viu-se nos braços do fantasma daquela a quem abandonara. Havia também o conto do fundador imoral de sua raça, cuja miserável condenação era dar o beijo da morte em todos os filhos mais novos de sua casa amaldiçoada, quando atingiam a maioridade. Sua forma gigante e sombria, vestida como o fantasma de Hamlet, com a armadura completa mas a viseira levantada, era vista à meia-noite, sob os raios da lua, avançando vagarosamente pela avenida lúgubre. A forma se perdia sob as sombras dos muros do castelo, mas logo um portão se abria, ouviam-se passos, a porta da câmara se desdobrava e ele avançava sobre a cama dos jovens florescentes, embalados em um profundo sono. Uma tristeza eterna recaía sobre seu rosto enquanto ele se inclinava e beijava a testa dos meninos, que murchavam como flores quebradas no caule. Nunca mais vi aquelas histórias, mas os incidentes narrados continuam frescos em minha mente, como se os tivesse lido ainda ontem.

"Vamos escrever nossas próprias histórias de fantasmas", disse Lorde Byron, e sua proposta foi aceita. Estávamos em quatro. O nobre autor começou um conto, um fragmento do qual ele imprimiu no final de seu poema de Mazeppa[4]. Shelley, mais apto a incorporar ideias e sentimentos na forma de imagens brilhantes e na música dos mais melodiosos versos que adornam a nossa língua do que inventar os imprevistos de uma história, começou um conto inspirado em suas experiências da juventude. O pobre Polidori

3. É um romance epistolar de autoria atribuída a Teresa Margarida da Silva e Orta, uma escritora portuguesa do século XVIII. A obra também é conhecida pelo título completo *História de Dom Carlos e D. Maria.* (N. do E.)

4. Poema narrativo escrito por Lord Byron em 1819, inspirado na figura histórica de Ivan Mazeppa, um líder político ucraniano do século XVII, que se tornou uma figura lendária na Europa Romântica. (N. do E.)

teve uma ideia terrível sobre uma dama com cabeça de caveira, punida por olhar pelo buraco da fechadura — não me recordo do que ela viu, foi algo certamente muito errado e chocante, mas quando foi reduzida a uma condição pior do que o renomado Tom de Coventry[5], ele não soube o que fazer com ela, e se viu obrigado a despachá-la para a tumba dos Capuletos[6], o único lugar em que ela se encaixava. Os ilustres poetas, aborrecidos pela banalidade da prosa, rapidamente abandonaram aquela desagradável tarefa.

Eu me ocupei em *criar uma história* — uma que fizesse frente às daquele que nos havia animado para tal tarefa. Uma que falasse aos misteriosos medos de nossa natureza e despertasse um horror arrepiante, que deixasse o leitor amedrontado de olhar à sua volta, que lhe coagulasse o sangue e lhe acelerasse o coração. Se eu não conseguisse aquelas reações, minha história de fantasma não seria digna de seu nome. Eu pensei e ponderei — em vão. Senti aquela vazia incapacidade de criar algo, que é a maior miséria deste ofício, quando o maçante *nada* responde às nossas ansiosas invocações. "Pensou em uma história?", perguntavam-me a cada manhã, e a cada manhã eu era forçada a responder com uma mortificante negativa.

Todas as coisas devem ter um começo, como diria Sancho Pança[7], e esse começo deve estar ligado a algo que veio antes. Os hindus dão ao mundo um elefante para sustentá-lo, mas o fazem

5. Trata-se de uma famosa lenda inglesa ligada à cidade de Coventry: a lenda de Lady Godiva. Ela conta como Lady Godiva cavalgou nua pelas ruas de Coventry para protestar contra os altos impostos cobrados por seu marido, o conde Leofric. Um personagem chamado Tom, o curioso, surge como parte dessa história. (N. do E.)

6. Os Capuletos são uma das famílias principais na tragédia *The Most Excellent and Lamentable Tragedy of Romeo and Juliet* (1597), de William Shakespeare. (N. do E.)

7. Sancho Pança é um dos personagens mais icônicos da literatura universal, conhecido por ser o fiel escudeiro de Dom Quixote, na obra *El ingenioso hidalgo Don Quixote de la Mancha* (1605), escrita por Miguel de Cervantes. (N. do E.)

ficar em pé sobre uma tartaruga. A invenção, devemos humildemente admitir, não consiste em criar algo a partir do nada, mas a partir do caos; os materiais devem, em primeiro lugar, ser proporcionados: podem dar forma a substâncias obscuras e disformes, mas não devem ser a substância em si. Em todos os aspectos da descoberta e invenção, mesmo aqueles que dizem respeito à imaginação, somos continuamente lembrados da história de Colombo e seu ovo[8]. A invenção consiste na habilidade de tirar proveito das capacidades de um objeto, e no poder de moldar e delinear ideias sugeridas a ele.

Várias e longas foram as conversas entre Lorde Byron e Shelley, das quais eu era uma devota e quase silenciosa ouvinte. Durante uma delas, várias doutrinas filosóficas foram discutidas, dentre as quais estava a natureza do princípio da vida, e se havia qualquer probabilidade de sua descoberta e divulgação. Falaram sobre os experimentos do dr. Darwin (não falarei sobre o que o doutor realmente fez, ou disse que fez, mas, para meu propósito, do que disseram que ele teria feito), que preservou um pedaço de *vermicelli* em um jarro de vidro, até que, por meios extraordinários, ele começou a se mover voluntariamente. Portanto, a vida é algo dado, afinal. Talvez um cadáver pudesse ser reanimado. O galvanismo era prenúncio disso: talvez as partes que compõem uma criatura pudessem ser fabricadas, postas juntas, e imbuídas de calor vital.

A noite avançou durante a conversa, e já passava de meia-noite quando nos recolhemos para descansar. Quando pousei a

8. Durante um jantar com a corte espanhola, Colombo foi desafiado pelos nobres céticos a provar a importância de suas descobertas. Para demonstrar a sua ideia, ele pediu que alguém colocasse um ovo em pé sobre a mesa. Quando ninguém conseguiu, ele quebrou a base do ovo, fazendo-o ficar em pé, e disse: "Assim foi com a descoberta das Américas. Depois de realizada, parece fácil, mas ninguém sabia como fazê-la até que ela fosse feita". (N. do E.)

cabeça no travesseiro, não dormi, mas não posso dizer que fiquei pensando. Minha imaginação selvagem me possuiu e me guiou, presenteando-me com imagens que surgiam em minha mente com uma vividez além daquela que é costumeira nos sonhos. Eu vi — com os olhos fechados, mas com uma precisa visão mental — um pálido estudante das artes profanas ajoelhado ao lado da coisa que havia montado. Vi o horrendo fantasma de um homem estendido que, sob o funcionamento de uma poderosa máquina, mostrava sinais de vida, e se mexia de forma inquieta, não totalmente vital. Deve ser assustador, pois seria deveras horripilante o efeito do esforço humano para zombar do estupendo mecanismo do Criador do mundo. Seu sucesso aterrorizaria o artista, e ele fugiria da odiosa criação de suas próprias mãos, estarrecido. Esperaria que, à sua própria sorte, a fagulha de vida que ele havia criado se apagaria, e que essa coisa, animada de forma imperfeita, se tornaria matéria morta, e ele dormiria acreditando que o silêncio do túmulo sufocaria para sempre a passageira existência do medonho cadáver que ele vira como o berço da vida. Ele dorme, mas é acordado. Abre os olhos. Contempla aquela coisa horrível em pé ao lado, abrindo as cortinas de sua cama, e o observando com olhos amarelos, lacrimejantes, mas especulativos.

Abri meus próprios olhos em terror. A ideia possuiu minha mente de tal forma que um arrepio de medo correu por mim, e eu desejei trocar a sinistra imagem em minha mente pelas realidades à minha volta. Ainda vejo o quarto, o assoalho escuro, as cortinas fechadas que a luz da lua se esforçava em atravessar, e o fato de que o lago espelhado e os altos e brancos Alpes estavam além delas. Eu não me livraria de meu horrível fantasma tão facilmente. Ele ainda me assombrava. Precisava pensar em outra coisa. Recorri à minha história de terror — minha cansativa, funesta história de fantasma! Oh, se eu pudesse ao menos criar algo que amedrontasse meu leitor da forma que fui amedrontada naquela noite!

A ideia me atingiu rápida e vibrantemente como um raio. "Encontrei! O que tanto me aterroriza também aterrorizará outros, e preciso apenas descrever o espectro que me assombrou essa noite." Pela manhã, anunciei que *eu havia pensado em uma história*. Comecei aquele dia com as palavras "Era uma sombria noite de novembro", apenas uma transcrição dos terrores obscuros de meu sonho lúcido.

De início, pensei em umas poucas páginas — um conto curto —, mas Shelley me encorajou a desenvolver mais a ideia. Não devo ao meu marido a sugestão de um incidente, nem mesmo de uma linha de pensamento; ainda assim, se não fosse por aquele incentivo, a história nunca teria tomado a forma com a qual se apresentou ao mundo. Devo fazer uma exceção a essa declaração quanto ao prefácio. Até onde me lembro, foi inteiramente escrito por ele.

E agora, mais uma vez, lanço minha horrenda criação para que siga em frente e prospere. Tenho afeição por ela, pois foi a cria de dias felizes, quando a morte e o luto não eram nada além de palavras, que não tinham espaço ou eco em meu coração. Várias de suas muitas páginas surgiram de uma caminhada, um passeio, uma conversa, quando eu não estava sozinha, e quando minha companhia era aquela a quem nunca mais verei neste mundo. Mas isto é para mim. Meus leitores nada têm a ver com essas associações.

Farei apenas um breve comentário quanto às alterações que fiz. São principalmente questões de estilo. Não mudei nenhum trecho da história, nem mesmo introduzi quaisquer novas ideias ou circunstâncias. Corrigi a linguagem onde estava tão crua a ponto de interferir nos interesses da narrativa, e essas mudanças ocorreram quase exclusivamente no início do primeiro volume. Elas estão inteiramente confinadas a tais partes, de modo que se tornam apenas adereços da história, deixando sua essência e substância intocadas.

M. W. S.
Londres, 15 de outubro de 1831

FRANKENSTEIN

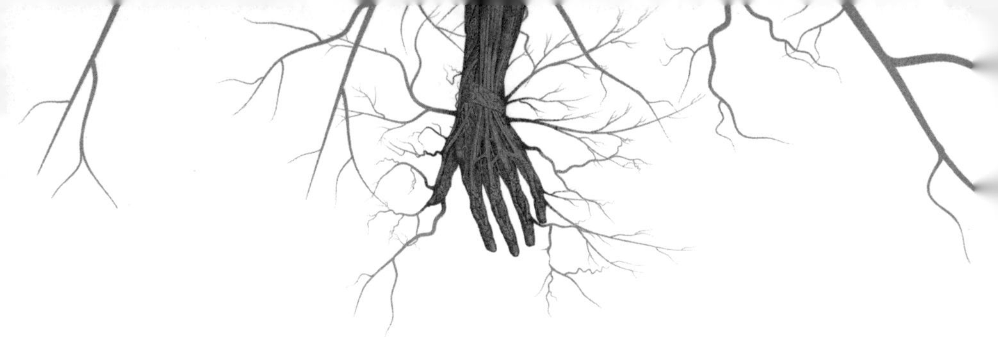

PREFÁCIO

O evento sobre o qual esta ficção é fundada, segundo suposições feitas pelo dr. Darwin e por alguns escritores germânicos do campo da fisiologia, não é considerado impossível. Não devo dar o mais remoto grau de seriedade a tal imaginação; ainda assim, acatando-a como base de uma obra fictícia, não considero estar folheando uma mera série de terrores sobrenaturais. O evento do qual depende esta história é isento das desvantagens de um mero conto de espectros e encantamentos. Foi recomendado pela novidade das situações que aqui se desenvolvem, e, embora seja impossível enquanto fato físico, emprega um ponto de vista imaginativo para delinear as paixões humanas mais compreensivas e exigentes do que qualquer uma daquelas que relações ordinárias de eventos reais podem produzir.

Procurei, portanto, preservar a verdade dos princípios elementares da natureza humana, sem esforçar-me para inovar em suas combinações. *A Ilíada*, a trágica poesia grega, Shakespeare em *A tempestade* e *Sonho de uma noite de verão*, e especialmente Milton, em *Paraíso perdido*, seguem essa regra, e o mais simples romancista, que busca conferir ou receber encantamento a partir de seu trabalho, deve, sem presunção, aplicar à prosa uma licença, ou melhor, uma regra, a partir da adoção daquilo que tantas combinações refinadas do sentimento humano resultaram nos mais ilustres exemplares da poesia.

A circunstância na qual ocorre minha história é sugestão de uma conversa casual. Começou em parte como fonte de entretenimento, e em parte para exercitar recursos intocados da mente. Outros motivos se misturaram a esses dois, à medida que o trabalho progrediu. Não sou, de modo algum, indiferente à maneira como quaisquer tendências morais existentes nos sentimentos dos personagens apresentados podem afetar o leitor; ainda assim, minha principal preocupação a esse respeito se limitou a evitar os efeitos enervantes dos romances atuais e à exibição da amabilidade da afeição doméstica e à excelência da virtude universal. As opiniões que naturalmente florescem da personalidade e situação do protagonista não devem, de maneira alguma, ser consideradas existentes em minha própria convicção, nem qualquer inferência tirada das páginas seguintes como prejudiciais a qualquer doutrina filosófica de qualquer natureza.

Outro assunto também de interesse do autor é que essa história se iniciou na majestosa região onde é majoritariamente ambientada, e cuja sociedade não deixa de se lamentar. Passei o verão de 1816 nos arredores de Genebra. Foi uma estação fria e chuvosa, e passávamos as noites juntos ao redor de uma fogueira brilhante, onde ocasionalmente nos entretínhamos com histórias alemãs de fantasmas, que acabamos encontrando. Tais contos nos acenderam um desejo brincalhão de imitá-las. Dois outros amigos (uma história vinda da pena de qualquer um deles seria muito mais aceitável ao público do que qualquer coisa que eu jamais esperaria produzir) e eu concordamos em escrever um conto, cada um, fundamentados em alguma ocorrência sobrenatural.

O clima, no entanto, tornou-se repentinamente sereno, e meus dois amigos me deixaram em uma jornada pelos Alpes, e perderam, entre as magníficas cenas que ali se apresentam, toda a memória de suas visões fantasmagóricas. O conto a seguir é o único que chegou a ser completado.

MARLOW, SETEMBRO DE 1817

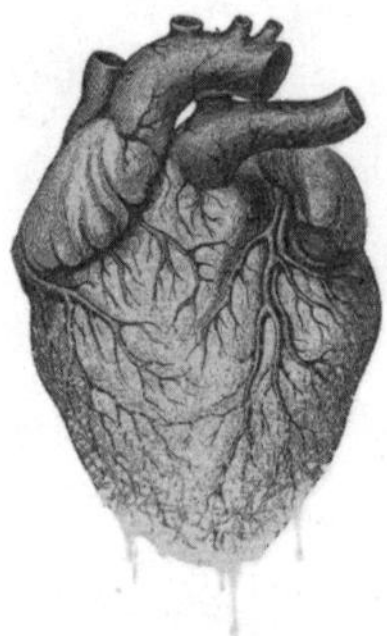

CARTA I

À sra. Saville, Inglaterra

S. Petersburgo, 11 de dezembro de 17—

Ficará feliz em saber que nenhuma tragédia acompanhou o começo de uma expedição que você viu com tantos maus pressentimentos. Cheguei aqui ontem, e minha primeira tarefa foi assegurar à minha querida irmã meu bem-estar e contar da confiança crescente no sucesso de minha empreitada.

Já estou muito ao norte de Londres, e, enquanto caminho pelas ruas de Petersburgo, sinto uma fria brisa nortenha brincar em minhas bochechas, que abraça meus nervos e me enche de deleite. Entende essa sensação? Essa brisa, que viajou pelas regiões às quais me dirijo, me dá a antecipação daquele clima gélido. Inspirado por esses ventos carregados de promessa, meus devaneios se tornam mais ferventes e vívidos. Eu tento em vão me deixar persuadir pela ideia de que o polo é o assento do gelo e da desolação, pois ele sempre se apresenta em minha imaginação como a região da beleza e do prazer. Ali, Margaret, o sol está sempre visível, e sua grande circunferência contorna o horizonte e difunde um esplendor perpétuo. Lá — com sua licença, minha irmã, depositarei minha confiança nos navegadores anteriores —, lá, a neve e o gelo estão banidos, e, navegando por um mar calmo, podemos pairar sobre uma terra que supera em maravilha e beleza qualquer outra região já descoberta no globo habitável. Suas produções e características não têm precedentes, enquanto os fenômenos dos corpos celestes estão indubitavelmente em sua solidão não descoberta. O que não esperar em um país eternamente iluminado? Posso descobrir o admirável poder que atrai a agulha, e regular mil observações celestiais, que requerem apenas essa viagem para derrubar suas aparentemente consistentes excentricidades para sempre. Devo saciar minha curiosidade ardente com a visão de uma parte do mundo nunca antes visitada, e percorrer uma terra jamais marcada pelos pés do homem. Eis meus incentivos, e estes são suficientes para conquistar qualquer medo do perigo e da morte e para me induzir a começar esta laboriosa viagem com a alegria que sente uma criança ao subir a bordo de seu barquinho, com seus companheiros de férias, em uma expedição para explorar seu rio nativo. Mas, supondo que todas essas conjecturas sejam falsas, não se pode contestar o inestimável benefício que devo conferir a toda a humanidade desta geração, descobrindo a passagem perto do polo a esses países, para onde se leva, ainda hoje, tantos meses para chegar, ou desvendando o segredo do magnetismo, o que, se é possível, só pode ser feito através de uma empreitada como a minha.

Essas reflexões dissiparam a agitação com a qual comecei minha carta, e sinto meu coração brilhar com um entusiasmo que me eleva ao paraíso, pois nada contribui tanto para acalmar a mente quanto um firme propósito — um ponto no qual a alma deve fixar seus olhos intelectuais. Essa expedição tem sido o sonho favorito de minha juventude. Li com ardor os relatos das várias viagens feitas com o propósito de chegar ao Oceano Pacífico Norte pelos mares que rodeiam o polo. Deve lembrar que a história das viagens feitas com o propósito das descobertas compunha a biblioteca de nosso bom tio Thomas. Minha educação foi negligenciada, mas eu ainda era um grande aficionado pela leitura. Estudei esses volumes diuturnamente, e minha familiaridade com eles aumentou o pesar que senti, quando criança, ao saber da ordem de meu pai em seu leito de morte de proibir meu tio de me permitir embarcar em uma vida marítima.

Essas visões desapareceram quando analisei, pela primeira vez, aqueles poetas cuja efusão penetrou minha alma e a elevou ao paraíso. Também me tornei poeta, e por um ano vivi no Paraíso de minha criação, imaginando que também poderia obter um canto no templo onde os nomes de Homero e Shakespeare estão consagrados. Já está familiarizada com meu fracasso, e quão pesadamente carreguei essa decepção. Mas bem naquele momento herdei a fortuna de meu primo, e meus pensamentos se voltaram mais uma vez ao caminho que percorriam antes.

Seis anos se passaram desde que decidi seguir com a presente empreitada. Ainda agora consigo recordar-me da hora em que me dediquei a esse grande projeto. Comecei acostumando meu corpo à dificuldade. Acompanhei os pescadores de baleia em muitas expedições no Mar do Norte, suportei voluntariamente o frio, a fome, a sede e a privação do sono, e frequentemente trabalhava mais que os marinheiros comuns durante o dia, e devotava minhas noites ao estudo da matemática, da teoria da medicina e aos grandes ramos da ciência física dos quais um aventureiro naval deve derivar sua maior vantagem prática. Duas vezes empreguei-me como marinheiro júnior em um baleeiro na Groenlândia, e me vi admirado. Admito que me senti um tanto orgulhoso quando meu capitão me ofereceu a segunda viagem no navio, e com grande fervor suplicou que eu ficasse, tamanho era o valor que ele via em meus serviços.

E agora, minha cara Margaret, não mereço cumprir um grande propósito? Poderia ter passado minha vida na tranquilidade e no luxo, mas preferi a glória a qualquer tentação que a riqueza pôs em meu caminho. Oh, e uma voz encorajadora responderia em afirmativo! Minha coragem e resolução estão firmes, mas minhas esperanças flutuam, e meu espírito está frequentemente deprimido. Estou prestes a prosseguir com uma longa e difícil viagem, cujas emergências demandam toda a minha força: preciso não apenas elevar o ânimo dos outros, mas também sustentar o meu, quando o deles está falhando.

Este é o período mais favorável para viagens na Rússia. Eles passam rapidamente sobre a neve com seus trenós. O movimento é agradável, em minha opinião, muito mais do que o de uma carruagem inglesa. O frio não é excessivo, se estiver protegido por casacos de pele — uma vestimenta que já adotei, pois há uma grande diferença entre caminhar no convés e permanecer sentado imóvel por horas, quando nenhum exercício impede o sangue de realmente congelar em suas veias. Não tenho intenção de perder minha vida na estrada entre São Petersburgo e Arcangel.

Devo partir para a segunda cidade em duas ou três semanas. Minha intenção é contratar um navio ali, o que deve ser facilmente feito ao pagar o seguro para o dono, e contratar também tantos marinheiros quanto achar necessário dentre aqueles que são habituados à pesca de baleias. Não pretendo navegar antes de junho, e quando devo voltar? Ah, cara irmã, como responder a essa pergunta? Se eu obtiver sucesso, muitos e muitos meses, talvez anos, terão se passado até que você e eu nos encontremos. Se eu falhar, você me verá novamente em breve, ou então nunca.

Adeus, minha querida e formidável Margaret. Que os céus a cubram de bênçãos, e salvem a mim, para que eu possa mais uma vez e sempre testemunhar minha gratidão por todo seu amor e gentileza.

De seu afetuoso irmão,
R. Walton

CARTA II

À sra. Saville, Inglaterra
Arcangel, 28 de março de 17—

Como o tempo passa devagar aqui, cercado de gelo e neve como estou. Ainda assim, minha empreitada chegou à segunda etapa. Consegui uma embarcação, e estou ocupado coletando meus marinheiros; aqueles a quem já contratei parecem ser homens em quem posso confiar, e são certamente dotados de uma coragem destemida.

Mas tenho um desejo que ainda não fui capaz de satisfazer, e sinto agora que a ausência do objeto é o mais severo mal. Não tenho nenhum amigo, Margaret: quando estiver brilhando com o entusiasmo do sucesso, não haverá ninguém para participar de minha alegria, e se estiver assolado pela decepção, ninguém irá me sustentar em minha tristeza. Posso confiar meus pensamentos ao papel, é verdade, mas é um meio pobre para a comunicação dos sentimentos. Desejo a companhia de um homem que possa simpatizar comigo, cujos olhos respondam aos meus. Talvez me considere um romântico, minha querida irmã, mas cobiço amargamente um amigo. Perto de mim não há ninguém que seja gentil, mas corajoso, dotado de uma mente culta e também ampla, cujos gostos se assemelhem aos meus, para aprovar ou corrigir meus planos. Como um amigo desses poderia reparar as faltas de seu pobre irmão! Sou ardoroso na execução, e impaciente nas dificuldades. Mas é um mal ainda maior que eu seja autodidata: nos primeiros quatorze anos de minha vida, não tive tutela, e não li nada além dos livros de viagem do nosso tio Thomas. Naquela idade, eu me familiarizei com os célebres poetas de nosso próprio país, mas foi apenas quando não estava mais a meu alcance usufruir dos maiores benefícios de tal convicção que percebi a necessidade de me familiarizar com mais línguas além daquela de minha terra natal. Agora tenho vinte e oito anos, e sou, na verdade, mais iletrado que muitos jovens estudantes de quinze. É verdade que pensei mais, e que meus devaneios são mais extensos e magníficos, mas eles querem (como dizem os pintores) *harmonia*, e eu necessito demasiadamente de um amigo que tenha noção suficiente para não me desprezar como um romântico, e afeição suficiente por mim para regular minha mente.

Bem, essas são reclamações inúteis, e eu certamente não encontrarei um amigo no grande oceano, nem mesmo aqui em Arcangel, dentre mercadores e marujos. Mas alguns sentimentos, alienados da sujeira da natureza humana, atingem mesmo esses peitos rústicos. Meu imediato, por exemplo, é um homem de maravilhosa coragem e iniciativa. Ele deseja loucamente a glória, ou melhor, para usar uma expressão mais adequada, o avanço em sua profissão. É um homem inglês, e em meio aos preconceitos nacionais e profissionais não atenuados pela cultura, detém algumas das mais nobres qualidades da humanidade. Eu o conheci a bordo de um baleeiro: vendo que estava desempregado nesta cidade, eu facilmente o convenci a me ajudar em minha empreitada.

Meu contramestre é uma pessoa de excelente disposição, e reconhecido no navio por sua gentileza e brandura em sua disciplina. Essa circunstância, aliada à sua bem conhecida integridade e coragem, deixou-me ávido para contratá-lo. A juventude passada na solidão, meus melhores anos gastos sob seu gentil e feminino acolhimento, refinaram as bases de meu caráter de tal modo que não posso superar tamanho desgosto pela usual brutalidade a bordo: nunca vi necessidade para tal, e quando soube de um marinheiro também reconhecido pela benevolência de seu coração, e do respeito e obediência que lhe prestava sua tripulação, senti-me particularmente afortunado em ser capaz de pagar por seus serviços. Ele chegou ao meu conhecimento primeiro sob uma visão um tanto romântica, de uma dama que deve a ele sua felicidade. Eis, brevemente, a história dele. Há alguns anos, apaixonou-se por uma jovem dama russa, de fortuna moderada, e tendo acumulado uma quantia considerável de prêmio em dinheiro, o pai da moça lhe concedeu sua mão. Ele viu sua amada uma única vez antes da cerimônia, mas ela estava se desfazendo em lágrimas, e se jogou aos pés dele, implorando para que a poupasse, enquanto confessava estar apaixonada por outro, um rapaz pobre, com o qual seu pai jamais permitiria a união. Meu generoso amigo tranquilizou a jovem suplicante, e depois de saber o nome do amante, imediatamente abandonou seus planos. Ele já havia comprado uma fazenda com seu dinheiro, na qual planejava passar o que restava de seus dias, mas cedeu a propriedade ao rival com o que sobrou do dinheiro para comprar suprimentos, e ele mesmo pediu ao pai da jovem que consentisse no casamento da filha com o amante. Mas o velho se recusou terminantemente a aceitar aquilo, pensando estar honrando meu amigo — e este, ao ver que o pai era inexorável, saiu do país, e não voltou até ouvir notícias de que sua antiga prometida estava casada de acordo com suas inclinações. "Que homem nobre!", você dirá. E ele é, mas também é completamente inculto: silencioso como um turco, e tem um certo desleixo ignorante, que, ao mesmo tempo que torna sua conduta mais surpreendente, desvia do interesse e da simpatia que ele, de outra forma, despertaria.

Não pense, porém, que porque reclamo um pouco ou porque posso elaborar uma consolação para minhas dificuldades, as quais eu talvez nunca conheça, que estou enfraquecido em minhas resoluções. Elas estão firmes em meu futuro, e minha viagem está sendo adiada apenas até que o tempo permita meu embarque. O inverno tem sido terrivelmente severo, mas a primavera promete melhora, sendo considerada uma estação surpreendentemente precoce. Então eu talvez navegue antes do esperado. Não devo agir precipitadamente: conhece-me bem o suficiente para confiar em minha prudência e ponderação sempre que a segurança de outrem é de minha responsabilidade.

Sou incapaz de descrever minhas sensações enquanto se aproxima a expectativa de minha missão. É impossível transmitir-lhe uma concepção da sensação eletrizante, meio prazerosa e meio assustadora, com a qual me preparo para partir. Dirijo-me a regiões inexploradas, à "terra de neve e névoa", mas não devo matar nenhum albatroz, portanto não se preocupe quanto à minha segurança, ou se voltarei para você tão desgastado e amargo quanto o Velho Marinheiro[9]. Pode rir de minha alusão, mas vou revelar um segredo. Atribuí frequentemente meu

9. Referência ao poema *The Rime of the Ancient Mariner* (1798), de Samuel T. Coleridge.

apego, meu apaixonado entusiasmo pelos perigosos mistérios do oceano à produção dos mais imaginativos poetas modernos. Há algo sendo construído em minha alma, algo que não entendo. Sou praticamente zeloso — esforçado —, um trabalhador que tudo executa com perseverança e trabalho duro. Mas, além disso, tenho um amor pelo fantástico, uma crença nele, entrelaçada a todos os meus projetos, que me instigam a sair dos caminhos comuns do homem, até mesmo para o mar selvagem e para as regiões desconhecidas que estou a ponto de explorar.

Voltemos, porém, a questões mais preciosas. Será que a verei novamente após ter atravessado mares imensos e retornado pelo cabo mais ao sul da África ou da América? Não me atrevo a esperar tamanho sucesso, mas não posso suportar ver o reverso da situação. Por enquanto, continue a me escrever em todas as oportunidades que tiver. Talvez eu receba as suas cartas em algumas ocasiões em que precisarei delas para manter meu bom ânimo. Eu a amo com todo carinho. Lembre-se de mim com afeição, caso não volte a ter notícias minhas.

De seu afetuoso irmão,
Robert Walton

CARTA III

À sra. Saville, Inglaterra

7 DE JULHO DE 17—

Minha cara irmã,

Escrevo poucas linhas apressadas para dizer que estou em segurança e bem adiantado em minha viagem. Esta carta deve chegar à Inglaterra por meio de um mercador que agora sai de Arcangel e volta para casa, mais afortunado que eu, que não devo voltar a ver minha terra natal por muitos anos ainda, talvez. Mas tenho bom ânimo: meus homens são ousados e aparentemente firmes em seu propósito; nem os lençóis de gelo flutuantes que passam por nós continuamente, indicando os perigos da região para cuja direção avançamos, parecem desanimá-los. Atingimos já uma grande latitude, mas é alto verão, e embora não seja tão quente como na Inglaterra, os ventos do sul, que nos sopram rapidamente em direção às margens que tão ardentemente desejo alcançar, transmitem um inesperado calor revigorante.

Até o momento, não nos sucedeu nenhum incidente que valesse uma carta. Um ou dois fortes vendavais e um vazamento são acidentes que marinheiros experientes pouco se recordam de registrar, e devo ficar contente se nada pior nos acontecer durante a viagem.

Adeus, minha querida Margaret. Tenha certeza de que, pelo meu próprio bem, assim como pelo seu, não irei impulsivamente ao encontro do perigo. Conservarei uma postura fria, perseverante e prudente.

Mas o sucesso *deve* coroar a minha empreitada. E por que não? Cheguei tão longe, traçando uma rota segura pelos mares sem estradas: as próprias estrelas são espectadoras e testemunhas de meu triunfo. Por que não proceder por tal indomável e, ao mesmo tempo, obediente elemento? O que pode parar o coração determinado e o desejo resoluto do homem?

Meu coração entusiasmado transborda involuntariamente. Mas devo terminar. Deus a abençoe, minha amada irmã!

R. W.

CARTA IV

À sra. Saville, Inglaterra

5 DE AGOSTO DE 17—

Um acontecimento tão estranho nos sucedeu que não posso deixar de relatá-lo, embora seja muito provável que volte a me ver antes que estes papéis cheguem em suas mãos.

Na última segunda-feira, 31 de julho, estávamos rodeados do gelo que cercou o navio por todos os lados, quase não deixando espaço para o mar no qual flutuava. Nossa situação estava perigosa, especialmente por estarmos indo em direção a uma névoa forte e densa. Por isso, ficamos parados esperando que houvesse alguma mudança na atmosfera e no clima.

Por volta das duas horas, a névoa se dissipou, e contemplamos, estendidas em todas as direções, vastas e irregulares planícies de gelo que pareciam não ter fim. Alguns de meus camaradas resmungaram, e minha própria mente começou a se encher de pensamentos ansiosos, quando uma estranha vista nos chamou atenção e nos distraiu de nossa situação. Vimos, ao longe, um trenó baixo puxado por cães, indo em direção ao norte, a cerca de meia milha de distância — um ser que tinha a forma de um homem, mas aparentemente com uma estatura gigante, estava sentado sobre ele e os guiava. Assistimos ao rápido progresso do viajante com nossos telescópios, até que o perdemos de vista nas distantes assimetrias do gelo.

Essa cena atiçou nossa irrestrita curiosidade. Estávamos, segundo acreditávamos, a centenas de milhas de qualquer terra, mas a figura humana parecia indicar que, na realidade, não estávamos tão distantes quanto supúnhamos. No entanto, bloqueados pelo gelo, era impossível seguir sua trilha, que observamos com a maior atenção.

Cerca de duas horas depois dessa ocorrência, ouvimos o barulho do mar, e antes que a noite caísse, o gelo se quebrou e libertou nosso navio. No entanto, ficamos parados até a manhã seguinte, temendo encontrar na escuridão aquelas grandes massas soltas que flutuam por perto depois que o gelo se quebra. Aproveitei a ocasião para descansar algumas horas.

De manhã, entretanto, assim que o sol apareceu, subi no convés e encontrei todos os marinheiros ocupados em um dos lados da embarcação, aparentemente falando com alguém no mar. Era, na verdade, um trenó, como aquele que vimos anteriormente, que flutuara em nossa direção durante a noite, em um largo fragmento de gelo. Apenas um cão tinha sobrevivido, mas havia também um ser humano nele, que os marinheiros estavam persuadindo a entrar no navio. Diferente do que o outro viajante parecia ser, ele não era um habitante selvagem de alguma ilha desconhecida, mas um europeu. Quando apareci no convés, o contramestre disse:

— Aqui está nosso capitão, ele não vai permitir que o senhor pereça no mar aberto.

Ao me ver, o estranho se dirigiu a mim em inglês, embora com um forte sotaque estrangeiro.

— Antes que eu embarque em seu navio — disse ele —, teria a gentileza de me informar para onde estão indo?

Pode imaginar meu espanto ao ouvir tal pergunta feita a mim por um homem à beira da destruição, para quem, eu deveria supor, meu navio seria um recurso que ele não trocaria pelas maiores riquezas que a Terra pode oferecer. Eu respondi, no entanto, que estávamos em uma viagem de exploração em direção ao extremo norte.

Ele pareceu satisfeito com a resposta e concordou em subir a bordo. Bom Deus! Margaret, se visse o homem que então resgatamos, ficaria infinitamente surpresa. Seus membros estavam quase congelados, e seu corpo enfraquecido pela fadiga e pelo sofrimento. Nunca vi um homem em uma condição tão deplorável. Tentamos levá-lo para a cabine, mas tão logo o tiramos do ar fresco ele desmaiou. Levamo-lo, então, de volta ao convés, e o reanimamos esfregando nele um pouco de conhaque e forçando-o a engolir uma pequena quantidade. Assim que ele deu sinal de vida, nós o enrolamos em cobertores e o colocamos perto da chaminé do fogão na cozinha. Ele se recuperou pouco a pouco e tomou uma pequena quantidade de sopa, o que o ajudou a revigorar-se maravilhosamente.

Dois dias se passaram assim, antes que ele pudesse falar, e eu frequentemente temia que seu sofrimento o tivesse privado de seu entendimento. Quando ele estava consideravelmente recuperado, levei-o à minha própria cabine e cuidei dele tanto quanto me permitiam meus deveres. Nunca vi uma criatura tão interessante: os olhos dele geralmente têm uma expressão de selvageria, até mesmo loucura, mas há momentos em que, se alguém tem para com ele um ato de gentileza, ou lhe presta o mais trivial serviço, sua expressão se ilumina completamente, por assim dizer, com um brilho de benevolência e doçura que nunca vi igual. Mas ele geralmente se reduz a melancolia e desespero. Às vezes range os dentes, como se impaciente sob o peso das aflições que o oprimem.

Quando meu convidado se recuperou um pouco, tive muito trabalho contendo os homens que lhe queriam fazer milhares de perguntas, mas eu não permitiria que ele fosse atormentado pela curiosidade ociosa de meus marinheiros naquele estado físico e mental cuja recuperação dependia inteiramente do repouso. Uma vez, no entanto, o imediato perguntou a ele por que viera de tão longe, pelo gelo, em um veículo tão estranho.

Sua expressão assumiu de imediato um aspecto profundamente sombrio, e ele respondeu:

— Para procurar alguém que fugiu de mim.

— E o homem que perseguia, viajava da mesma maneira?

— Sim.

— Então acho que o vimos, pois um dia antes de o resgatarmos observamos alguns cães puxando um trenó, com um homem em cima, cruzando o gelo.

Isso despertou a atenção do estranho, e ele fez inúmeras perguntas sobre a rota que o *demônio*, como ele o chamou, estava seguindo. Pouco depois, quando estava sozinho comigo, ele disse:

— Eu, sem dúvidas, aticei sua curiosidade, bem como a dessas boas pessoas, mas você é gentil demais para me questionar.

— Certamente seria muito impertinente e desumano de minha parte perturbá-lo com qualquer atitude inquisitória.

— E mesmo assim me resgatou de uma estranha e perigosa situação, trouxe-me de volta à vida de forma tão benevolente.

Logo depois ele me perguntou se eu pensava que talvez a quebra do gelo havia destruído o outro trenó. Disse-lhe que não poderia responder àquela pergunta com nenhum grau de certeza, pois o gelo não tinha se quebrado até perto da meia-noite, e o viajante devia ter chegado a algum lugar seguro antes daquela hora. Mas eu não poderia dar uma sentença.

Daquele momento em diante, um novo ânimo iluminou a forma decadente do estranho. Ele manifestou uma grande vontade de subir ao convés para procurar pelo trenó que havia aparecido antes. Mas eu o persuadi a ficar na cabine, pois ele continua fraco demais para suportar a crueza da atmosfera. Prometi que alguém procuraria o trenó por ele e daria notícias assim que um novo objeto estivesse à vista.

Eis o diário de meu relato sobre essa peculiar ocorrência até o momento. A saúde do estranho melhorou gradualmente, mas ele é muito silencioso, e parece desconfortável quando qualquer um entra em sua cabine — exceto eu. Mas seus modos são tão apaziguantes e gentis que despertaram o interesse de todos os marinheiros, embora falem tão pouco com ele. De minha parte, começo a amá-lo como a um irmão, e sua constante e profunda aflição me enche de simpatia e compaixão. Ele deve ter sido uma criatura nobre em seus melhores dias, sendo tão atraente e amigável mesmo no estado deplorável em que se encontra.

Em uma de minhas cartas, minha querida Margaret, eu disse que não encontraria nenhum amigo no oceano; no entanto, encontrei um homem que, antes de ter seu espírito quebrado pelo sofrimento, eu teria ficado feliz em ter como um irmão de coração.

Continuarei com meu diário a respeito do estranho em intervalos, caso haja algum novo incidente a registrar.

13 DE AGOSTO DE 17—

Minha afeição pelo meu convidado aumenta a cada dia. Ele suscita minha admiração e pena de uma só vez em um grau impressionante. Como posso ver tão nobre criatura destruída pela angústia sem que eu sinta a mais dolorosa aflição? Ele é tão gentil, mas tão sábio, e, quando fala, suas palavras, embora escolhidas com uma preciosa habilidade, fluem com rapidez e eloquência sem igual.

Ele agora está bem mais recuperado de sua doença, e vai com frequência ao convés, aparentemente procurando o trenó que precedeu o dele. Ainda assim, embora infeliz, não está inteiramente ocupado com sua própria miséria, pois se interessa profundamente pelos projetos dos outros. Constantemente conversa comigo sobre a minha empreitada, a qual contei-lhe sem reserva. Ele ouviu atentamente meus argumentos em favor de meu eventual sucesso e cada detalhe das providências que tomei para assegurá-lo. Por conta da simpatia que ele demonstrou, fui facilmente levado a usar a linguagem de meu coração, a enunciar o ardor de minha alma, e dizer, com todo o fervor que me aquecia, o quão alegremente eu sacrificaria minha fortuna, minha existência, todas as minhas esperanças, para seguir adiante com a minha missão. A vida ou a morte de um homem era um pequeno preço a se pagar pela conquista do conhecimento que eu buscava, pelo domínio que eu conquistaria e transmitiria sobre os inimigos elementais de nossa raça. Enquanto eu falava, uma sombra tomou conta da expressão de meu ouvinte. No começo, imaginei que ele estivesse tentando suprimir sua emoção. Ele pôs as mãos na frente dos olhos, e minha voz tremeu e falhou quando vi lágrimas correndo rápidas por entre seus dedos — e um grunhido saiu de seu peito arfante. Fiz uma pausa, e, por fim, ele falou vagarosamente, com um sotaque forte:

— Homem infeliz! Partilha da minha loucura? Bebeu da mesma taça intoxicante? Ouça, deixe que eu conte minha história, e você afastará essa taça de seus lábios!

Tais palavras, pode imaginar, aguçaram fortemente a minha curiosidade, mas o paroxismo de aflição que tomou conta do estranho ultrapassou suas forças já enfraquecidas, e foram necessárias muitas horas de repouso e conversas tranquilas para que ele pudesse se recompor.

Tendo superado a violência de seus sentimentos, ele pareceu se odiar por ser o escravo de sua exaltação, e reprimindo a obscura tirania do desespero, ele me levou mais uma vez a conversar sobre mim mesmo. Perguntou acerca da história de minha juventude. Contei-lhe rapidamente; mas isso despertou muitas reflexões. Falei de meu desejo de encontrar um amigo, de minha sede de uma simpatia íntima com uma mente parecida com a minha, e expressei minha convicção de que um homem não poderia ser muito feliz se não tivesse essa bênção.

— Concordo com você — respondeu o estranho. — Somos criaturas disformes, mas incompletas se não houver alguém mais sábio, melhor, mais caro que nós mesmos — como um amigo deve ser — que preste sua ajuda para aperfeiçoar nossas naturezas fracas e defeituosas. Eu já tive um amigo, o mais nobre dos seres humanos, e posso me dar ao luxo de julgar a respeito das amizades. Você tem esperança e o mundo à sua frente, e não tem motivo para se desesperar. Mas eu... eu perdi tudo, e não posso começar uma vida nova.

Ao dizer isso, seu rosto se tornou a expressão de uma calma e firme agonia que me tocou o coração. Mas ele se manteve em silêncio, e logo se retirou para seus aposentos.

Mesmo com um espírito debilitado como o dele, ninguém pode sentir com mais profundidade as belezas da natureza. O céu estrelado, o mar e cada vista encontrada nessas maravilhosas regiões ainda parecem ter o poder de elevar a alma dele desta terra. Um homem assim tem uma dupla existência: ele pode sofrer com suas angústias e estar sobrecarregado por decepções, contudo, quando se retira para dentro de si, será como um espírito celestial, que tem uma auréola à sua volta, dentro de cujo círculo nenhuma dor ou loucura se aventura.

Rirá do entusiasmo que expresso a respeito deste viajante divino? Não o faria se o visse. Foi ensinada e refinada por livros e ausência do mundo, e é, destarte, um tanto meticulosa. Mas é isso que a deixa mais apta a apreciar os extraordinários méritos deste maravilhoso homem. Eu, às vezes, aventurei-me a descobrir qual é a qualidade que ele possui que o eleva tão acima de qualquer outra pessoa que já conheci. Acredito que seja um discernimento intuitivo, um rápido, mas infalível poder de julgamento. Um entendimento sobre a causa de todas as coisas, com clareza e precisão sem igual, e junte a isso a facilidade de se expressar e a voz cujas variadas entonações são uma música que subjuga a alma.

19 DE AGOSTO DE 17—

Ontem o estranho me disse:

— Pode facilmente perceber, Capitão Walton, que sofri grandes e inigualáveis infortúnios. Havia decidido, em algum momento, que a memória desses males deveria morrer comigo, mas você conseguiu me convencer a mudar essa decisão. O senhor busca conhecimento e sabedoria, como eu um dia busquei, e espero ardentemente que a satisfação de seus desejos não seja a serpente que o morderá, como foi a dos meus. Não sei se os relatos de meus desastres lhe serão úteis; no entanto, quando vejo que está indo na mesma direção, expondo-se aos mesmos perigos que me tornaram o que sou hoje, imagino que possa tirar uma moral da minha história, uma que o direcione se for bem-sucedido em sua empreitada, e que o console se por acaso falhar. Prepare-se para ouvir sobre acontecimentos que muitas vezes são tomados como fantasias. Se estivéssemos entre os mais tranquilos cenários da natureza, eu temeria enfrentar seu descrédito, talvez até mesmo seu escárnio, mas muitas coisas parecerão possíveis nessas terras selvagens e misteriosas, o que poderia provocar o riso daqueles que desconhecem os poderes em constante mudança da natureza: nem posso duvidar que minha história expresse em seus fatos uma evidência interna da verdade dos eventos das quais é composta.

Pode facilmente imaginar que eu estava muito grato pelo relato oferecido; ainda assim, eu não poderia suportar que ele renovasse sua angústia recitando seus infortúnios. Senti uma grande vontade de ouvir a narrativa prometida, em parte por curiosidade e em parte por um forte desejo de melhorar seu destino, se isso estivesse a meu alcance. Expressei meus sentimentos em minha resposta.

— Agradeço — respondeu ele — por sua simpatia, mas é inútil. Meu destino está quase cumprido. Espero por apenas mais uma coisa, e então poderei descansar em paz. Entendo seus sentimentos — continuou ao perceber que eu queria interrompê-lo —, mas está enganado, meu amigo, se me permite chamá-lo assim. Nada pode alterar meu destino: ouça minha história e perceberá como está irrevogavelmente determinado.

Ele então me disse que começaria sua narrativa no dia seguinte, quando eu estaria em meu momento de descanso. A promessa me inspirou o mais caloroso agradecimento. Eu havia decidido que toda noite, quando não estivesse imperativamente ocupado com meus deveres, registraria, sendo o mais fiel possível às suas próprias palavras, o que ele me relatasse durante o dia. Se eu estivesse muito atarefado, ao menos tomaria notas. Esse manuscrito lhe dará, sem dúvidas, grandes momentos de prazer; mas, para mim, que o conheço e ouço a história da própria boca do narrador, com que interesse e simpatia o lerei novamente no futuro! Mesmo agora, enquanto começo minha tarefa, a voz suave dele preenche meus ouvidos, e seus olhos brilhantes me encaram com toda a doçura de sua melancolia. Vejo sua mão erguida em animação enquanto as linhas de seu rosto se irradiam através de sua alma. Quão estranha e dolorosa deve ser sua história, assustadora a tempestade que abraçou o galante navio em sua rota e assim o fez naufragar.

CAPÍTULO I

Sou genebrino de nascença, e minha família é uma das mais distintas daquela república. Meus ancestrais foram, por muitos anos, conselheiros e administradores, e meu pai serviu em vários cargos públicos com honra e boa reputação. Era respeitado por todos que o conheciam, por sua integridade e incansável atenção aos negócios governamentais. Ele passou sua juventude perpetuamente ocupado com os afazeres de seu país. Uma variedade de circunstâncias o impediu de se casar cedo, e ele não se tornou marido e pai de família antes do declínio de sua vida.

Como as circunstâncias de seu casamento ilustram seu caráter, não posso deixar de relatá-las. Um de seus amigos mais íntimos era um mercador que, de um estado de prosperidade, depois de vários infortúnios, caiu na pobreza. Esse homem, de nome Beaufort, tinha uma orgulhosa e indomável disposição, e não podia suportar viver na pobreza e no esquecimento no mesmo país em que era antes distinto por sua posição e magnificência. Portanto, depois de pagar as suas dívidas da maneira mais honrosa, ele foi com sua filha para a cidade de Lucerna, onde viveu escondido e em desgraça. Meu pai amava Beaufort com a mais pura amizade, e sofreu profundamente com sua partida em tão infeliz circunstância. Ele lamentou o falso orgulho que levou seu amigo a subestimar tanto a afeição que os unia, e não demorou a ir em sua procura, esperando persuadi-lo a começar de novo oferecendo-lhe seu crédito e seu apoio.

Beaufort havia tomado medidas muito eficazes para se esconder, e levou cerca de dez meses para que meu pai descobrisse seu paradeiro. Muito feliz por sua descoberta, ele foi até a casa, que se encontrava em uma rua perigosa, perto do rio Reuss. Entretanto, quando entrou, foi recebido apenas pela miséria e pelo desespero. Beaufort guardara uma pequena quantia de dinheiro da ruína de sua fortuna, mas fora o suficiente apenas para prover seu sustento por poucos meses, e ele esperava encontrar, nesse meio-tempo, uma ocupação respeitável na residência de algum mercador. O intervalo foi, consequentemente, gasto na inatividade, e seu sofrimento apenas se tornara mais profundo e persistente quando tinha tempo livre para refletir, e, por fim, isso tomou conta de sua mente de tal forma que, três meses depois, ele não se levantou mais da cama, incapaz de realizar qualquer esforço.

Sua filha o ajudava com o maior carinho, mas ela viu, em desespero, que seus fundos diminuíam rapidamente e que não havia nenhuma perspectiva de apoio. Caroline Beaufort, contudo, tinha uma mente incomum, e sua coragem a ajudou em meio à adversidade. Ela conseguiu um trabalho simples, trançava palha, e, por vários meios, foi capaz de ganhar uma ninharia com que mal dava para se sustentar.

Assim, passaram-se muitos meses. A saúde de seu pai piorou, e ela ocupava a maior parte de seu tempo cuidando dele.

Seus meios de sobrevivência diminuíram, e, no décimo mês, o pai faleceu em seus braços, deixando-a órfã e pedinte. Esse último golpe a venceu, e ela se ajoelhou ao lado do caixão de Beaufort, chorando amargamente, quando meu pai entrou na casa. Ele surgiu como um espírito protetor para a pobre menina, que se entregou aos seus cuidados, e, depois do enterro de seu amigo, ele a levou para Genebra e a colocou sob a proteção de pessoas de confiança. Dois anos após o ocorrido, Caroline se tornou sua esposa.

Havia uma grande diferença de idade entre meus pais, mas essa circunstância pareceu uni-los ainda mais em uma devota afeição. Existia um senso de justiça na mente íntegra de meu pai que o impossibilitava de amar verdadeiramente alguém que não fosse merecedor de tal gesto. Talvez durante os últimos anos ele tivesse sofrido com a descoberta tardia da indignidade de uma de suas amadas, e, dessa forma, estava disposto a valorizar mais as virtudes que experimentava. Tinha uma demonstração de gratidão e adoração em seu apego à minha mãe que diferia inteiramente da obsoleta predileção da idade, pois isso era inspirado pelas qualidades que ela tinha, e por um desejo de ser, em algum grau, um meio de recompensá-la pelas tristezas que ela havia enfrentado, mas que deram uma graça inefável ao seu comportamento para com ela. Tudo era feito em prol dos desejos e conveniências de minha mãe. Ele se esforçou para abrigá-la, como uma flor exótica é protegida por um jardineiro de qualquer vento mais forte, e para rodeá-la de tudo que pudesse incitar emoções prazerosas em sua mente gentil e benevolente. A saúde dela, e mesmo a constante tranquilidade de seu espírito, foram afetadas pelo que ela havia passado. Durante os dois anos que antecederam seu casamento, meu pai vinha abdicando de forma gradual de suas funções públicas, e imediatamente após sua união eles buscaram o clima agradável da Itália. Essa mudança de cenário e interesse que acompanha o passeio por aquela terra de maravilhas foi restauradora para sua saúde enfraquecida.

Da Itália, visitaram a Alemanha e a França. Eu, seu primogênito, nasci em Nápoles, e os acompanhava em suas andanças quando criança. Fui seu único filho por vários anos. Por mais apegados que fossem um ao outro, eles tinham um inesgotável estoque de afeição e amor para me dar. As carícias ternas de minha mãe e o sorriso de satisfação benevolente de meu pai ao me observar são minhas primeiras memórias. Eu era o brinquedo e ídolo deles, e algo melhor — seu filho, a inocente criatura indefesa concedida a eles pelo Céu, a quem deveriam educar para fazer o bem, e cujo futuro estava em suas mãos para levar à felicidade ou à miséria, segundo o cumprimento de seus deveres para comigo. Com uma profunda consciência do que deviam ser a quem deram a vida, somada ao espírito ativo de carinho que animava ambos, pode-se imaginar que durante todas as horas de minha infância, mesmo quando recebia lições de paciência, caridade e autocontrole, eu era guiado por um fio de seda, e tudo parecia ser uma grande alegria para mim.

Por muito tempo, fui sua única preocupação. Minha mãe desejava muito uma filha, mas continuei sendo seu único filho. Por volta de meus cinco anos de idade, durante uma viagem para além das fronteiras da Itália, eles passaram uma semana às margens do Lago de Como[10]. Sua benevolente disposição frequentemente os fazia adentrar as cabanas dos mais pobres. Para

10. Na época em que o livro foi escrito, durante o domínio do Império Austríaco, o Lago de Como fazia parte da Áustria. (N. do E.)

a minha mãe, isso ia além do dever. Era uma necessidade, uma paixão — lembrar-se dos sofrimentos que tivera, e do quanto fora aliviada —, para agir, por sua vez, como um anjo da guarda para os aflitos. Em uma de suas caminhadas, uma cabana no meio do vale chamou-lhe a atenção, parecendo especialmente desconsolada, enquanto um número de crianças seminuas se aglomerava ao redor dela na maior pobreza. Um dia, quando meu pai foi sozinho para Milão, minha mãe, acompanhada por mim, visitou essa residência. Ela encontrou um camponês e sua esposa, trabalhadores árduos, cansados pela labuta, dividindo o escasso alimento entre cinco crianças famintas. Dentre elas havia uma que encantou minha mãe mais do que as outras. Não parecia fazer parte da mesma família, nem ter a mesma origem. As outras quatro tinham olhos escuros, eram pequenas e robustas pedintes, já essa criança era magra e muito bonita. Seu cabelo tinha uma brilhante cor dourada, e, apesar da pobreza de suas vestes, parecia sustentar uma coroa de distinção sobre a cabeça. Sua testa era clara e ampla, tinha olhos azuis límpidos, e seus lábios e o formato de seu rosto expressavam tanta sensibilidade e doçura que não se podia evitar enxergá-la como de uma linhagem diferente, um ser enviado do céu, com uma marca celestial em todas as suas características.

A camponesa, percebendo o olhar fixo de admiração de minha mãe por aquela menina adorável, apressou-se a contar sua história. Ela não era sua filha, mas de um nobre milanês. A mãe era alemã e havia falecido durante o parto. A criança havia sido deixada aos cuidados daquelas boas pessoas para ser amamentada, pois se encontravam em situação melhor naquela época. Estavam casados há pouco tempo, e o filho mais velho havia acabado de nascer. O pai da menina, de quem receberam tal responsabilidade, era um daqueles italianos criados na memória da antiga glória da Itália — um entre os *schiavi ognor frementi*[11], que se esforçou para obter a liberdade do país, mas tornou-se vítima de sua própria fraqueza. Não sabiam se estava morto ou preso em uma masmorra austríaca. Sua propriedade foi confiscada, e sua filha se tornara órfã e pedinte. Ela continuou com os pais adotivos, e floresceu em sua residência rústica, mais bela do que uma rosa de jardim entre espinheiros de folhas escuras.

Quando meu pai voltou de Milão, ele me encontrou brincando no pátio de casa com uma criança tão bonita quanto a pintura de um querubim — um ser que parecia irradiar luz, e cuja forma e movimentos eram mais leves que a camurça das colinas. A aparição logo foi explicada. Com a permissão de meu pai, minha mãe convenceu seus campesinos pais adotivos a dar-lhe a guarda da menina. Eles tinham carinho pela pequena órfã. A presença dela era uma bênção para eles, mas seria injusto com ela mantê-la na pobreza e na necessidade quando a Providência lhe concedia tão poderosa proteção. Eles consultaram o sacerdote do vilarejo, e o resultado foi que Elizabeth Lavenza se tornou a protegida da casa de meus pais — mais do que minha irmã —, a bela e adorada companhia de todas as minhas ocupações e prazeres.

Todos amavam Elizabeth. O apego apaixonado e quase reverente que todos tinham por ela se tornou, enquanto eu partilhava dele, meu orgulho e deleite. Na véspera de sua chegada, minha mãe disse, de forma brincalhona:

— Tenho um lindo presente para meu Victor. Deve chegar amanhã.

---

11. *Escravos sempre furiosos*, forma de se referir aos cidadãos italianos que se manifestaram contra o domínio austríaco.

E quando, no dia seguinte, ela me apresentou Elizabeth como o presente prometido, eu, com uma seriedade infantil, interpretei suas palavras de forma literal, e cuidei de Elizabeth como se fosse minha — minha para proteger, amar e cuidar. Todos os elogios que lhe eram dirigidos, eu via como a uma posse minha. Chamávamos um ao outro de *primo*. Nenhuma palavra ou expressão poderia definir o que ela significava para mim — mais que minha irmã, pois ela seria minha até a morte.

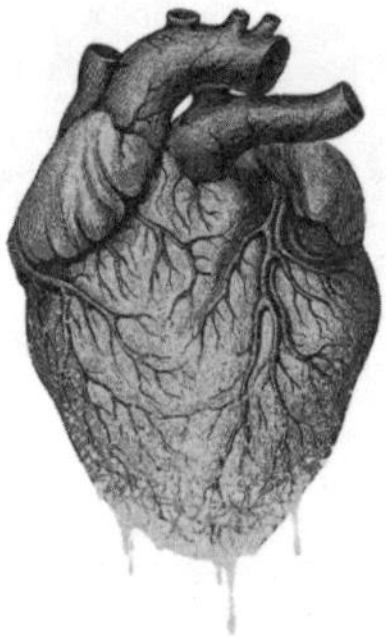

CAPÍTULO II

Fomos criados juntos, e mal tínhamos um ano de diferença. Não preciso dizer que éramos estranhos a qualquer tipo de desunião ou disputas. A harmonia era a alma de nosso companheirismo, e a diversidade e o contraste de nossas personalidades nos aproximavam ainda mais. Elizabeth tinha uma disposição mais calma e concentrada, já eu, com todo o meu entusiasmo, era capaz de dedicar-me intensamente, e me empolgava com a sede de conhecimento. Ela se ocupava em seguir as criações etéreas dos poetas, e nas majestosas e maravilhosas cenas que rodeavam nossa casa na Suíça — as formas sublimes das montanhas, a mudança das estações, tempestade e calmaria, o silêncio do inverno e a vida e a turbulência dos verões alpinos — ela encontrou um amplo escopo para admiração e deleite. Enquanto minha companhia contemplava com um sério e satisfeito espírito a magnífica aparência das coisas, eu me deleitava em investigar suas causas. O mundo era, para mim, um segredo que eu desejava desvendar. A curiosidade, o fervoroso estudo para aprender as leis da natureza, uma alegria semelhante ao arrebatamento quando elas se revelavam para mim, estão dentre as primeiras sensações das quais consigo recordar-me.

Com o nascimento de um segundo filho, sete anos mais novo que eu, meus pais desistiram da vida itinerante e se fixaram em seu país de origem. Tínhamos uma casa em Genebra e uma casa de campo em Bellerive, na margem leste do lago, a pouco mais de cinco quilômetros da cidade. Residíamos principalmente na segunda, e meus pais passaram a vida em uma considerável reclusão. Era de meu temperamento evitar as multidões e me apegar intensamente a poucos. Eu era indiferente, portanto, a meus colegas de escola em geral, mas uni-me em uma profunda amizade com um deles. Henry Clerval era o filho de um mercador em Genebra. Um rapaz de singular talento e elegância. Ele amava novas empreitadas, dificuldades e mesmo o perigo por si só, e também lia muitos livros de romance de cavalaria. Compunha canções heroicas, e começou a escrever várias histórias de magia e aventuras de cavaleiros. Tentava nos fazer atuar em peças de teatro e participar de encenações nas quais os personagens eram inspirados nos heróis de Roncesvalles[12], da Távola Redonda do Rei Arthur[13], e nos cavaleiros que derrubaram seu sangue para recuperar o Santo Sepulcro das mãos dos infiéis[14].

12. Local histórico na Espanha onde ocorreu a famosa Batalha de Roncesvalles em 778, na qual o exército de Carlos Magno foi emboscado por forças muçulmanas durante sua retirada da Península Ibérica. O evento ganhou grande notoriedade na literatura medieval, especialmente na *Canção de Roland*, um épico francês que celebra a heroica morte de Roland, comandante das tropas de Carlos Magno. (N. do E.)

13. A Távola Redonda é um símbolo central da lenda do Rei Arthur e seus cavaleiros. Trata-se de uma mesa redonda na qual o rei e seus cavaleiros se reuniam, e o formato da mesa, sem cabeceira, representava a igualdade entre todos os cavaleiros, sem hierarquia ou distinções. (N. do E.)

14. Na Idade Média, a recuperação do Santo Sepulcro das mãos dos muçulmanos tornou-se um dos principais objetivos das Cruzadas, uma série de expedições militares organizadas pela Igreja Católica, entre os séculos XI e XIII. (N. do E.)

Nenhum ser humano poderia ter tido uma infância mais feliz que a minha. Meus pais possuíam um verdadeiro espírito de bondade e indulgência. Não sentíamos que fossem tiranos que nos controlavam conforme seus caprichos, e sim os agentes e criadores de todas as alegrias que experimentávamos. Quando estava no meio de outras famílias, percebia claramente o quão afortunados éramos, e a gratidão contribuía para aumentar o meu amor filial.

Meu temperamento era por vezes violento e minhas paixões eram intensas; todavia, por alguma lei em minha índole, eles não eram direcionados a buscas infantis, e sim a um ávido desejo de aprender, e não de apenas conhecer todas as coisas indiscriminadamente. Confesso que nem a estrutura dos idiomas, nem o código dos governos, nem a política de diversas nações me atraíam. Eram os segredos do céu e da Terra que eu desejava conhecer, e fosse a substância externa das coisas ou o espírito interno da natureza e da misteriosa alma do homem que me mantivesse ocupado, minhas perguntas ainda eram dirigidas aos segredos metafísicos, ou, em um sentido mais elevado, físicos do mundo.

Enquanto isso, o próprio Clerval se ocupava, por assim dizer, da relação moral das coisas. O agitado estágio da vida, as virtudes dos heróis e as ações dos homens eram seu tema, e sua esperança e sonho era se tornar um dentre os nomes lembrados pela história, como os galantes e aventureiros benfeitores de nossa espécie. A santa alma de Elizabeth brilhava como a lâmpada de um altar em nossa pacífica moradia. Sua simpatia era nossa, e seu sorriso, sua voz suave, seu doce brilho celestial, estavam sempre ali para nos abençoar e animar. Ela era o espírito vivo de amor que tudo suavizava e atraía: posso ter me tornado rabugento em meus estudos, mal-humorado com o ardor de minha natureza, mas ela estava ali para me controlar com o semblante de sua própria gentileza. E Clerval — será que algo poderia irritar o nobre espírito de Clerval? — não teria se tornado tão perfeitamente humano, tão atencioso em sua generosidade, tão cheio de gentileza e afeição no meio de sua paixão pela aventura e exploração se ela não lhe tivesse mostrado a real amabilidade da beneficência, fazendo com que o exercício do bem se tornasse a finalidade de sua elevada ambição.

Sinto um grande prazer em mergulhar nas lembranças de minha infância, antes do infortúnio contaminar meus pensamentos e transformar suas visões brilhantes em reflexos rasos e sombrios de mim mesmo. Além disso, ao pintar as recordações de minha juventude, lembro-me também daqueles eventos que levaram, por etapas inconscientes, à história de minha miséria: pois quando me pergunto sobre o nascimento desse fascínio, que depois selou o meu destino, descubro que ele surgiu como o rio de uma montanha, de fontes infames e quase esquecidas, mas, com o passar do tempo, tornou-se a torrente que, em seu curso, varreu todas as minhas esperanças e alegrias.

A filosofia natural é o princípio inspirador que regulou meu destino; desejo, portanto, com esta história, afirmar os fatos que me levaram à predileção por tal ciência. Quando eu tinha treze anos de idade, fomos todos a um passeio de recreação para as águas termais perto de Thonon, e o tempo inclemente nos obrigou a um dia de confinamento na pousada. Nessa casa, acabei encontrando por acaso um livro com a obra de Cornelius Agrippa[15]. Eu

15. Médico, jurista, filósofo, esotérico e escritor alemão do século XVI, amplamente conhecido por suas contribuições para o campo da magia, da alquimia e da filosofia ocultista. (N. do E.)

o abri com apatia. A teoria que ele tenta demonstrar e os maravilhosos fatos que ele relata logo transformaram meu sentimento em entusiasmo. Uma nova luz pareceu clarear minha mente, e, com alegria, comuniquei minha descoberta a meu pai. Ele lançou um olhar indiferente para o título do meu livro e disse:

— Ah! Cornelius Agrippa! Meu querido Victor, não perca seu tempo com isso, é um monte de bobagens.

Se, em vez de fazer essa observação, meu pai tivesse se dedicado a me explicar que os princípios de Agrippa haviam sido absolutamente destruídos, e que um sistema moderno de ciência tinha sido introduzido, com muito mais poderes que o antigo — enquanto esse era forjado em quimeras —, sendo mais prático e real, eu teria, sob essas circunstâncias, deixado Agrippa de lado e me contentado com a minha imaginação, estimulada como era, retornando com ardor aos meus estudos. É até mesmo possível que minhas ideias nunca teriam recebido o impulso fatal que levou à minha ruína. Mas o olhar superficial de meu pai para o livro não me mostrou que ele estivesse familiarizado com seu conteúdo, e eu continuei a lê-lo com muita avidez.

Quando voltei para casa, minha primeira preocupação foi procurar a obra completa do autor, e depois as de Paracelsus[16] e Albertus Magnus[17]. Li e estudei as selvagens fantasias desses autores com verdadeiro deleite; elas me pareciam tesouros que poucos além de mim conheciam. Descrevi a mim mesmo como alguém sempre imbuído de um desejo fervoroso de penetrar nos segredos da natureza. Apesar do intenso trabalho e das maravilhosas

16. Médico suíço considerado o pai da toxicologia, um dos primeiros a introduzir a química na medicina. (N.T.)

17. Bispo e frade dominicano, filósofo, cientista e teólogo alemão, mestre de São Tomás de Aquino. (N.T.)

descobertas dos filósofos modernos, sempre voltava descontente e insatisfeito de meus estudos. Dizem que *Sir* Isaac Newton declarou ter se sentido como uma criança coletando conchas à margem do grande e inexplorado oceano da verdade. Seus sucessores em cada ramo da filosofia natural com quem eu me familiarizara pareciam, até para mim, novatos envolvidos na mesma busca.

O camponês sem instrução observava os elementos que o rodeavam e estava familiarizado com seus usos práticos. O mais versado filósofo não sabia muito além disso, apenas desvelara parcialmente a face da natureza, mas seus alinhamentos imortais ainda eram uma maravilha e um mistério. Ele podia dissecar, anatomizar e nomear, mas sem falar da causa final, pois essas em graus secundários e terciários continuavam totalmente desconhecidas para ele. Eu contemplara as fortificações e impedimentos que pareciam manter os seres humanos do lado de fora da cidadela da natureza, e me lamentava de forma impulsiva e ignorante.

Mas aqui havia livros, e homens que tinham ido mais a fundo e sabiam mais. Eu acreditei em suas declarações e me tornei seu discípulo. Pode parecer estranho que algo assim ocorresse no século XVIII, mas enquanto eu seguia o currículo das escolas de Genebra, eu também era, em grande parte, autodidata em relação aos meus estudos favoritos. Meu pai não tinha um lado científico, e me restara lidar sozinho com a cegueira infantil, somada à sede de um estudante pelo conhecimento. Sob a orientação de meus novos professores, parti com grande diligência em busca da pedra filosofal e do elixir da vida, mas foi o segundo que logo atraiu minha total atenção. A riqueza era um objeto inferior, mas que glórias esperavam a descoberta, se eu pudesse extinguir a doença da estrutura humana e tornar o homem imune a qualquer coisa que não fosse uma morte violenta!

Essas também não eram minhas únicas visões. A criação de fantasmas ou demônios era uma promessa abundantemente acordada pelos meus autores favoritos, e eu buscava avidamente por seu cumprimento, e se meus encantamentos eram sempre malsucedidos, eu atribuía o fracasso à minha própria inexperiência e erro, em vez de à falta de habilidade ou fidelidade em meus instrutores. E então, por um tempo, eu me ocupei com classificações desacreditadas, misturando, como um inapto, mil teorias contraditórias, e debatendo-me desesperadamente em um lamaçal de conhecimentos multiformes, guiado por uma imaginação ardente e por uma razão infantil, até que um novo acidente mudou o curso de minhas ideias.

Eu tinha cerca de quinze anos quando nos retiramos para a casa próxima de Bellerive, ocasião em que testemunhamos uma tempestade das mais violentas e terríveis. Ela surgiu de trás das montanhas do Jura, e os trovões irromperam imediatamente, estrondosos e assustadores, em vários pontos do céu. Eu fiquei, enquanto durou a tempestade, assistindo ao seu progresso com curiosidade e deleite. Como estava parado junto à porta, vi de repente o brilho de uma chama sair de um belo e antigo carvalho que ficava a quase vinte quilômetros de nossa casa, e assim que a deslumbrante luz se foi, ele havia desaparecido, e não restara nada além de um tronco queimado. Quando visitamos o local na manhã seguinte, descobrimos que a árvore tinha se partido de uma maneira única. Não tinha apenas se quebrado com o choque, mas havia sido inteiramente reduzida a finas vigas de madeira. Eu nunca tinha visto algo tão destruído.

Antes disso, tinha certo conhecimento sobre as leis mais óbvias da eletricidade. Nessa ocasião, um grande pesquisador da filosofia natural estava conosco, e, animado com a catástrofe, começou a explicar a teoria que havia construído em relação à eletricidade e ao galvanismo, que me era, ao mesmo tempo, nova e surpreendente. Tudo o que ele dizia parecia concordar com Cornelius Agrippa, Albertus Magnus e Paracelsus, os senhores de minha imaginação, mas, por uma fatalidade, a derrota desses homens me deixou desinclinado a prosseguir com meus estudos costumeiros. Parecia que nada nunca seria ou poderia ser descoberto. Tudo o que consumira minha atenção por tanto tempo se tornara desprezível. Por um desses caprichos da mente, que talvez estejam mais sujeitos à juventude, eu desisti de minhas ocupações anteriores. Passei a ver a história natural e sua descendência como uma criação deformada e abortiva, e alimentei um grande desdém por uma suposta ciência que poderia nunca se colocar à altura do verdadeiro conhecimento. E com esse estado de espírito eu me dediquei à matemática e aos ramos de estudo que pertenciam àquela ciência, construídos sobre bases sólidas e, portanto, dignos de minha consideração.

De modo tão estranho nossas almas são feitas, e como é fina a ligação que nos leva à prosperidade ou à ruína. Quando olho para o passado, me parece que essa quase milagrosa mudança de inclinação e desejo foi a sugestão imediata de meu anjo da guarda — o último esforço do espírito de preservação para evitar a tempestade que espreitava nas estrelas, pronta para me engolir. Sua vitória foi anunciada pela incomum tranquilidade e paz de espírito, que seguiu o abandono de meus antigos e antes torturantes estudos. Foi então que eu logo seria ensinado a associar o mal com sua perseguição, e a felicidade com o seu desprezo.

Foi um grande esforço do espírito do bem, mas ineficaz. O destino era muito poderoso, e suas leis imutáveis haviam decretado a minha terrível e completa destruição.

CAPÍTULO III

Quando atingi meus dezessete anos, meus pais decidiram que eu deveria me tornar um estudante na universidade de Ingolstadt. Eu havia, até então, frequentado as escolas de Genebra, mas meu pai achou necessário para completar meus estudos que me familiarizasse com costumes que não os de minha terra natal. Minha partida foi logo então decidida, mas antes que esse dia chegasse, deu-se o primeiro infortúnio de minha vida — uma premonição, por assim dizer, da minha futura miséria.

Elizabeth contraiu escarlatina. Seu quadro era grave e ela corria um grande perigo. Durante sua doença, muitos tentaram dissuadir minha mãe de cuidar dela. Ela atendeu, de início, às nossas súplicas, mas quando ouviu que a vida de sua predileta estava em perigo, não pôde mais controlar sua ansiedade. Pôs-se ao lado da cama da enferma — seus atenciosos cuidados triunfaram sobre a doença maligna — e Elizabeth foi salva, mas as consequências dessa imprudência foram fatais para a sua cuidadora. No terceiro dia, minha mãe adoeceu. A febre foi acompanhada de sintomas muito alarmantes, e os olhares dos médicos passavam o pior prognóstico. Em seu leito de morte, sua força e benevolência não desvaneceram. Ela juntou minha mão à de Elizabeth e disse:

— Meus filhos, minhas mais firmes esperanças de felicidade futura estão em sua união. Essa expectativa agora será o consolo de seu pai. Elizabeth, meu amor, deve tomar meu lugar pelo bem dos mais jovens. Ai de mim! Sinto tanto em me afastar de vocês. Fui tão feliz e amada, não poderia ser mais difícil deixá-los. Mas esses pensamentos não vão me abalar, vou me resignar alegremente à morte, e me permitirei a esperança de encontrá-los no outro mundo.

Ela partiu tranquilamente, e seu rosto tinha uma expressão afetuosa até mesmo na morte. Não preciso descrever os sentimentos daqueles cujos laços mais caros são rasgados por esse mal irremediável, o vazio que se apresenta à alma, e o desespero que se mostra no rosto. Levou muito tempo para que nossas mentes se acostumassem à ideia de que aquela a quem víamos todos os dias, e cuja existência parecia parte da nossa própria, pudesse ter partido para sempre, que o brilho de um olhar amado pudesse ter sido extinto, e que a voz tão familiar e tão cara aos ouvidos pudesse ser calada e nunca mais ouvida. Existem os reflexos dos primeiros dias, mas quando o tempo prova a realidade desse mal, o verdadeiro amargor do luto começa. E há um homem de quem essa mão maligna não tenha tirado alguém? Por que eu deveria descrever uma tristeza que todos já sentiram, e que devem sentir? Finalmente chega o momento em que o luto é mais uma indulgência que uma necessidade, e que o sorriso brincando nos lábios, embora considerado profanador, não está mais banido. Minha mãe estava morta, mas ainda tínhamos deveres a cumprir. Devemos seguir em frente com o resto e aprender a nos considerar sortudos enquanto nos resta aquele que o saqueador não levou.

Minha partida para Ingolstadt, adiada por esses eventos, havia sido mais uma vez marcada. Consegui de meu pai algumas semanas de descanso. Parecia-me um sacrilégio deixar tão cedo o silêncio, semelhante à morte, da casa de luto, e correr em direção à vida. Eu não conhecia a tristeza, mas isso não me tranquilizou. Não queria me afastar daqueles que me restavam, e, acima de tudo, desejava ver a minha doce Elizabeth ter algum consolo.

Ela de fato mascarou o seu luto e se esforçou para consolar a todos nós. Ela encarou calmamente a vida, e assumiu seus deveres com zelo e coragem. Devotou-se àqueles que aprendera a chamar de seus tios e primos. Ela nunca foi tão encantadora como naquela época, quando recuperava o brilho de seus sorrisos e os derramava sobre nós. Ela esqueceu os próprios pesares em seus esforços para nos fazer esquecer os nossos.

O dia de minha partida finalmente chegou. Clerval passou a noite anterior conosco. Ele se empenhou em convencer seu pai a permitir que me acompanhasse e se tornasse meu colega, mas foi em vão. O pai era um comerciante de mente fechada, e via indolência e ruína nas aspirações e ambições de seu filho. Henry lamentava profundamente o infortúnio de ser privado de uma educação liberal. Falava pouco disso, mas, quando expressava, eu podia ler em seus olhos cintilantes e animados uma decisão refreada, mas firme, de não ser aprisionado nos detalhes miseráveis do comércio.

"Chega o dia de minha partida, afinal."

Chega o dia de minha partida, afinal. Permanecemos juntos até tarde. Não conseguíamos nos afastar, nem nos convencer a dizer adeus. Então despedimo-nos e nos retiramos sob o pretexto de buscar repouso, cada qual achando que havia enganado o outro. Mas quando raiou a manhã e eu desci para a carruagem que me levaria embora, estavam todos lá: meu pai para me abençoar mais uma vez, Clerval para apertar minha mão, minha Elizabeth para renovar suas súplicas de que eu escrevesse sempre e para dar as últimas atenções femininas ao seu companheiro e amigo.

Lancei-me à carruagem que deveria me levar para longe e me permiti mergulhar na melancolia das reflexões. Eu, que sempre estivera rodeado de companhias amigáveis e esforçava-me continuamente em ser igualmente agradável, agora estava sozinho. Na universidade para a qual estava indo, devia ser meu próprio amigo e protetor. Minha vida até então tinha sido consideravelmente reservada e doméstica, o que me tinha dado uma invencível repugnância a novos rostos. Eu amava meus irmãos, Elizabeth e Clerval. Eles eram "velhos rostos conhecidos"[18], mas eu me achava totalmente inadequado para a companhia de estranhos. Essas eram minhas reflexões quando comecei minha jornada, mas ao longo do caminho meu ânimo e esperanças se elevaram. Eu desejava ardentemente o conhecimento. Muitas vezes em casa pensei como era difícil passar a juventude toda em um único lugar, e tive vontade de conhecer o mundo e tomar meu posto entre os outros seres humanos. Agora meus desejos foram concedidos, e seria tolice se arrepender.

18. Referência ao poema de *The old familiar faces* (1798), de Charles Lamb. (N. do E.)

Tive tempo livre suficiente para essa e outras reflexões durante a minha longa e cansativa viagem para Ingolstadt. Finalmente, meus olhos viram o alto campanário branco da cidade. Desembarquei e fui conduzido ao meu apartamento solitário para passar a noite como bem desejasse.

Na manhã seguinte, entreguei minhas cartas de apresentação, e visitei alguns de meus professores principais. O destino — ou talvez a má influência, o Anjo da Destruição, que esteve pairando sobre mim desde o momento em que dei os primeiros passos relutantes para longe da porta de meu pai — me levou primeiro até o sr. Krempe, professor de filosofia natural. Era um homem rude, mas profundamente mergulhado nos segredos de sua ciência. Ele me fez várias perguntas sobre meu progresso em diferentes ramos da ciência pertencentes à filosofia natural. Respondi despreocupadamente, e, com um pouco de desdém, os nomes de meus alquimistas como os principais autores que eu havia estudado. O professor me encarou e disse:

— Você realmente passou seu tempo estudando essa tolice?

Respondi que sim.

— Cada minuto — continuou o sr. Krempe calorosamente —, cada instante que desperdiçou com esses livros foi completamente perdido. Encheu sua memória com sistemas destruídos e nomes inúteis. Bom Deus! Em que terra deserta deve ter vivido, onde ninguém foi gentil o suficiente para informá-lo de que essas fantasias que você consumiu tão ganranciosamente têm mil anos de idade e estão mofadas de tão velhas? Nunca imaginei, nesta era iluminada pela ciência, encontrar um discípulo de Albertus Magnus e Paracelsus. Meu caro senhor, deve começar os seus estudos completamente do início.

Ao terminar, ele se afastou um pouco e redigiu uma lista com vários livros a respeito da filosofia natural que queria que eu procurasse. Ele me dispensou depois de mencionar que tinha intenção de dar início, no começo da semana seguinte, a um curso de seminários sobre a filosofia natural em suas relações gerais, e que o sr. Waldman, um colega professor, ministraria as aulas de química nos dias alternados em que ele se ausentasse.

Quando voltei para casa, não estava desapontado, pois há muito tempo considerara inúteis os autores que o professor reprovava, mas não me sentia nem um pouco inclinado a voltar para aqueles estudos. O sr. Krempe era um homenzinho atarracado, com uma voz ríspida e um rosto repulsivo; o professor, portanto, não fez eu me sentir atraído pelas atividades das quais se ocupava. Já relatei, ainda que de modo exageradamente filosófico e rebuscado, as conclusões a que cheguei sobre tais temas em minha juventude. Quando criança, não estava satisfeito com os resultados prometidos pelos professores modernos de ciência natural. Com uma confusão de ideias que só pode ser atribuída à minha pouquíssima idade e ao meu desejo de um guia nesses assuntos, eu misturei as etapas do conhecimento ao longo dos caminhos do tempo, e troquei as descobertas dos questionadores recentes pelos sonhos dos alquimistas esquecidos. Além disso, eu tinha um certo desprezo pelos usos da filosofia natural moderna. Era muito diferente quando os mestres da ciência procuravam a imortalidade e o poder. Essas visões, embora fúteis, eram grandiosas, mas o cenário tinha mudado. A ambição do pesquisador parecia se limitar à aniquilação daquelas visões nas quais meu interesse pela ciência havia se fundado. Eu devia substituir quimeras de grandeza sem limites por realidades de pouco valor.

Foi sobre isso que refleti durante os dois ou três primeiros dias da estadia em Ingolstadt, nos quais passei me familiarizando com o lugar e com os principais residentes de meu novo lar. Mas no início da semana seguinte, eu pensei a respeito da informação que o sr. Krempe havia partilhado sobre as aulas. E embora não me agradasse ir até lá para ouvir aquele homenzinho presunçoso discursar de um púlpito, lembrei-me do que ele dissera sobre o sr. Waldman, que eu nunca tinha visto, já que estava fora da cidade até então.

Tanto por curiosidade quanto por presunção, fui até o auditório, onde logo entrou o sr. Waldman. Esse professor era bem diferente de seu colega. Parecia ter por volta de cinquenta anos de idade, mas com um aspecto de benevolência em seu semblante; uns poucos fios grisalhos cobriam suas têmporas, mas os cabelos na parte de trás da cabeça eram quase pretos. Tinha baixa estatura, mas uma postura excepcionalmente ereta, e a voz era a mais doce que eu já ouvira. Ele começou a aula recapitulando a história da química e os vários progressos alcançados por diferentes estudiosos, pronunciando com fervor os nomes dos mais distintos pesquisadores. Ele fez então uma breve observação sobre o estado corrente da ciência, e explicou muitos dos termos elementais. Depois de fazer alguns experimentos preparatórios, concluiu com um aclamado discurso sobre a química moderna, e usou termos que jamais hei de esquecer:

— Os antigos mestres desta ciência — disse — prometeram impossibilidades, e nada conquistaram. Os mestres modernos não prometem muito. Eles sabem que metais preciosos não podem ser transmutados, e que o elixir da vida é uma fantasia. Mas esses filósofos, cujas mãos parecem ter sido feitas apenas para se sujar, e seus olhos para examinar atentamente o microscópio e o caldeirão, de fato realizaram milagres. Eles penetram nos recantos da natureza e mostram como ela trabalha em seus lugares secretos. Eles ascendem aos céus: descobriram como o sangue circula e a natureza do ar que respiramos. Conquistaram novos e quase ilimitados poderes. Podem comandar os trovões do céu, imitar o terremoto e até zombar do mundo invisível com suas próprias sombras.

Essas foram as palavras do professor — ou melhor, as palavras do destino, anunciadas para me destruir. Enquanto ele falava, senti como se minha alma estivesse lutando contra um inimigo palpável. Uma a uma, as teclas que compunham o mecanismo de meu ser foram acionadas: acorde após acorde, e logo minha mente foi preenchida com um pensamento, um ideal, um propósito. Tanto já foi feito, exclamou a alma de Frankenstein, — e mais, muito mais, eu conquistarei, seguindo os passos já marcados, serei o pioneiro em um novo caminho, explorarei poderes desconhecidos e revelarei ao mundo os mais profundos mistérios da criação.

Não pude dormir naquela noite. Meu interior estava em estado de insurreição e tumulto. Eu sentia que a ordem surgiria dali, mas não tinha forças para produzi-la. Gradativamente, depois da aurora, o sono chegou. Quando despertei, os pensamentos da noite anterior eram como um sonho. Restou apenas a decisão de retornar aos meus antigos estudos, e de me devotar à ciência para a qual eu acreditava possuir um talento natural. No mesmo dia, visitei sr. Waldman. Seus modos no privado eram ainda mais discretos e cativantes que em público, pois havia uma certa dignidade em seu semblante enquanto lecionava, que em casa era substituída pela afabilidade e gentileza. Relatei a ele minha antiga busca quase da mesma forma que a seu colega de docência. Ele ouviu atentamente minha pequena narrativa a respeito de meus estudos, e sorriu ao ouvir os nomes de Cornelius Agrippa e Paracelsus, mas sem o desdém que o sr. Krempe exibira.

— Aqueles — disse — eram homens a cujo incansável zelo os filósofos modernos deviam a maior parte das fundações de seu conhecimento. Eles nos deixaram uma tarefa mais fácil de dar novos nomes e rearranjar em classificações conectadas os fatos que eles haviam trazido à luz em maior grau. As obras de homens geniais, embora dirigidas de forma equivocada, raramente não acabam, enfim, se tornando uma sólida vantagem da humanidade.

Eu ouvi sua declaração, feita sem nenhuma presunção ou afetação, e depois disse que a aula dele removera meus preconceitos contra os químicos modernos. Expressei-me em termos comedidos, com a modéstia e deferência que um jovem deve a seu instrutor, sem deixar escapar (a inexperiência na vida me deixara envergonhado) nada do entusiasmo que estimulava meus projetos. Pedi seu conselho sobre os livros que deveria procurar.

— Estou feliz — disse sr. Waldman — por ter ganhado um discípulo, e caso sua aplicação se iguale às suas habilidades, não tenho dúvidas de seu sucesso. A química é o ramo da filosofia natural na qual os maiores progressos foram e serão alcançados, e por essa razão é que me dedico a ela, mas, ao mesmo tempo, não negligenciei os outros ramos da ciência. Não seria nada além de um químico medíocre se frequentasse apenas o departamento do conhecimento humano. Se seu desejo é se tornar um verdadeiro homem da ciência, e não apenas um experimentalista insignificante, eu o aconselho a se aplicar a todos os campos da filosofia natural, incluindo a matemática.

Ele então me levou ao seu laboratório e me explicou os usos de suas várias máquinas, instruindo o que deveria pesquisar e prometendo que eu poderia utilizá-las quando tivesse avançado o suficiente para não avariar aqueles mecanismos. Ele também me deu a lista de livros que eu havia pedido, e então fui embora.

Assim terminou para mim um dia memorável, que decidiu o meu futuro e o meu destino.

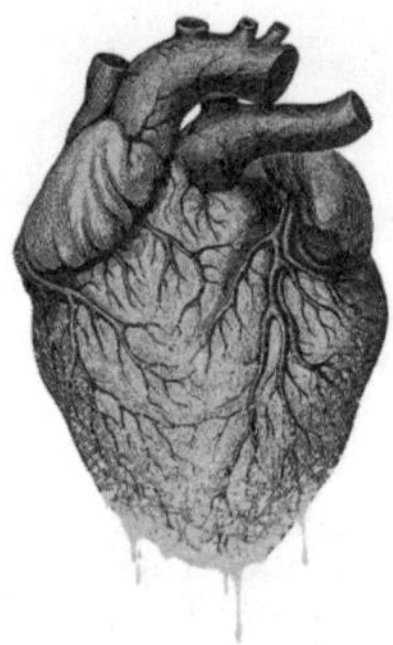

CAPÍTULO IV

A partir daquele dia, a filosofia natural, e particularmente a química, no sentido mais abrangente do termo, tornaram-se a minha única ocupação. Eu lia avidamente aquelas obras tão cheias de talento e discernimento que estudiosos modernos haviam escrito sobre esses assuntos. Frequentava as aulas e me aproximava daqueles homens de ciência da universidade, e descobri, até no sr. Krempe, uma fonte de razão e real informação, combinada, é claro, com uma fisionomia e modos repulsivos — mas não por isso menos valiosa. No sr. Waldman encontrei um verdadeiro amigo. Sua gentileza nunca era manchada pelo dogmatismo, e suas instruções eram dadas com um ar de franqueza e bondade que bania qualquer ideia de presunção. De mil maneiras, ele suavizou o meu caminho para o conhecimento, e tornou as mais obtusas questões claras e fáceis para meu aprendizado. Minha aplicação era, de início, flutuante e incerta conforme eu progredia. Ela ganhou força, e logo se tornou tão ardente e ávida que as estrelas tinham tempo de desaparecer no céu da manhã enquanto eu estava em meu laboratório.

Dediquei-me tão intensamente que poderia se pensar que meu progresso havia sido rápido. Meu fervor era realmente o espanto dos alunos, e minha proficiência, o dos mestres. O professor Krempe frequentemente me perguntava, com um sorriso malicioso, como ia Cornelius Agrippa, enquanto o sr. Waldman expressava comovido sua exultação com meu avanço. Dois anos se passaram assim, durante os quais não visitei Genebra, mas estive envolvido de coração e alma com a busca das descobertas que eu desejava fazer. Apenas aqueles que já os sentiram podem compreender os apelos da ciência. Em outros estudos, vai-se até onde outros chegaram antes, e não há mais nada a descobrir, mas uma pesquisa científica é alimento contínuo para as descobertas e maravilhas. Uma mente de capacidade moderada que se dedica de modo firme a um único estudo deve infalivelmente atingir grande proficiência nele. E eu, que buscava incessantemente um único objetivo, e estava dedicado somente a isso, progredi tão rapidamente que, ao fim de dois anos, fiz descobertas na melhoria de alguns instrumentos químicos, os quais me renderam grande estima e admiração na universidade. Quando cheguei a esse ponto, e estava tão familiarizado com a teoria e a prática da filosofia natural no que dependia das aulas de qualquer professor em Ingolstadt, minha residência ali não era mais decisiva para o meu progresso, e pensei em voltar para os meus amigos e minha cidade natal. Mas ocorreu um incidente que alongou minha estadia.

Um dos fenômenos que atraía particularmente a minha atenção era a estrutura do corpo humano, e, de fato, qualquer criatura viva. Eu frequentemente me perguntava qual a origem da vida. Era uma pergunta ousada, e que sempre fora considerada um mistério. Contudo, há muitas coisas que estamos sempre prestes a descobrir se a covardia ou a indiferença não criarem obstáculos. Eu revirava essas circunstâncias em minha mente, e decidi me dedicar mais particularmente aos campos da filosofia natural que dizem respeito à fisiologia. Se eu não estivesse animado por um entusiasmo quase sobrenatural, meus estudos nessa área teriam sido cansativos, quase insuportáveis. Para examinar as causas da vida, devemos primeiro investigar a morte. Estudei anatomia, mas não foi suficiente, uma vez que devia observar também a decomposição natural e a decadência do corpo humano. Em minha educação, meu pai tomou grandes precauções para que minha mente não se impressionasse com horrores sobrenaturais. Não me recordo de ter calafrios com histórias supersticiosas, ou de temer a aparição de um espírito. A escuridão não tinha efeito em minha mente; e um cemitério, para mim, era apenas um receptáculo de corpos desprovidos de vida, que, de templos de beleza e força, tornaram-se alimento para os vermes. Eu agora estudaria a causa e o progresso dessa degradação, e seria forçado a passar dias e noites em criptas e necrotérios. Minha atenção estava fixa em objetos insuportáveis para a delicadeza do sentimento humano. Eu vi como a fina estrutura do homem era quando degradada e consumida. Contemplei a deturpação da morte suceder o florescer da vida, e vi como o verme herdava as maravilhas dos olhos e do cérebro. Eu pausava, examinando e analisando todas as minúcias causais, exemplificadas na mudança da vida para a morte, e da morte para a vida, até que do meio dessa escuridão uma luz repentina me atingiu — uma luz tão brilhante e encantadora, e ainda assim tão simples, que enquanto fiquei atordoado com a imensidão da ideia que ela ilustrava, surpreendia-me que, em meio a tantos homens talentosos e que conduziam seus estudos na mesma ciência, deveria ser apenas eu o desbravador de um segredo tão impressionante.

Lembre-se de que essa não é a visão de um louco. Minha afirmação é tão real quanto o brilho do sol no céu. Isso pode ter sido produto de algum milagre, mas ainda assim os estágios da descoberta eram distintos e prováveis. Após dias e noites de incrível trabalho e cansaço, tive sucesso em descobrir a causa geradora da vida. Não, mais do que isso. Tornei-me capaz de conceder vida à matéria inanimada.

O espanto que me atingiu de início com essa descoberta logo deu lugar à alegria e ao êxtase. Depois de tanto tempo em um trabalho doloroso, alcançar de uma vez o ápice de meus desejos era a mais gratificante realização de meus esforços. Mas essa descoberta foi tão grande e avassaladora que todas as etapas que levaram progressivamente a ela foram obliteradas, e me restou contemplar apenas o resultado. Aquilo que havia sido o estudo e desejo dos homens mais sábios desde a criação do mundo estava agora a meu alcance. Como magia, tudo se abriu de uma vez diante de mim. A informação que eu agora possuía era de tal natureza a direcionar os meus esforços assim que eu os apontasse para o objeto de minha busca, em vez de expor o já alcançado. Eu era como um árabe que tinha sido enterrado com os mortos[19], e encontrou a passagem para a vida, auxiliado apenas por uma vaga e aparentemente ineficaz luz.

Vejo pela avidez e pelo brilho e esperança que seus olhos mostram, meu amigo, que você espera ser informado do segredo que me foi revelado, contudo, não pode ser assim. Você deve aguardar

19. "A Quarta Viagem de Simbad, o Marinheiro" é uma das aventuras épicas narradas nas *Mil e Uma Noites*. (N. do E.)

pacientemente até o final de minha história, e perceberá por que estou tão reservado quanto a isso. Não o guiarei, imprudente e fervoroso como eu era na época, à sua destruição e infalível miséria. Aprenda comigo, se não por meus princípios, pelo meu exemplo, quão perigoso é adquirir conhecimento, e quão mais feliz é o homem que vê sua cidade natal como o mundo, do que aquele que aspira tornar-se maior do que a natureza permite.

Quando vi um poder tão impressionante em minhas mãos, hesitei por um longo tempo a respeito de como deveria empregá-lo. Embora eu possuísse o dom de conceder a vida, preparar a estrutura para recebê-la, com toda a complexidade de fibras, músculos e veias, ainda era um trabalho de dificuldade e esforço inconcebíveis. No início, tive dúvidas se deveria tentar criar um ser como eu ou outro de constituição mais simples. Porém, minha imaginação estava deveras exaltada com o primeiro sucesso para me permitir duvidar da minha habilidade de dar vida a um animal tão complexo e magnífico como o homem. Os materiais que estavam à minha disposição pareciam pouco adequados para uma empreitada tão árdua, mas não tive dúvidas de que, no final, ela seria bem-sucedida. Preparei-me para muitos tipos de fracasso, pois meus experimentos poderiam ser incessantemente confundidos, e meu trabalho final sairia imperfeito. Ainda assim, quando considerava o progresso que todos os dias ocorre na ciência e na mecânica, sentia-me encorajado a esperar que minhas tentativas atuais ao menos construíssem os alicerces de um futuro sucesso. Também não podia considerar a magnitude e a complexidade de meu plano como um argumento de impraticabilidade. Com esses sentimentos, comecei a criação de um ser humano. Como as minúcias das partes eram um grande obstáculo à minha rapidez, decidi, contrariamente à minha intenção inicial, fazer um ser de estatura gigante, ou seja, de mais ou menos dois metros e meio de altura e proporcionalmente grande. Depois de tomar essa decisão, e de passar meses coletando e arranjando os meus materiais com sucesso, comecei.

Ninguém pode compreender a variedade de sentimentos que me moveram para frente, como um furacão, ao primeiro sinal de sucesso. A vida e a morte me pareciam limites ideais que eu deveria primeiro ultrapassar, e depois derramar uma torrente de luz sobre o nosso mundo sombrio. Uma nova espécie me abençoaria como seu criador e origem. Muitas naturezas felizes e excelentes deveriam sua existência a mim. Nenhum pai poderia exigir tamanha gratidão de seu filho como a que eu mereceria delas. Dada essa ideia, eu pensei que se pudesse conceder vida à matéria inanimada, poderia, com o tempo, embora tenha descoberto ser impossível, renovar a vida onde a morte aparentemente entregara o corpo à degradação.

Esses pensamentos animavam meu espírito enquanto eu levava adiante minha empreitada com intenso ardor. Minhas bochechas ficaram pálidas durante o estudo, e eu emagreci durante o confinamento. Às vezes, a um passo da certeza, eu falhava, e, ainda assim, continuava esperançoso de que no dia seguinte ou na hora seguinte eu teria sucesso. O segredo que apenas eu possuía era a esperança à qual eu me apegava. A lua observava meus trabalhos noturnos, enquanto, com voracidade ofegante e inquieta, eu buscava a natureza em seus esconderijos. Quem poderia imaginar os horrores de meus esforços secretos, enquanto eu mergulhava na umidade profana das covas, ou torturava o animal vivo para dar vida ao barro inanimado? Meus membros agora tremem e meus olhos lacrimejam com as lembranças. Porém, naquela época, um impulso irresistível e quase frenético me compelia a seguir em frente, e eu parecia ter perdido toda a alma ou a sensibilidade, exceto por esse único objetivo. Foi, de fato, apenas um transe passageiro que fez com que eu sentisse renovada a perspicácia sagacidade, e assim que, deixando de agir o estímulo artificial, eu voltei aos meus velhos hábitos. Coletava ossos de cemitérios e perturbava, com dedos profanos, os tremendos segredos da estrutura humana. Em um quarto solitário — ou melhor, uma cela, no último andar da casa, e separada de todos os outros aposentos por um corredor e uma escadaria — eu mantinha a minha oficina de criações profanas. Meus globos oculares quase saltavam das órbitas ao examinarem cada detalhe de meu projeto. A maior parte de meus materiais veio da sala de dissecação e do abatedouro, e frequentemente minha natureza humana se enojava de minha ocupação; no entanto, ainda impulsionado por uma voracidade que aumentava incessantemente, eu estava cada vez mais perto de concluir o meu trabalho.

Os meses de verão passaram enquanto eu me dedicava, de coração e alma, a uma única busca. Foi uma belíssima estação, já que os campos nunca concederam uma colheita tão farta nem os vinhedos deram uma safra tão luxuosa. Mas meus olhos eram insensíveis aos encantos da natureza. E os mesmos sentimentos que me fizeram negligenciar as cenas ao meu redor também me fizeram esquecer aqueles amigos a tantos quilômetros de distância e a quem eu não via há muito tempo. Eu sabia que meu silêncio os deixava inquietos, e eu lembrava muito bem das palavras de meu pai:

— Sei que quando estiver satisfeito consigo mesmo pensará em nós com afeto, e teremos notícias regulares suas. Perdoe-me se vejo a interrupção em sua correspondência como prova de que seus outros deveres estão sendo igualmente negligenciados.

Eu então sabia muito bem quais eram os sentimentos de meu pai, mas não podia deixar de lado meu trabalho, tão detestável, mas que tinha irresistivelmente tomado posse da minha imaginação. Eu desejava, como tal, procrastinar tudo relacionado às minhas afeições até que o grande objetivo, que engolia todo hábito de minha natureza, tivesse sido alcançado.

À época, eu pensava que meu pai estava sendo injusto ao atribuir minha negligência a algum vício ou falha de minha parte, contudo, agora estou convencido de que ele tinha razão em imaginar que eu não deveria ser completamente inocentado. Um ser humano, em sua perfeição, deveria sempre preservar uma mente calma e pacífica, e nunca permitir que uma paixão ou desejo transitório perturbasse sua tranquilidade. Não acho que minha busca pelo conhecimento seja uma exceção a essa regra. Se os estudos aos quais você se dedica tendem a enfraquecer seus afetos e destruir seu gosto por aqueles prazeres simples aos quais nenhuma impureza pode se misturar, então eles são certamente indevidos, ou seja, não são adequados à mente humana. Se essa regra sempre fosse cumprida, se nenhum homem fosse autorizado a buscar o que quer que interferisse na tranquilidade de seus afetos domésticos, a Grécia não teria sido escravizada, César teria poupado seu país, a América teria sido descoberta mais gradativamente e os impérios do México e do Peru não teriam sido destruídos.

Mas eu esqueço que estou divagando na parte mais interessante de minha história, e seu olhar me lembra que devo prosseguir.

Meu pai não me fez qualquer repreensão em suas cartas, e apenas notou o meu silêncio ao perguntar mais especificamente sobre minhas ocupações do que antes. Inverno, primavera e verão passaram enquanto eu trabalhava, porém, desta vez, não assisti ao desabrochar das flores ou ao crescimento das folhas — cenas que antes sempre me davam uma satisfação suprema — de tão profundamente imerso que estava em meu projeto. As folhas daquele ano secaram antes que meu trabalho estivesse perto de ser finalizado, e agora cada dia me mostrava claramente quanto eu havia progredido. Ainda assim, meu entusiasmo foi prejudicado pela minha ansiedade, e eu parecia mais um condenado pela escravidão a trabalhar nas minas, ou em qualquer outro serviço insalubre, do que um artista ocupado com sua obra favorita. Toda noite eu era oprimido por uma lenta febre, e ficava nervoso em um grau muito doloroso. A queda de uma folha me assustava, e eu me afastei de outros seres humanos como se fosse um criminoso. Às vezes, eu ficava alarmado com os destroços em que havia me tornado, já que apenas a energia de meu propósito me sustentava: meu trabalho logo terminaria, e eu acreditava que exercício e diversão afastariam aquela doença incipiente, então prometi os dois a mim mesmo quando minha criação estivesse completa.

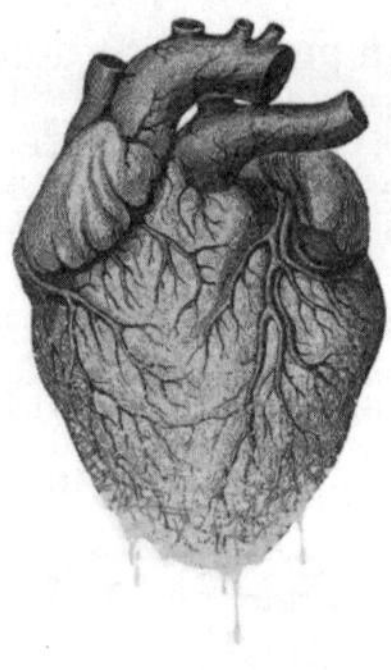

CAPÍTULO

V

Foi em uma noite sombria de novembro que contemplei a realização de meus esforços. Com uma ansiedade que quase beirava a agonia, reuni ao meu redor os instrumentos que pudessem infundir uma faísca de existência à coisa que jazia inanimada aos meus pés. Já era uma da manhã, e a chuva batia melancolicamente contra as vidraças. Minha vela estava quase se apagando quando, sob o brilho da chama quase extinta, eu vi o olho amarelo e opaco da criatura se abrir. Ela respirou com dificuldade, e um movimento convulsivo agitou seus membros.

Como posso descrever minhas emoções diante desta catástrofe, ou como retratar o pobre infeliz que, com infinito esforço e cuidado, eu me propus a criar? Seus membros eram proporcionais, e eu tinha escolhido belas feições para ele. Belas! Bom Deus! Sua pele amarelada quase não cobria os músculos e as veias abaixo dela, o cabelo era negro, lustroso e esvoaçante, e os dentes eram de um branco perolado. Contudo, essas características apenas formavam um contraste horrível com seus olhos lacrimejantes, que pareciam ter quase a mesma cor das órbitas

"Sob o brilho da chama quase extinta, eu vi o olho amarelo e opaco da criatura se abrir. Ela respirou com dificuldade e um movimento convulsivo agitou seus membros... Eu corri para fora do quarto."

pálidas e opacas em que se inseriam, com sua pele ressecada e com os lábios retos enegrecidos.

Os diferentes acidentes da vida não são tão volúveis quanto os sentimentos da natureza humana. Eu havia trabalhado muito por quase dois anos com o único propósito de infundir vida em um corpo inanimado. Para isso, eu me privei de descanso e de saúde. Desejara isso com um ardor que excedia a moderação, mas agora que eu havia terminado, a beleza de meu sonho desapareceu, e um horror ofegante e uma repulsa invadiram meu coração. Incapaz de suportar o aspecto do ser que eu havia criado, corri para fora dali, e continuei por um longo tempo perambulando pelo meu quarto, incapaz de tranquilizar minha mente para dormir. Finalmente a fadiga venceu o tumulto pelo qual eu tinha passado, e eu me joguei na cama sem trocar de roupas, buscando alguns momentos de esquecimento. Mas foi em vão. Eu dormi, de fato, mas fui perturbado pelos sonhos mais violentos. Pensei ter visto Elizabeth, em perfeita saúde, andando pelas ruas de Ingolstadt. Encantado e surpreso, eu a abracei, mas quando dei o primeiro beijo em seus lábios, eles se tornaram pálidos com aspecto de morte, suas feições pareceram mudar, e eu pensei estar segurando em meus braços o cadáver de minha mãe. Um sudário envolvia seu corpo, e eu vi os vermes do túmulo rastejando entre as dobras do tecido. Despertei horrorizado de meu sono. Suor frio cobria minha testa, meus dentes batiam e meus membros tremiam, quando, sob a luz fraca e amarelada do luar, que forçava sua entrada por entre as cortinas, eu encarei o infeliz — o monstro miserável que eu havia criado. Ele levantou a cortina do dossel, e seus olhos, se é que podem ser chamados assim, estavam fixos em mim. Sua mandíbula se abriu e ele articulou alguns sons incompreensíveis, enquanto um sorriso enrugou suas bochechas. Ele deve ter falado, mas eu não ouvi. Uma mão estava estendida, como que para me alcançar, mas eu escapei, e corri escada abaixo. Refugiei-me no pátio da casa em que eu morava, onde fiquei pelo resto da noite, andando de um lado para o outro com grande agitação, ouvindo atentamente, captando e temendo cada ruído como se estivesse anunciando a aproximação do cadáver demoníaco ao qual eu tinha dado vida tão miseravelmente.

Oh, nenhum mortal poderia suportar o horror daquele rosto. Uma múmia reanimada não poderia ser tão abominável quanto aquele infeliz. Eu havia olhado para ele quando ainda estava inacabado. Ele era feio. Mas quando aqueles músculos e juntas se tornaram capazes de se mover, ele se tornou algo que nem mesmo Dante poderia ter imaginado.

Passei a noite em um estado lastimável. Às vezes meus batimentos eram tão rápidos e fortes que eu sentia as palpitações em cada artéria. Em outras, eu quase caia no chão pelo abatimento e fraqueza extrema. Misturado a esse horror, eu sentia a amargura da decepção, e sonhos que tinham sido meu alimento e prazeroso descanso por tanto tempo tornaram-se um inferno para mim. Quão rápida foi a mudança, e quão completa a decadência!

A manhã, sombria e úmida, finalmente chegou, e revelou para meus olhos vigilantes e doloridos a igreja de Ingolstadt, seu campanário e seu relógio, indicando a sexta hora do dia. O zelador abriu os portões do pátio que tinham sido meu asilo, e eu fui para a rua, andando por ela a passos rápidos, como se quisesse evitar que o infeliz que eu temia aparecesse à minha frente a cada esquina. Eu não me atrevi a retornar ao apartamento em que estava morando, mas me senti impelido a continuar em frente, embora encharcado pela chuva que caía torrencialmente de um céu negro e desconsolado.

Continuei andando dessa maneira por algum tempo, tentando, por meio do exercício físico, aliviar o peso em minha mente. Perambulei pelas ruas, sem uma ideia clara de onde estava ou o que fazia. Meu coração palpitava com o mal-estar e o medo, e eu andei mais rápido a passos irregulares, não me atrevendo a olhar para trás:

"Como alguém que, em uma estrada vazia,
Anda com receio e temor,
E, ao se virar uma vez, segue adiante
E não olha mais para trás, com pavor,
Porque sabe que um demônio apavorante
Aproxima-se mais dele a cada instante."[20]

Mais à frente, cheguei finalmente ao lado oposto à hospedaria, onde geralmente paravam várias carruagens e diligências. Aqui eu fiz uma pausa. Não sabia por que, mas continuei por alguns minutos olhando fixamente para uma carruagem que vinha em minha direção do outro lado da rua. Enquanto se aproximava, percebi que era de diligência suíça. Ela parou bem onde eu estava, e, quando a porta se abriu, vi Henry Clerval, que, ao me ver, pulou de lá no mesmo instante.

— Meu caro Frankenstein — exclamou ele —, como estou feliz em vê-lo! Que sorte você estar aqui bem no momento da minha chegada!

20. Trecho de *The Rime of the Ancient Mariner* (1798). (N. do E.)

Nada poderia igualar minha satisfação em ver Clerval, pois sua presença trouxe de volta as lembranças de meu pai, de Elizabeth e de todas aquelas cenas de casa tão queridas à minha memória. Eu peguei sua mão, e esqueci, naquele momento, todo o meu horror e infortúnio. Senti de repente, e pela primeira vez em muitos meses, uma alegria calma e serena. Portanto, dei as boas-vindas ao meu amigo da forma mais cordial, e andamos juntos em direção à minha faculdade. Clerval continuou falando por alguns minutos sobre nossos amigos em comum, e sobre sua sorte em ter conseguido permissão para vir a Ingolstadt.

— Deve imaginar — disse ele — como foi difícil persuadir meu pai de que todo o conhecimento necessário não está apenas na nobre arte da contabilidade, e acredito que, de fato, eu o deixei totalmente incrédulo, pois sua constante resposta às minhas incansáveis súplicas era a mesma do diretor holandês de *O vigário de Wakefield*[21]: "Ganho dez mil florins por ano sem saber grego, e tenho uma mesa farta sem saber grego". Mas sua afeição por mim finalmente superou o seu desgosto pelo aprendizado, e ele permitiu que eu fizesse uma viagem de descoberta na terra do conhecimento.

— Tenho um imenso prazer em vê-lo, mas diga-me como estavam meu pai, meus irmãos e Elizabeth quando você os deixou.

— Estavam muito bem, e muito felizes, apenas um pouco chateados por terem notícias de você tão raramente. A propósito, pensei em dar-lhe um pequeno sermão em nome deles. Mas, meu caro Frankenstein — continuou ele, parando um pouco e observando meu rosto —, eu não imaginei antes quão doente

21. *The Vicar of Wakefield* é um romance escrito por Oliver Goldsmith, publicado pela primeira vez em 1766. (N. do E.)

você estaria, tão magro e pálido. Parece que passou muitas noites em claro.

— Você está certo. Tenho me dedicado tanto a um único trabalho que não tenho me permitido descansar o suficiente, como pode ver. Mas eu espero, verdadeiramente, que todo esse trabalho tenha chegado ao fim, e que eu esteja finalmente livre.

Eu tremia excessivamente, pois não podia suportar pensar, e menos ainda fazer alusão aos eventos da noite anterior. Eu andava a passos rápidos, e logo chegamos à faculdade. Então imaginei — e esse pensamento me deu calafrios — que talvez a criatura que eu deixara em meu apartamento poderia ainda estar lá, viva, e andando por aí. Eu temia ver aquele monstro, mas temia mais ainda que Henry o visse. Pedi então que ele esperasse por mais alguns minutos ao pé da escada, e corri para o meu quarto. Minha mão já estava na fechadura antes que eu pudesse me dar conta. Eu parei, e um calafrio me atravessou. Eu abri a porta com força, como fazem as crianças quando pensam que verão um fantasma esperando por elas do outro lado, mas nada apareceu. Entrei, ainda com medo. O apartamento estava vazio, e meu quarto estava livre do convidado apavorante. Eu quase não acreditava na sorte que caíra sobre mim, mas quando me assegurei de que meu inimigo tinha de fato ido embora, bati palmas de alegria e corri de volta para Clerval.

Subimos até meu quarto, e a criada logo trouxe o café da manhã, mas eu era incapaz de me conter. Não era apenas a alegria que tinha tomado conta de mim. Eu sentia minha carne formigar com o excesso de sensibilidade, e meu pulso estava acelerado. Era incapaz de me manter por mais de um segundo no mesmo lugar. Eu pulava nas cadeiras, batia palmas e ria alto. No início, Clerval atribuiu meu ânimo incomum à alegria de sua chegada, mas quando ele me observou com mais atenção, viu uma loucura em meus olhos que ele não pôde identificar, e minha risada alta, incontida e insensível o deixou assustado e surpreso.

— Meu caro Victor — exclamou ele —, em nome de Deus, qual é o problema? Não ria dessa forma. Você está muito doente! O que causou tudo isso?

— Não me pergunte — gritei colocando as mãos na frente dos olhos, pois pensei ter visto o espectro terrível deslizar pela sala —, *ele* pode dizer. Ah, salve-me! Salve-me!

Imaginei que o monstro tinha me agarrado, então me debati furiosamente e caí em um desmaio.

Pobre Clerval! O que ele deve ter sentido? Um encontro que ele esperava com tanta alegria, estranhamente tornara-se uma amargura. Mas eu não testemunhei sua angústia. Estava desacordado, e não recuperei meus sentidos por um longo, longo tempo.

Esse foi o começo de uma febre nervosa que me deixou confinado por vários meses. Durante esse tempo, apenas Henry foi o meu enfermeiro. Eu soube depois que, ciente da idade avançada de meu pai e indisposição para uma viagem tão longa, e como minha doença abalaria Elizabeth, ele os poupou dessa angústia escondendo a gravidade de meu distúrbio. Ele sabia que eu não poderia ter um cuidador mais gentil e atencioso do que ele mesmo, e firme na esperança da minha recuperação, não duvidava de que, em vez de prejudicar, ele executara um ato de extrema bondade para com eles.

Em realidade, porém, eu estava muito doente, e certamente nada além da contínua e ilimitada atenção de meu amigo poderia ter me restaurado a vida. A forma do monstro a quem eu concedera a existência estava sempre diante de meus olhos, e eu delirava incessantemente a respeito dele. Sem dúvida, minhas palavras surpreendiam Henry. No começo, ele acreditava que era apenas a viagem de uma imaginação perturbada, mas a pertinência com a qual eu continuamente recorria ao mesmo assunto o convenceu de que essa minha doença de fato se originara de algum evento terrível e incomum.

Vagarosamente e com frequentes recaídas que alarmavam e angustiavam meu amigo, eu me recuperei. Lembro da primeira vez que me tornei capaz de observar algo do lado de fora com algum prazer. Percebi que as folhas caídas tinham desaparecido, e que os brotos jovens estavam desabrochando das árvores que sombreavam minha janela. Era uma primavera divina, e a estação contribuiu majestosamente para minha convalescência. Também senti a felicidade e a afeição reviverem em meu interior. Minha tristeza desapareceu, e em pouco tempo me tornei tão alegre quanto antes de ser atacado por aquela ira fatal.

— Meu querido Clerval — exclamei —, quão gentil e bom você é comigo. O inverno inteiro, em vez de estudar, como prometera a si mesmo, foi consumido em meu quarto. Como devo recompensá-lo? Sinto um grande remorso pela decepção que devo ter causado, mas deve me perdoar.

— Poderá me retribuir completamente se não se descontrolar e melhorar o mais rápido possível, e já que parece estar com bom ânimo, eu posso lhe falar sobre um certo assunto, não?

Eu tremi. Um certo assunto! O que poderia ser? Será que ele mencionaria o objeto no qual eu nem me atrevia a pensar?

— Componha-se — disse Clerval, que viu minha mudança de cor —, não falarei sobre isso se o deixar agitado, mas seu pai e prima ficariam muito felizes em receber uma carta sua, e com sua própria caligrafia. Eles não sabem quão doente você tem estado, e estão inquietos com o seu silêncio.

— É só isso, meu caro Henry? Como poderia supor que meus pensamentos não voariam até eles, meus queridos, queridíssimos amigos que eu amo, e que tanto merecem esse meu amor?

— Se esses são seus sentimentos atuais, meu amigo, talvez fique feliz em ver uma carta que chegou há alguns dias para você. É de sua prima, creio eu.

CAPÍTULO VI

Clerval então colocou a seguinte carta em minhas mãos. Era mesmo da minha Elizabeth:

Meu caríssimo primo,

Você tem estado doente, muito doente, e mesmo as constantes cartas do querido Henry não são suficientes para me acalmar quanto a sua situação. Está proibido de escrever — de segurar uma pena, que seja —, ainda assim, caro Victor, uma palavra sua é necessária para acalmar nossa apreensão. Por um longo tempo eu tenho pensado que cada carta traria essa linha, e minha persuasão tem impedido meu tio de fazer uma viagem para Ingolstadt. Eu impedi que ele enfrentasse as inconveniências e talvez os perigos de uma viagem tão longa; no entanto, tenho frequentemente me arrependido de não poder realizá-la eu mesma! Eu imaginava que a tarefa de cuidar de seu leito de convalescência tivesse sido dada a alguma velha enfermeira mercenária, que nunca poderia conhecer suas vontades, e nem as atender com o mesmo carinho e afeição de sua pobre prima.

Mas isso acabou. Clerval escreveu dizendo que você está, de fato, apresentando melhora. Eu espero de todo o coração que você confirme logo essa informação de seu próprio punho.

Melhore logo e volte para nós. Você encontrará um lar feliz e alegre, e amigos que o amam muito. A saúde de seu pai está vigorosa, ele pede apenas para vê-lo para ter a certeza de que está bem, pois nenhuma preocupação é capaz de afastar a calma de seu benevolente rosto. Quão feliz você ficaria em ver o progresso de nosso Ernest! Ele agora tem dezesseis, e é enérgico e espirituoso. Ele quer se tornar um verdadeiro suíço, e ingressar no serviço militar estrangeiro. Mas não podemos nos separar dele, pelo menos não até que o irmão mais velho dele retorne para nós. Meu tio não está contente com a ideia de uma carreira militar em um país distante. Contudo, Ernest nunca teve a mesma dedicação que a sua aos estudos. Ele os vê como odiosas algemas, e passa seu tempo ao ar livre, escalando montanhas ou remando no lago. Temo que ele se tornará um preguiçoso, a menos que concordemos e permitamos que ele entre na profissão que escolheu.

Quase nada mudou, a não ser o crescimento de nossas queridas crianças, desde que você nos deixou. O lago azul e as montanhas cobertas de neve nunca mudam, e eu acho que nosso plácido lar e nossos corações satisfeitos são regulados pelas mesmas leis imutáveis. Minhas ocupações triviais consomem meu tempo e me divertem, e a recompensa por meus esforços é nada mais do que ver rostos felizes e gentis ao meu redor. Desde que nos deixou, apenas uma coisa mudou em nossa pequena casa. Lembra-se de em que ocasião Justine Moritz entrou para nossa família? Provavelmente não, portanto, farei um breve relato de sua história. Madame Moritz, a mãe dela, era uma viúva com quatro filhos, e Justine era a terceira. A menina sempre fora a favorita do pai, mas, por uma estranha perversidade, a mãe não a suportava, e, depois da morte do sr. Moritz, ela a tratava muito mal. Minha tia via isso, e quando Justine tinha doze anos, convenceu a mãe a deixar que a menina morasse em nossa casa. As instituições republicanas de nosso país produziram costumes mais simples e felizes do que os que prevalecem nas monarquias ao redor. Portanto, há menos distinção de classe entre os habitantes, e os hábitos das classes baixas, por não serem nem tão pobres e nem tão desprezadas, são mais refinados e morais em seus modos. Uma criada na Genebra não é o mesmo que uma criada na França e Inglaterra. Justine, assim que foi recebida em nossa casa, aprendeu os deveres de uma criada, uma condição que, em nosso afortunado país, não inclui a ideia de ignorância nem de sacrifício da dignidade humana.

Justine, como deve se lembrar, era alguém por quem você tinha grande apreço, e recordo-me de que comentou uma vez que se estivesse de mau-humor, um olhar de Justine poderia reverter isso — pela mesma razão que Ariosto referia-se à beleza de Angélica[22]—: ela parecia tão sincera e feliz. Minha tia tinha um grande apego a ela, o que a induziu a dar-lhe uma educação superior à que ela pretendia de início. O benefício era totalmente compensado, e Justine era a criaturinha mais grata do mundo. Eu não estou dizendo que ela fazia grandes declarações, pois nunca a ouvi dizer nada, mas era possível ver em seus olhos que ela quase adorava sua protetora. Embora ela

22. Angélica é uma personagem central no poema épico *Orlando Furioso* (1516), de Ludovico Ariosto. Retratada como uma princesa de extraordinária beleza, ela é objeto do amor e da obsessão de diversos cavaleiros, incluindo Orlando, cuja paixão por ela o conduz à loucura. Sua figura simboliza tanto o ideal da beleza feminina quanto a inatingibilidade do desejo. (N. do E.)

tivesse uma disposição alegre e imprudente em vários aspectos, ainda prestava grande atenção a cada gesto de minha tia. Pensava nela como modelo de excelência, e tentava imitar sua forma de falar e seus modos, então, até hoje, muitas vezes Justine me lembra dela.

Quando minha querida tia morreu, todos estavam muito ocupados com seu próprio luto para notar a pobre Justine, que cuidou dela durante a doença com o maior zelo e afeição. A pobre Justine estava muito doente, mas havia outras provas reservadas para ela.

Um a um, seus irmãos e irmãs morreram, e sua mãe, com exceção de sua filha negligenciada, foi deixada sem filhos. A consciência da mulher estava perturbada, e ela começou a pensar que as mortes de seus favoritos eram um julgamento divino para castigá-la pela sua parcialidade. Ela era católica romana, e eu acredito que seu sacerdote confirmou a ideia que ela tivera. Ao que parece, poucos meses depois de sua partida para Ingolstadt, Justine foi chamada de volta por sua mãe arrependida. Pobre menina! Ela chorou quando deixou nossa casa. Estava muito abalada pela morte de minha tia, e o luto havia dado suavidade e uma encantadora delicadeza a seus modos, antes notáveis pela vivacidade. A estadia na casa da mãe não foi capaz de restaurar a sua alegria. A pobre mulher era muito instável em seu arrependimento. Ela às vezes suplicava o perdão de Justine por sua crueldade, mas frequentemente a acusava de ter causado a morte de seus irmãos. A perpétua preocupação finalmente causou o declínio de Madame Moritz, o que aumentou sua irritabilidade no começo, mas agora está em paz para sempre. Ela morreu ao primeiro sinal do tempo frio, no começo do último inverno. Justine voltou para nós, e eu asseguro que a amo muito. Ela é muito esperta e gentil, e extremamente bonita; como mencionei antes, seus modos e expressões continuamente me lembram de minha querida tia.

Também devo dizer, meu caro primo, algumas palavras sobre o pequeno e querido William. Queria que pudesse vê-lo. Ele é alto para a idade, com olhos azuis risonhos e gentis, cílios escuros e cabelos encaracolados. Quando ele sorri, duas covinhas aparecem nas bochechas, que são rosadas de saúde. Ele já tem duas *esposinhas*, mas Louisa Biron é sua favorita, uma linda garotinha de cinco anos de idade.

Agora, meu querido Victor, ouso dizer que você gostaria de se deliciar com um pouco de fofoca sobre o bom povo de Genebra. A bela senhorita Mansfield já recebeu as visitas de felicitações por seu casamento iminente com um jovem inglês, o advogado John Melbourne. Sua irmã feia, Manon, se casou com o sr. Duvillard, o banqueiro rico, no último outono. Seu colega favorito da escola, Louis Manoir, sofreu uma série de infortúnios desde a partida de Clerval para Genebra. Mas ele já recuperou seu bom ânimo, e soubemos que está a ponto de se casar com uma bela e vivaz francesa, Madame Tavernier. Ela é viúva e muito mais velha que Manoir, mas é muito admirada, e todos a adoram.

Escrevo estando eu mesma mais animada, meu caro primo. Mas minha ansiedade retorna enquanto concluo. Escreva, meu querido Victor; uma linha — uma palavra será uma bênção para nós. Agradeço dez mil vezes a Henry por sua gentileza, sua afeição e suas muitas cartas. Estamos sinceramente gratos. *Adieu!*, meu primo. Cuide-se, e eu suplico, escreva!

Elizabeth Lavenza
Genebra, 18 de março de 17—

— Querida, amada Elizabeth! — exclamei ao ler a carta —, escreverei agora mesmo, e os aliviarei da ansiedade que devem estar sentindo.

Eu escrevi, e essa tarefa deixou-me exausto, mas minha recuperação tinha começado, e avançou regularmente. Dentro de quinze dias, eu fui capaz de deixar o quarto.

Um de meus primeiros deveres após minha recuperação era apresentar Clerval aos vários professores da universidade. Ao fazer isso, eu me submeti a uma tarefa árdua, abrindo as feridas que minha mente ainda guardava. Desde aquela noite fatal, o fim de meu trabalho, e o começo de meus infortúnios, eu desenvolvera uma violenta antipatia até pelo nome da filosofia natural. Quando minha saúde estava quase restaurada, a visão de um instrumento químico renovava toda a agonia dos meus sintomas nervosos. Henry viu isso, e removeu todos os equipamentos da minha vista. Ele também mudou meu apartamento, pois notou que eu havia adquirido um desgosto pelo quarto que antes tinha sido meu laboratório. Mas esses cuidados de Clerval de nada adiantavam quando eu visitava meus professores. O sr. Waldman torturava-me com seus elogios, calmos e calorosos, sobre o incrível progresso que eu havia feito nas ciências. Ele logo percebeu que eu não gostava do assunto, mas não sabendo a real causa, atribuiu meus sentimentos à modéstia, então mudava o assunto de meu progresso para a ciência em si, com um desejo, como ficou evidente, de me atrair. O que eu poderia fazer? Ele queria me agradar, mas me atormentava. Eu sentia como se ele escolhesse cuidadosamente, um a um, à minha vista, os instrumentos que seriam utilizados mais tarde para me submeter a uma morte lenta e cruel. Eu me contorcia ao ouvir suas palavras, mas não ousava demonstrar a dor que sentia. Clerval, cujos olhos e sentimentos eram sempre rápidos em desvendar os outros, desviava do assunto, usando como desculpa sua total ignorância, e a conversa ia para um caminho genérico. Eu agradecia meu amigo em meu coração, mas não dizia nada. Eu via claramente que ele estava surpreso, mas nunca tentou arrancar meu segredo, e embora o amasse com uma mistura de afeição e reverência sem limites, eu jamais fui capaz de me convencer a confiar-lhe o acontecimento que se fazia tão presente em minha memória, mas que eu temia que, se detalhado a alguém, apenas ficaria mais profundamente gravado em mim.

O sr. Krempe não era tão dócil, e na minha condição à época, de uma sensibilidade quase insuportável, suas bajulações hostis e bruscas me causavam ainda mais dor que a benevolente aprovação de sr. Waldman.

— Garoto danado! — exclamava ele. — Sabe, sr. Clerval, eu o asseguro de que ele superou a todos nós. Bem, encare-me quanto quiser, mas não deixa de ser verdade. Um jovem que, há poucos anos, acreditava em Cornelius Agrippa como no evangelho, agora está à frente da universidade, e se alguém não o superar logo, ficaremos todos constrangidos. Ora, ora — continuava ele, observando minha expressão de sofrimento —, o sr. Frankenstein é modesto, uma excelente qualidade em um jovem. Rapazes deveriam ser mais reservados quanto a si mesmos, sabe, sr. Clerval. Eu mesmo era assim quando jovem, mas isso não dura muito.

O sr. Krempe então começou um tributo sobre si mesmo, o que felizmente mudou o rumo da conversa daquele assunto que tanto me incomodava.

Clerval nunca simpatizou com meu gosto pela ciência natural, e suas atividades literárias diferiam totalmente daquelas que me ocupavam. Ele foi à universidade com o desígnio de se tornar um mestre das línguas orientais, portanto, deveria abrir caminho para o plano de vida que tinha traçado para si mesmo. Decidido a seguir uma carreira nada menos que gloriosa, ele se voltou para o Oriente como a fonte da providência de seu espírito empreendedor. O persa, o árabe e o sânscrito atraíram sua atenção, e eu fui facilmente convencido a entrar nos mesmos estudos. O ócio sempre fora algo maçante para mim, e agora que eu queria fugir dos meus próprios pensamentos e odiava meus estudos anteriores, senti um grande alívio em me tornar colega do meu amigo, e encontrei não apenas instrução, mas consolo na obra dos orientalistas. Eu não me dediquei, como ele, a um conhecimento crítico dos dialetos, pois eu não pensava em fazer nenhum outro uso deles além da diversão temporária. Eu lia meramente para entender seu significado, e eles recompensavam bem meus esforços. Sua melancolia é reconfortante, e sua alegria eleva o espírito em um nível que eu nunca havia experimentado ao estudar os autores de qualquer outro país. Quando você lê seus escritos, a vida parece consistir em um sol quente e um jardim de rosas — nos sorrisos e nas carrancas de um inimigo justo, e no fogo que consome o seu coração. Como é diferente da poesia máscula e heroica da Grécia e de Roma!

Passamos o verão nessas atividades, e meu retorno a Genebra havia sido marcado para o fim do outono, mas foi adiado por diversos acidentes. O inverno e a neve chegaram, as estradas estavam intransponíveis, e minha viagem foi retardada até a primavera seguinte. Eu senti esse atraso com amargura, pois esperava ver minha cidade natal e meus amados amigos. Meu retorno fora adiado por muito tempo, por um receio de deixar Clerval em um lugar estranho antes de ele ter se familiarizado com os habitantes. No entanto, passamos o inverno com alegria, e embora a primavera tivesse chegado excepcionalmente tarde, sua beleza compensou o atraso.

O mês de maio já havia começado, e eu esperava diariamente a carta que determinaria o dia de minha partida, quando Henry propôs uma caminhada pelos arredores de Ingolstadt, que eu poderia considerar uma despedida ao país no qual morei por tanto tempo. Aquiesci à proposta com prazer: eu gostava de me exercitar, e Clerval havia sido minha companhia preferida nesses passeios pelos cenários de meu país natal.

Passamos cerca de duas semanas fazendo essas perambulações. Minha saúde e ânimo tinham sido restaurados há tempo, e ganharam força adicional com o ar salubre que eu respirava, com os incidentes naturais de nosso progresso e com as conversas com meu amigo. Antes, o estudo tinha me separado do convívio com outras pessoas e me deixado antissocial. Mas Clerval suscitou os melhores sentimentos de meu coração, ensinou-me mais uma vez a amar cada aspecto da natureza, e do rosto alegre das crianças. Meu excelente amigo! Com que sinceridade me amou, e se esforçou para elevar a minha mente até o nível da sua! Uma busca egoísta me restringiu e limitou, até que sua gentileza e afeição me aqueceram e abriram meus olhos, então eu me tornei a criatura feliz que, poucos anos antes, amava e era amada por todos, sem tristeza ou preocupação. Quando feliz, a natureza inanimada tinha o poder de me conceder os mais prazerosos sentimentos. Um céu sereno e campos verdejantes deixavam-me em êxtase. A estação estava, de fato, divina, e as flores da primavera floresceram nas sebes, enquanto as do verão já estavam em botão. Eu permaneci imperturbado por pensamentos que, durante o ano anterior, me oprimiam, não importando os esforços para me livrar deles, como um fardo invencível.

Henry se alegrava com a minha felicidade, e partilhava sinceramente de meus sentimentos. Ele se esforçava para me divertir, enquanto expressava as sensações que preenchiam sua alma. Os recursos em sua mente nessa ocasião eram verdadeiramente impressionantes, pois sua conversa era cheia de imaginação, e frequentemente, imitando os escritores árabes e persas, inventava histórias incríveis de fantasia e paixão. Outras vezes, ele repetia meus poemas favoritos, ou me atraía com seus argumentos, os quais sustentava com grande engenhosidade.

Voltamos para a nossa faculdade no domingo à tarde. Os camponeses estavam dançando, e todos que encontramos pareciam contentes e felizes. Meu próprio humor estava muito bom, e eu me juntei a eles sentindo uma alegria e diversão desenfreadas.

CAPÍTULO VII

Ao retornar, eu encontrei a seguinte carta de meu pai:

Meu caro Victor,

Você provavelmente tem esperado impacientemente por uma carta para firmar a data de seu retorno para nós. Eu estava tentado, no começo, a escrever algumas linhas apenas mencionando o dia no qual eu deveria esperá-lo. Mas essa teria sido uma gentileza cruel, e não me atrevo a cometê-la. Qual seria sua surpresa, meu filho, se você, enquanto esperava felizes boas-vindas, contemplasse, ao contrário, lágrimas e desespero? E como, Victor, posso relatar nosso infortúnio? A ausência não deve tê-lo deixado insensível às nossas dores e alegrias, e como posso infligir essa dor ao meu filho ausente? Gostaria de prepará-lo para essa amarga notícia, mas sei que é impossível. Mesmo agora, seus olhos devem estar percorrendo esta página à procura das palavras que lhe anunciarão essa terrível notícia.

William está morto! Aquela doce criança, cujo sorriso alegrava e aquecia meu coração, que era tão gentil e tão feliz! Victor, ele foi assassinado!

Não tentarei consolá-lo. Apenas relatarei as circunstâncias do ocorrido.

Na última quinta-feira, dia 7 de maio, eu, minha sobrinha e seus dois irmãos fomos caminhar no bairro de Plainpalais. A tarde estava quente e serena, e prolongamos o passeio mais do que de costume. Já havia anoitecido quando decidimos retornar, e então percebemos que William e Ernest, que seguiam à nossa frente, haviam sumido. Por isso nos sentamos em um banco para esperar até que eles retornassem. Ernest logo apareceu e perguntou se havíamos visto seu irmão. Disse que estava brincando com ele, que William havia corrido para se esconder, e que procurou por ele em vão. Depois esperou um longo tempo, mas o menino não retornara.

Isso muito nos alarmou, e continuamos a procurar por ele até o cair da noite, quando Elizabeth sugeriu que ele poderia ter voltado para casa. Ele não estava lá. Voltamos mais uma vez, com tochas, pois eu não conseguiria descansar com o pensamento de que meu doce menino estava perdido, exposto ao orvalho da noite. Elizabeth sofria da mesma angústia extrema. Por volta das cinco horas da manhã, encontrei meu adorável menino, que eu havia visto na noite anterior ativo e saudável, estirado na grama, pálido e imóvel: ele tinha a marca dos dedos do assassino em seu pescoço.

Ele foi levado para casa, e a angústia que era visível em meu rosto revelou o segredo a Elizabeth. Ela estava determinada a ver o cadáver. Tentei impedi-la no início, mas ela insistiu, e, entrando no quarto onde ele estava, examinou rapidamente o pescoço da vítima, e apertando as próprias mãos exclamou:

— Oh, Deus! Eu assassinei minha querida criança!

Ela desmaiou, e foi reanimada com extrema dificuldade. Quando voltou a si, foi apenas para chorar e suspirar. Ela me disse que, naquela noite, William não a deixara em paz até que ela o permitisse usar um valioso medalhão que era de sua mãe. A joia sumiu, e foi certamente a tentação que levou o assassino a cometer tal ato. Não temos pistas dele agora, apesar de nossos incessantes esforços para encontrá-lo, embora isso não traga meu amado William de volta!

Venha, meu querido Victor, pois apenas você pode consolar Elizabeth. Ela chora continuamente, e se acusa injustamente de causar a morte dele, de tal forma que suas palavras ferem meu coração. Estamos todos infelizes, todavia isso não será um motivo adicional para que você, meu filho, retorne para nos confortar? Sua querida mãe! Ah, Victor! Eu agora digo, graças a Deus que ela não tenha vivido para testemunhar a cruel e miserável morte de seu filho mais novo!

Venha, Victor. Não pelo desejo de vingança contra o assassino, mas com sentimentos de paz e gentileza, que vão curar, em vez de inflamar, as feridas de nossa mente. Entre na casa dos enlutados, meu amigo, mas com bondade e afeto por aqueles que o amam, e não com ódio por seus inimigos.

Seu amoroso e aflito pai,

Alphonse Frankenstein

Genebra, 12 de maio de 17—

Clerval, que observava meu rosto enquanto lia a carta, ficou surpreso ao ver o desespero que sucedeu a alegria de antes ao receber a notícia de meus entes queridos. Joguei a carta na mesa, e cobri o rosto com minhas mãos.

— Meu caro Frankenstein — exclamou Henry, quando percebeu que eu chorava amargamente —, será que é seu destino ser infeliz? Meu caro amigo, o que houve?

Gesticulei para que ele pegasse a carta enquanto eu andava pelo quarto extremamente agitado. Lágrimas também escorreram dos olhos de Clerval conforme ele lia o relato de meu infortúnio.

— Não posso oferecer consolo, meu amigo — disse ele. — Seu desastre é irreparável. O que pretende fazer?

— Irei imediatamente para Genebra. Venha comigo, Henry, para pegar os cavalos.

Durante a nossa caminhada, Clerval tentou dizer algumas palavras de consolo, mas só conseguiu expressar sua sincera assistência.

— Pobre William! — dizia ele. — Cara criança adorável, que agora dorme com sua angelical mãe! Aqueles que o viram alegre e brilhante em sua beleza juvenil agora devem chorar sua perda! Morrer de forma tão miserável, sentir o aperto do assassino! Como pode um assassino destruir tão radiante inocência! Pobre pequenino! Temos apenas um consolo: seus amigos choram e lamentam, mas ele está em paz. Sua angústia terminou, os sofrimentos tiveram fim para sempre. A relva cobre seu corpo, e ele não conhece a dor. Não deve mais ser objeto de pena, pois isso está reservado aos miseráveis sobreviventes.

Clerval falava enquanto andávamos apressados pelas ruas. As palavras ficaram impressas em minha mente, e lembrei-me delas depois, na solidão. Mas naquele momento, assim que os cavalos chegaram, entrei rapidamente na carruagem e dei adeus a meu amigo.

Minha jornada foi pura melancolia. No começo eu desejava ir depressa, pois ansiava consolar a dor de meus amados e tristes amigos. Contudo, quando me aproximei da minha cidade natal, avancei sem pressa. Quase não podia sustentar todos aqueles sentimentos que se acumulavam em minha mente. Percorri cenários familiares à minha juventude, mas que não via há quase seis anos. Como tudo devia ter mudado durante aquele tempo! Uma súbita e desoladora mudança havia ocorrido; apesar disso, milhares de pequenas circunstâncias poderiam ter provocado, aos poucos, outras transformações que, embora mais tranquilas, não poderiam ser decisivas em menor grau. O medo tomou conta de mim, e eu não me atrevia a avançar, temendo mil males inominados que me faziam tremer, embora eu fosse incapaz de defini-los.

Fiquei dois dias em Lausanne, em um doloroso estado de espírito. Eu contemplei o lago: as águas estavam plácidas, tudo ao redor estava calmo, e as montanhas nevadas, "os palácios da natureza", não haviam mudado. Pouco a pouco, o cenário calmo e celestial me recompôs, e eu continuei minha jornada em direção a Genebra.

A estrada ficava ao lado do lago, e se tornou mais estreita à medida que eu me aproximava da minha cidade natal. Distingui com mais clareza os lados negros do Jura, e o pico branco do Mont Blanc. Chorei como uma criança.

— Queridas montanhas! Meu belo lago! Como dão as boas-vindas ao seu viajante? Seus picos estão claros, e o céu e o lago estão azuis e plácidos. Seria para dar um prognóstico de paz, ou para zombar de minha infelicidade?

Temo, meu amigo, que o estou entediando por me demorar nessas circunstâncias preliminares, mas foram dias de relativa felicidade, e penso neles com prazer. Meu país, meu amado país! Quem, além de um nativo, pode dizer o prazer que tive em contemplar mais uma vez os seus rios, as montanhas, e, mais que tudo, seu adorável lago!

No entanto, à medida que me aproximava de casa, a agonia e o medo mais uma vez me tomavam. A noite se fechava ao meu redor, e quando quase não conseguia ver as montanhas escuras, sentia uma tristeza maior ainda. A imagem à minha frente parecia um vasto e sombrio cenário maligno, e eu previ inexplicavelmente que estava destinado a me tornar o mais desgraçado dos seres humanos. Ai de mim! Minha profecia era verdadeira, e falhei apenas em um detalhe: toda a miséria que imaginava e temia não passava de um centésimo da angústia que eu estava destinado a enfrentar.

Já estava completamente escuro quando cheguei aos arredores de Genebra. Os portões da cidade já estavam fechados, então fui obrigado a passar a noite em Sécheron, um vilarejo a quase três quilômetros da cidade. O céu estava sereno, e, sendo incapaz de descansar, resolvi visitar o local onde meu pobre William havia sido assassinado. Como eu não podia atravessar a cidade, fui obrigado a cruzar o lago de barco para chegar a Plainpalais. Durante essa curta viagem, eu vi os relâmpagos brincando sobre o pico do Mont Blanc, com as mais belas formas. A tempestade parecia se aproximar rapidamente, e, ao desembarcar, subi uma pequena colina para observar o seu progresso. Ela avançou. Os céus estavam nublados; logo senti a chuva chegar lentamente em grandes gotas, mas sua violência foi crescendo.

Levantei-me e segui em frente, embora a escuridão e a tempestade aumentassem a cada minuto. Foi então que trovões explodiram com um barulho terrível sobre a minha cabeça. Ecoaram em Salève, no Jura, e nos Alpes da Savoia. Luzes vívidas de relâmpagos atordoaram meus olhos, iluminando o lago e fazendo com que ele parecesse um grande lençol de fogo. Então, por um instante, tudo pareceu estar completamente escuro, até que meus olhos se recuperassem do brilho anterior. A tempestade, como é frequente na Suíça, apareceu de uma só vez em várias partes do céu. A mais violenta pairava exatamente no norte da cidade, sobre a parte do lago que ficava entre o promontório de Bellerive e o vilarejo de Coppet. Outra tormenta iluminava o Jura com um leve brilho, e outra escurecia e por vezes revelava a La Môle, uma montanha de pico agudo a leste do lago.

Enquanto observava a tempestade, tão bela e terrível, andei a passos rápidos. Aquela nobre guerra no céu elevou meu ânimo. Eu juntei as mãos e exclamei em voz alta:

— William, querido anjo! Eis teu funeral, eis teu canto fúnebre!

Quando disse essas palavras, notei na penumbra uma figura que se escondia em algumas árvores perto de mim. Fiquei paralisado, olhando fixamente para aquele lugar. Eu não podia estar enganado. O brilho de um relâmpago iluminou aquele objeto, e revelou sua forma claramente para mim. Sua estatura gigante e a deformidade de seu aspecto, mais horrenda do que a que pertence a um ser humano, instantaneamente me informaram que era o infeliz, o demônio imundo a quem eu dera a vida. O que ele fazia ali? Poderia ser ele — estremeci com a ideia — o assassino de meu irmão? Assim que o pensamento cruzou minha imaginação, me convenci de que era verdade. Meus dentes batiam, e precisei apoiar-me em uma árvore. A figura passou rapidamente por mim, e eu o perdi nas sombras. Nada humano poderia ter destruído aquela bela criança. *Ele* era o assassino, eu não tinha dúvidas. A mera ideia era a irresistível prova daquele fato. Eu pensei em seguir o demônio, mas teria sido em vão, pois outro brilho o revelou entre as rochas da quase perpendicular elevação do Salève, uma colina que faz fronteira com Plainpalais, ao sul. Ele logo alcançou o pico e desapareceu.

Permaneci sem ação. Os trovões logo cessaram, mas a chuva continuava, e o cenário estava coberto por uma escuridão impenetrável. Revivi em minha mente os eventos que até então eu procurava esquecer: todo o curso de meu progresso em direção àquela criação, a aparição da obra de minhas mãos, viva, ao lado de minha cama, e, posteriormente, a sua partida. Dois anos tinham se passado desde a noite em que ele recebera a vida. e será que esse havia sido o seu primeiro crime? Ai de mim! Eu havia liberado no mundo um infeliz depravado, cujo prazer estava na carnificina e na miséria, pois teria ele assassinado meu irmão?

Ninguém pode imaginar a angústia que sofri durante o resto daquela noite, a qual passei, frio e molhado, ao ar livre. Mas não senti a inconveniência do clima. Minha imaginação estava ocupada com cenas de maldade e desespero. Pensei na criatura que eu havia lançado entre os homens, e dotara de vontade e poder para inferir horror, tais como o ato que ele cometera, como um vampiro criado por mim mesmo, meu próprio espírito liberto do túmulo e forçado a destruir tudo o que me era caro.

O dia raiou, e dirigi meus passos à cidade. Os portões estavam abertos, e me apressei até a casa de meu pai. Minha primeira intenção era revelar o que eu sabia sobre o assassino, e organizar uma perseguição. Mas parei quando refleti sobre a história que tinha para contar. Um ser que eu mesmo havia construído e concedido a vida me encontrara à meia-noite entre os precipícios de uma montanha inacessível. Lembrei-me também da febre nervosa que me atingira bem à época da minha criação, e que conferiria um tom de delírio a uma história que seria, de outra forma, completamente improvável. Eu sabia muito bem que se qualquer outra pessoa tivesse me relatado essa história, eu a teria considerado um ataque de insanidade. Além disso, a estranha natureza do animal inutilizaria qualquer perseguição, mesmo que eu tivesse sucesso em convencer meus parentes a começá-la. E então, qual seria a utilidade em fazer isso? Quem poderia capturar uma criatura capaz de escalar as íngremes montanhas do Salève? Com essas reflexões, eu decidi permanecer em silêncio.

Era por volta das cinco da manhã quando entrei na casa de meu pai. Eu disse aos criados para não perturbarem a família, e fui para a biblioteca esperar que eles se levantassem no horário de costume.

Seis anos haviam se passado como um sonho, a não ser por um traço permanente, e eu estava no mesmo lugar em que havia abraçado meu pai pela última vez antes de partir para Ingolstadt. Meu amado e venerável pai! Ele continuava ao meu lado. Olhei para o quadro de minha mãe, estava pendurado sobre a cornija da lareira. Era de uma cena histórica, pintada a pedido de meu pai, e retratava Caroline Beaufort de joelhos, em agonia e desespero, ao lado do caixão do falecido pai. Suas vestes eram rústicas, e o rosto pálido, mas havia um ar de dignidade e beleza que dificultava um sentimento de pena.

Abaixo da pintura, havia uma pequena imagem de William. Minhas lágrimas escorreram quando a vi. Enquanto eu estava envolvido em minhas emoções, Ernest entrou. Ele ouvira sobre minha chegada e se apressou em me receber, expressando um triste prazer em me ver:

— Bem-vindo, meu caro Victor — disse ele. —Ah, se tivesse vindo três meses atrás, teria nos encontrado alegres e satisfeitos. Agora você vem para compartilhar da miséria que nada pode aliviar, entretanto sua presença irá, espero eu, revigorar nosso pai, que parece estar afundando em sua desgraça. E sua persuasão induzirá a pobre Elizabeth a cessar suas vãs e perturbadoras autoacusações. Pobre William! Ele era nosso amor e nosso orgulho!

Lágrimas descontroladas caíam dos olhos de meu irmão, e uma agonia mortal pairou sobre mim. Antes, eu apenas imaginava a infelicidade do meu desolado lar, então a realidade me atingiu como um novo, e não menos terrível, desastre. Eu tentei acalmar Ernest. Perguntei sobre meu pai, e também sobre minha prima.

— Ela, mais que todos — disse Ernest —, precisa de consolo. Ela se acusa de ter causado a morte de nosso irmão, e isso a deixou completamente destruída. Mas desde que o assassino foi descoberto...

— O assassino foi descoberto! Bom Deus! Como pode ser? Quem poderia tentar alcançá-lo? É impossível. Seria o mesmo que tentar vencer os ventos ou conter um riacho com palha. Eu também o vi, e ele estava à solta na noite passada!

— Não sei o que quer dizer com isso — respondeu meu irmão, em um tom de dúvida —, mas essa descoberta completou a nossa miséria. Ninguém pôde acreditar no início, e Elizabeth até agora não está convencida, apesar de todas as evidências. De fato, quem poderia acreditar que Justine Moritz, que sempre foi tão amável e afetuosa com a nossa família, poderia ser capaz de um crime tão assustador e chocante?

— Justine Moritz! Pobre, pobre garota. É ela a acusada? Mas está errado, todos sabem disso. Ninguém acredita nisso, certo, Ernest?

— No começo, ninguém acreditou. Mas vieram muitas circunstâncias à tona, que praticamente nos forçaram a condená-la. E o próprio comportamento dela conosco tem sido tão confuso que adiciona às evidências existentes um peso que, temo dizer, não deixa espaço para dúvidas. Mas ela será julgada hoje, e você mesmo poderá ouvir tudo.

Ele disse que, na manhã em que o assassinato do pobre William foi descoberto, Justine estava doente, e ficou confinada em seu quarto por vários dias. Durante esse intervalo, um dos criados, examinando as roupas que ela havia usado na noite do crime, encontrou em seu bolso o medalhão com a foto de nossa mãe, que foi considerado a tentação do assassino. O criado imediatamente mostrou isso a um dos outros, que, sem dizer nada à família, foi até um magistrado, e, com seu depoimento, Justine foi levada. Ao ser acusada, a pobre garota confirmou as suspeitas, em grande parte por seu estado extremo de confusão.

Era uma história estranha, mas não abalou minha fé. Eu respondi com determinação:

— Vocês estão enganados. Eu sei quem é o assassino. Justine, a pobre e boa Justine é inocente.

Naquele instante, meu pai entrou. Eu vi a infelicidade profundamente impressa em seu rosto, mas ele se esforçou para me acolher com alegria. Depois que trocamos nossas saudações e lamentos, teríamos introduzido algum outro assunto que não fosse nosso desastre, se Ernest não tivesse exclamado:

— Bom Deus, pai! Victor diz saber quem é o assassino do pobre William.

— Infelizmente, também sabemos — respondeu meu pai. — Quisera eu ter continuado ignorante em vez de descobrir tamanha depravação e ingratidão de alguém que eu tanto valorizava.

— Meu querido pai, o senhor está enganado. Justine é inocente.

— Se ela for, que Deus não permita que ela seja considerada culpada. Ela será julgada hoje, e eu espero, sinceramente espero, que ela seja absolvida.

Esse discurso me acalmou. Eu estava firmemente convencido de que Justine, ou qualquer outro ser humano, não tinha culpa desse assassinato. Eu não temia, portanto, que qualquer evidência circunstancial que pudesse ser apresentada fosse forte o suficiente para condená-la. Minha história não era algo que se conta em público, pois seu surpreendente horror seria visto como loucura pelos vulgares. Havia alguém, além de mim, seu criador, que acreditaria verdadeiramente, a não ser que seus sentidos o convencessem, na existência do monumento vivo de presunção e imprudente ignorância que eu deixara à solta no mundo?

Elizabeth logo se juntou a nós. Ela havia sofrido as mudanças do tempo desde que eu a vira pela última vez. Ele lhe havia concedido uma doçura que ultrapassava a beleza que tinha na infância. Tinha a mesma candura, a mesma vivacidade, mas estavam aliadas a uma expressão mais dotada de sensibilidade e intelecto. Ela me acolheu com muito carinho.

— Sua chegada, meu caro primo — disse ela —, me enche de esperança. Talvez você encontre algum meio de justificar minha pobre e inocente Justine. Ah, Deus! Quem está seguro se ela for condenada como uma criminosa? Eu me apoio em sua inocência como certamente me apoio na minha. Nossa desgraça é duplamente pior para nós, porque não apenas perdemos nosso adorável e amado menino, mas essa pobre menina, a quem amo sinceramente, está para ser destruída com um destino ainda pior. Se ela for condenada, eu nunca mais sentirei alegria. Mas ela não será, eu tenho certeza de que não será. E então poderei ser feliz de novo, mesmo após a triste morte de meu pequeno William.

— Ela é inocente, minha cara Elizabeth — eu disse —, e isso há de ser provado. Não tema, mas deixe seu espírito ser animado pela segurança de sua absolvição.

— Como você é gentil e generoso! Todos os outros acreditam que ela é culpada, e isso me destruiu, porque eu sabia que era impossível. E vê-los julgando-a de maneira tão preconceituosa e fatal deixou-me desolada e sem esperança — ela chorou.

— Minha querida sobrinha — disse meu pai —, seque suas lágrimas. Se ela é inocente como você acredita, confie na justiça de nossas leis e na minha intervenção, a qual evitará qualquer sombra de parcialidade.

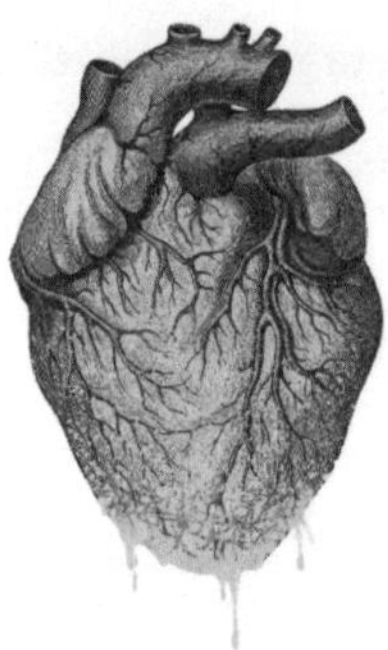

CAPÍTULO VIII

Passamos algumas horas tristes, até às onze horas, quando o julgamento iria começar. Como meu pai e o resto da família haviam sido requisitados como testemunhas, eu os acompanhei até a corte. Durante toda essa infeliz farsa da justiça, eu sofri uma grande tortura. Estava para ser decidido se o resultado da minha curiosidade e de meus recursos ilegais seria a causa da morte de dois de meus semelhantes, uma delas sendo uma criança sorridente, cheia de alegria e inocência; a outra, ainda mais terrivelmente assassinada, com todo o agravante da infâmia que poderia fazer do homicídio um horror memorável. Justine também era uma menina com méritos, e possuía qualidades que poderiam lhe dar uma vida feliz, mas agora, tudo seria obliterado em uma cova sem nome, e eu era a causa! Preferia mil vezes ter confessado a culpa daquele crime atribuído a ela, contudo eu estava ausente durante o ocorrido, e uma declaração dessas seria considerada o delírio de um homem louco, e não a teriam exonerado desse sofrimento por minha causa.

A aparência de Justine estava calma. Ela se encontrava com vestes de luto, e seu rosto, sempre envolvente pela solenidade de seus sentimentos, permanecia extraordinariamente belo. Ainda parecia confiante em sua inocência, e não tremia, embora fosse olhada de canto e amaldiçoada por milhares de pessoas, pois toda a gentileza que sua beleza poderia ter suscitado em outra ocasião foi extinta da mente dos espectadores pela imaginação da atrocidade que ela supostamente cometera. Ela estava tranquila, mas a sua tranquilidade era evidentemente forçada, e como sua confusão tinha antes sido considerada como prova de sua culpa, ela decidiu aparentar coragem. Quando entrou no tribunal, Justine olhou ao redor, e rapidamente descobriu onde estávamos sentados. Uma lágrima pareceu brilhar em seus olhos quando nos viu, mas ela logo se recuperou, e um olhar de dolorosa afeição pareceu atestar sua completa inocência.

O julgamento começou. Depois de o promotor apresentar as acusações, várias testemunhas foram chamadas. Muitos fatos estranhos associados estavam contra ela, o que poderia fazer titubear qualquer um que não tivesse provas de sua inocência como eu tinha. Ela havia ficado fora a noite toda na ocasião em que o assassinato havia sido cometido, e, pela manhã, foi vista por uma feirante não muito longe de onde o corpo da criança assassinada fora encontrado. A mulher perguntou o que ela fazia lá, mas ela tinha um olhar estranho, e deu apenas uma resposta confusa e incompreensível. Ela voltou para casa por volta das oito horas, e quando lhe perguntaram onde havia passado a noite, respondeu que estava procurando pelo menino, e pediu decididamente que lhe contassem qualquer coisa que soubessem sobre ele. Quando lhe mostraram o corpo, ela ficou violentamente histérica, e passou vários dias acamada. O medalhão que havia sido encontrado por um dos criados em seu bolso foi apresentado, e quando Elizabeth, com uma voz vacilante, provou que era o mesmo que, uma hora antes de a criança desaparecer, ela tinha colocado em seu pescoço, um murmúrio de horror e indignação tomou conta do tribunal.

Justine foi chamada para se defender, e no decorrer do julgamento, sua expressão se transformou. Surpresa, horror e miséria se mostraram fortemente ali. Ela às vezes lutava contra as lágrimas; no entanto, quando foi chamada para fazer sua declaração, juntou todas as suas forças e falou, em uma audível, porém inconstante voz.

— Deus sabe — disse ela — como sou inteiramente inocente. Mas não vou fingir que meus protestos me absolverão. Ponho minha inocência em uma simples e direta explicação dos fatos que foram colocados contra mim, e espero que o caráter que sempre demonstrei inclinará meus juízes a uma interpretação favorável, na qual nenhuma circunstância pareça duvidosa ou suspeita.

Ela então relatou que, com a permissão de Elizabeth, havia passado o começo da noite em que o assassinato fora cometido na casa de uma tia em Chêne, uma comuna situada a quase três quilômetros de Genebra. Em seu retorno, por volta das nove horas, encontrou um homem, que perguntou se ela havia visto ou escutado alguma coisa sobre a criança desaparecida. Ela se alarmou com isso, e passou muito tempo procurando, quando os portões de Genebra se fecharam e ela foi forçada a ficar várias horas no celeiro que fazia parte do território de uma cabana, não querendo acordar os habitantes, que a conheciam bem. Ela passou a maior parte da noite em vigília. Perto do amanhecer, acreditou ter dormido por alguns minutos. Alguns passos a perturbaram, então ela despertou. Era madrugada, e saiu de seu abrigo para continuar a busca pelo meu irmão. Se esteve perto do local onde seu corpo estava, foi sem seu conhecimento. Não era surpreendente que ela estivesse atordoada quando questionada pela mulher do mercado, dado que havia passado a noite em claro, e que o destino do pobre William ainda era incerto. Quanto à medalha em seu bolso, ela não tinha explicação.

— Eu sei — continuou a infeliz vítima — quanto essa única circunstância pesa contra mim de maneira decisiva e fatal, mas não tenho como explicá-la, e depois de expressar minha completa ignorância, só me resta supor sobre as probabilidades de ela ter sido colocada em meu bolso. Ainda assim, estou sem saída nesse caso. Acredito que não tenho inimigo algum na terra, e certamente ninguém seria tão perverso a ponto de me destruir deliberadamente. O assassino a colocou ali? Eu não me lembro de qualquer oportunidade que ele tivesse de fazê-lo, ou, ainda que tivesse, por que ele teria roubado a joia para se desfazer dela tão rápido?

— Entrego minha causa à justiça de meus juízes, mas não tenho esperança. Imploro pela permissão de ter algumas testemunhas questionadas a respeito de meu caráter, e se o depoimento delas não for tão forte quanto minha suposta culpa, eu devo ser condenada, embora aposte minha salvação em minha inocência.

Várias testemunhas que a conheciam por muitos anos foram chamadas, e falaram bem dela, mas o medo e o ódio pelo crime do qual elas a consideravam culpada as deixaram temerosas, e indispostas a falar mais. Elizabeth viu mesmo esse último recurso — sua excelente disposição e louvável conduta — prestes a falhar com a acusada, quando, embora drasticamente agitada, ela pediu permissão para se dirigir à corte.

— Eu sou — começou ela — a prima da infeliz criança que foi assassinada, ou melhor, sua irmã, tendo sido educada e vivido com seus pais desde muito antes de seu nascimento. Portanto, pode ser considerado indecente de minha parte me apresentar nesta ocasião, mas quando vejo uma criatura prestes a perecer devido à covardia de seus supostos amigos, gostaria de ter permissão para falar, para que eu possa dizer o que sei sobre seu caráter. Conheço muito bem a acusada. Morei na mesma casa que ela, em uma ocasião por cinco anos e depois por quase dois anos. Durante todo esse período, ela me pareceu a mais amável e benevolente das criaturas humanas. Ela cuidou de Madame Frankenstein, minha tia, em sua última doença, com a maior afeição e cuidado. Depois disso, cuidou da própria mãe durante uma doença enfadonha, de uma forma que provocava a admiração de todos que a conhecem. Posteriormente ela morou mais uma vez na casa de meu tio, onde era amada por toda a família. Ela era calorosamente apegada à criança que agora está morta, e agia como uma mãe afetuosa para com ela. De minha parte, não hesito em dizer que, mesmo com todas as evidências apresentadas contra ela, eu acredito e me apoio em sua perfeita inocência. Ela não tinha motivo para cometer tal ato, e quanto ao medalhão, que é considerado a prova mais forte, se ela realmente o quisesse, eu o teria dado de bom grado, sendo que a estimo e a valorizo muito.

Um murmúrio de aprovação seguiu o simples e poderoso apelo de Elizabeth, mas foi suscitado por sua generosa interferência, e não em favor da pobre Justine, a quem a indignação pública se voltou com violência renovada, acusando-a da mais obscura ingratidão. Ela mesma chorou enquanto Elizabeth falava, mas não respondeu. Eu estava extremamente agitado e angustiado durante todo o julgamento. Eu acreditava em sua inocência, sabia que ela era inocente. Poderia o demônio que — eu não tinha dúvidas — havia assassinado meu irmão, também, em sua diversão infernal, ter arrastado a inocente vítima para a morte e infâmia? Eu não podia suportar o horror de minha situação, e quando percebi que a voz do povo e a expressão dos juízes já havia condenado a minha infeliz vítima, corri para fora da corte em aflição. As torturas da acusada não se igualavam às minhas. Ela era sustentada pela inocência, mas as presas do remorso rasgavam meu peito, e não me soltariam por nada.

Passei a noite em puro sofrimento. Pela manhã, fui à corte, e meus lábios e garganta ainda estavam secos. Não me atrevi a fazer a pergunta fatal, mas fui reconhecido, e o oficial adivinhou a causa de minha visita. As cédulas haviam sido reveladas. Eram todas pretas, e Justine foi condenada.

Não tenho a intenção de descrever o que senti naquele momento. Eu havia experimentado alguns tipos de horror antes, e me esforcei para tentar nomeá-los, mas palavras não podem expressar a ideia do desespero doentio que eu suportei naquele dia. A pessoa a quem eu me dirigia acrescentou que Justine já havia confessado a sua culpa.

— A evidência — observou ele — é dificilmente exigida em um caso tão óbvio, mas eu estou contente por isso, e, de fato, nenhum juiz gosta de condenar um criminoso com um indício circunstancial, por mais decisivo que seja.

Era uma informação estranha e inesperada. O que poderia significar? Meus olhos haviam me enganado? Eu seria realmente tão louco quanto o mundo acharia que fosse, se revelasse o objeto de minhas suspeitas? Voltei para casa apressadamente, e Elizabeth estava determinada a saber o resultado.

— Minha prima — respondi —, a decisão foi a esperada. Todos os juízes preferem que dez inocentes sofram a deixar um culpado escapar. Mas ela confessou.

Aquilo foi um terrível choque para a pobre Elizabeth, que acreditara com tanta firmeza na inocência de Justine.

— Que desgraça! — disse ela. — Como poderei acreditar novamente na bondade humana? Justine, que amei e valorizei como minha irmã, como ela pôde usar aquele sorriso inocente para nos trair? Seus olhos serenos pareciam incapazes de qualquer severidade ou culpa, e ainda assim ela cometeu um assassinato.

Logo depois ouvimos a notícia de que a pobre vítima havia expressado o desejo de ver minha prima. Meu pai não queria deixá-la ir, mas disse que deixava a decisão a cargo de minha prima, de acordo com seus próprios critérios e sentimentos.

— Sim — disse Elizabeth —, eu irei, ainda que ela seja culpada, e você, Victor, deve me acompanhar. Não posso ir sozinha.

A ideia dessa visita era uma tortura para mim, mas eu não podia recusar.

Entramos na sombria cela da prisão, e vimos Justine sentada em um monte de palha no canto oposto. Suas mãos estavam amarradas, e ela descansava a cabeça nos joelhos. Ela se levantou ao nos ver entrar, e quando fomos deixados sozinhos com ela, Justine se atirou aos pés de Elizabeth, chorando amargamente. Minha prima também chorava.

— Oh, Justine! — disse ela. — Por que você roubou meu último consolo? Eu acreditei em sua inocência, e embora estivesse infeliz antes, não estava tão miserável quanto estou agora.

— E você também acredita que eu sou assim tão, tão perversa? Também se juntou aos meus inimigos para me condenar como uma assassina? — Sua voz estava sufocada pelo choro.

— Levante-se, minha pobre menina — disse Elizabeth. — Por que está ajoelhada se é inocente? Não sou um de seus inimigos, pois acreditei em sua inocência, apesar de todas as evidências, até ouvir que confessou sua culpa. Esse relato que você diz que é falso, tenha certeza, querida Justine, de que nada poderia abalar minha confiança em você, nem por um momento, além de sua própria confissão.

— Eu confessei, sim, mas confessei uma mentira. Confessei para, talvez, obter minha absolvição, contudo agora essa falsidade pesa em meu coração mais do que meus outros pecados. Que Deus me perdoe! Desde que fui condenada, meu confessor tem me assediado. Ele me ameaçou e me intimidou várias vezes, até eu quase começar a pensar que era mesmo o monstro que ele dizia que eu era. Ele me amedrontou com a excomunhão e o fogo do inferno em meus últimos momentos, se eu continuasse sendo tão teimosa. Querida senhora, eu não tinha ninguém para me apoiar, todos me olhavam como uma desgraçada condenada à humilhação e perdição. O que eu poderia fazer? Em uma hora vil eu aderi a uma mentira, e agora sou verdadeiramente miserável.

Ela pausou, chorando, e então continuou:

— Pensei, horrorizada, minha doce senhora, que acreditaria que sua Justine, a quem sua abençoada tia honrou tão grandemente, e que a senhorita amou, era uma criatura capaz de um crime que apenas o próprio Diabo seria capaz de cometer. Pobre William! Querida e abençoada criança! Eu o verei novamente no Paraíso, onde seremos todos felizes, e isso me consola, pois estou prestes a enfrentar a degradação e a morte.

— Oh, Justine! Perdoe-me por não ter confiado em você por um momento. Por que confessou? Mas não lamente, querida menina. Eu proclamarei, e provarei sua inocência. Derreterei os corações de pedra de seus inimigos com minhas lágrimas e orações. Você não vai morrer! Você, minha amiga, minha companheira, minha irmã, perecer no cadafalso! Não! Eu nunca poderia sobreviver a esse infortúnio terrível.

Justine sacudiu a cabeça com um lamento.

— Não temo a morte — disse ela. — Essa dor já passou. Deus eleva minha fraqueza e me dá coragem para suportar o pior. Eu deixo um mundo triste e amargo, e se a senhorita se lembrar de mim, e pensar em mim como alguém que foi injustamente condenada, estou resignada ao destino que me aguarda. Aprenda de mim, minha cara senhora, a se submeter pacientemente à vontade do Céu!

Durante essa conversa, eu estava em um canto da cela, onde poderia esconder a terrível angústia que se apossou de mim. Desespero! Quem se atreveria a falar sobre isso? A pobre vítima, que pela manhã passaria pelo imenso limite entre a vida e a morte, não sentia, como eu, uma tão profunda e amarga agonia. Rangi meus dentes, e os apertei, segurando um grunhido que vinha do fundo de minha alma. Justine se voltou para mim. Quando viu quem eu era, ela se aproximou e disse:

— Meu caro senhor, é muito gentil de sua parte vir me visitar. O senhor, espero, não acredita que eu seja culpada?

Eu não conseguia responder.

— Não, Justine — respondeu Elizabeth. — Ele está mais convencido de sua inocência do que eu, pois mesmo quando ouviu que você tinha confessado, ele não acreditou.

— Agradeço a ele, de verdade. Nestes últimos momentos, eu sinto a mais sincera gratidão por aqueles que pensam em mim com tanta gentileza. Quão doce é a afeição de outros para com uma infeliz como eu! Isso alivia mais que a metade de minha desgraça, e sinto que posso morrer em paz agora que minha inocência é reconhecida pela minha querida senhora e por seu primo.

Então a pobre sofredora tentava consolar os outros e a si mesma. Ela de fato ganhou a resignação que desejava. Mas eu, o verdadeiro assassino, senti o verme imortal vivo em meu peito, que não permitia esperança ou consolo algum. Elizabeth também chorava e estava infeliz, mas sua miséria também vinha da inocência, que, como uma nuvem que passa sobre a bela lua, por um momento esconde, mas não consegue ofuscar seu brilho. Angústia e desespero haviam penetrado no centro de meu coração, e eu carregava o inferno dentro de mim, que não poderia ser extinto. Ficamos várias horas com Justine, e apenas com muita dificuldade Elizabeth conseguiu se separar dela.

— Eu queria — exclamou ela — poder morrer com você. Não posso viver neste mundo miserável.

Justine assumiu um ar de animação, enquanto reprimia com dificuldade suas amargas lágrimas. Ela abraçou Elizabeth e disse, com uma voz emotiva:

— Adeus, minha doce querida Elizabeth, amada e única amiga. Que o Céu, em sua graça, a abençoe e preserve, e que essa seja a última desgraça que sofrerá na vida! Viva, seja feliz, e faça os outros felizes.

E Justine morreu na manhã seguinte. A eloquência comovente de Elizabeth falhou em mudar a firme convicção dos juízes quanto à criminalidade da santa sofredora. Meus apelos apaixonados e indignados foram desperdiçados com eles. E quando recebi suas respostas frias, e ouvi a argumentação dura e insensível daqueles homens, minha confissão morreu em meus lábios. Eu poderia ser declarado louco, mas não revogaria a sentença dada à minha infeliz vítima. Ela morreu no cadafalso como uma assassina!

Das torturas de meu coração, voltei-me à contemplação do profundo e silencioso luto de Elizabeth. Isso também era minha culpa! E a tristeza de meu pai, e a desolação de uma antes tão alegre casa — tudo isso era obra de minhas três vezes amaldiçoadas mãos! Vocês choram, infelizes, mas essas não são suas últimas lágrimas! Novamente darão um grito fúnebre, e o som de sua lamentação será ouvido de novo, e de novo! Frankenstein, seu filho, seu parente, seu muito amado amigo de longa data, ele que derramaria cada gota vital de sangue por vocês, que não tem outra felicidade a não ser o reflexo de seus rostos, que encheria o ar de bênçãos, e passaria a vida a seu serviço. Ele pede que chorem, que derramem incontáveis lágrimas. Ele será feliz além de sua esperança, se então o inexorável destino for satisfeito, e se a destruição parar antes que a paz do túmulo suceda seus tristes tormentos!

Assim falou minha alma profética quando, dilacerado pelo remorso, horror e desespero, vi aqueles que eu amava passarem uma dor vã sobre os túmulos de William e Justine, as primeiras vítimas infelizes de minhas artes profanas.

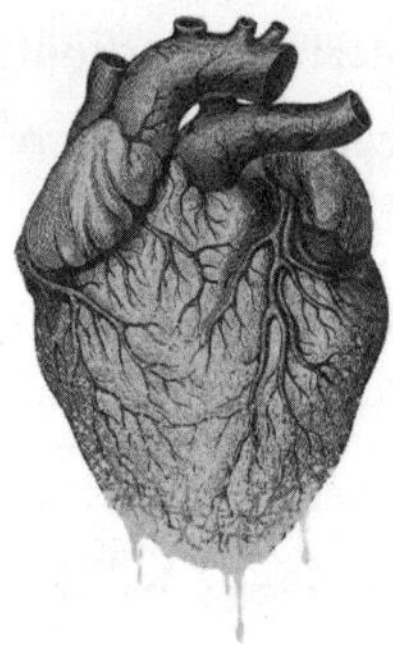

CAPÍTULO IX

Nada é mais doloroso para a mente humana do que, depois de os sentimentos ficarem à flor da pele por conta de uma rápida sucessão de eventos, a calmaria morta da dúvida e da certeza que se segue e priva a alma tanto da esperança quanto do medo. Justine morreu. Ela descansou, e eu estava vivo. O sangue corria livre em minhas veias, mas o peso do desespero e do remorso pressionava meu coração, e nada poderia removê-lo. O sono fugiu de meus olhos, e eu perambulava como um espírito maligno, pois havia cometido atos nefastos mais que horríveis, e mais, muito mais — eu estava convencido — estava por vir. Ainda assim, meu coração transbordava de gentileza e amor pela virtude. Eu começara minha vida com intenções bondosas, e estava sedento pelo momento em que eu as colocaria em prática e me faria útil aos meus semelhantes. Agora tudo estava perdido. Em vez daquela serenidade de consciência que me permitia olhar para trás com autossatisfação, e a partir daí ter a promessa de novas esperanças, eu estava confinado pelo remorso e pelo sentimento de culpa, que me jogou em um inferno de intensas torturas que nenhuma linguagem pode descrever.

Esse estado de espírito consumia minha saúde, que talvez nunca estivesse totalmente recuperada do primeiro choque suportado. Eu me escondia do rosto dos homens, e todo som de alegria ou complacência era uma tortura para mim. A solidão era o meu único consolo — profunda, sombria e cadavérica solidão.

Meu pai assistia com dor a essa perceptível alteração de minha disposição e de meus hábitos, e se esforçava — com argumentos derivados dos sentimentos de sua consciência serena e de sua vida irrepreensível — para inspirar-me segurança e despertar em mim a coragem para dissipar a nuvem escura que pairava sobre minha alma.

— Você acha, Victor — disse ele —, que eu também não estou sofrendo? Ninguém poderia amar uma criança mais do que eu amava seu irmão. — E lágrimas caíam de seus olhos enquanto ele falava. — Mas não é um dever para com os sobreviventes evitar aumentar a infelicidade deles demonstrando um luto exagerado? Também é um dever para consigo, pois a tristeza em excesso impede o progresso ou a satisfação, ou mesmo o cumprimento das tarefas cotidianas, sem as quais nenhum homem tem lugar na sociedade.

Esse conselho, embora fosse bom, era totalmente inaplicável no meu caso, já que eu deveria ter sido o primeiro a esconder o luto e consolar meus amigos, se o remorso não tivesse se misturado à amargura, e o terror alarmante aos meus outros sentimentos. Eu pude apenas responder ao meu pai com um olhar de desespero, e me esforçar para me esconder de sua vista.

Por volta dessa época fomos para a nossa casa em Bellerive. Essa mudança foi particularmente agradável para mim. O fechar dos portões regularmente às dez da noite, e a impossibilidade de ficar no lago depois daquela hora, tornaram nossa residência dentro de Genebra muito enfadonha para mim. Eu agora estava livre. Geralmente, depois que o resto da família havia se recolhido para a noite, eu pegava o barco e passava várias horas na água. Às vezes, com as velas içadas, eu era carregado pelo vento, e em outros momentos, depois de remar para o meio do lago, eu deixava o barco seguir o seu próprio curso, e abria caminho para as minhas próprias reflexões infelizes. Eu era frequentemente tentado, quando tudo ao meu redor estava em paz, e eu era a única coisa inquieta que perambulava sem descanso por um cenário tão belo e celestial — à exceção de algum morcego, ou dos sapos, cuja grosseira interrupção era ouvida apenas quando eu me aproximava da margem —, eu era frequentemente tentado, como dizia, a mergulhar no lago silencioso para que as águas se fechassem sobre mim e minhas calamidades para sempre. Mas eu me continha quando pensava na heroica e sofredora Elizabeth, a quem eu amava carinhosamente, e cuja existência estava ligada à minha. Também pensava em meu pai e meu irmão sobrevivente: deveria eu, pela minha renúncia, deixá-los expostos e desprotegidos da malícia do demônio que eu tinha liberado entre eles?

Nesses momentos, eu chorava amargamente e desejava que aquela paz revisitasse minha mente apenas para que eu pudesse dar a eles consolo e felicidade. Mas não poderia ser assim. O remorso extinguira toda a esperança. Eu havia sido o autor de males irremediáveis, e vivia diariamente com medo, com receio de que o monstro que eu havia criado cometesse alguma nova atrocidade. Eu tinha um pressentimento obscuro de que aquilo ainda não havia terminado, e que ele cometeria algum crime que, pela monstruosidade, apagaria a memória do passado. Sempre havia espaço para o medo, enquanto algo que eu amava ficasse para trás. Minha repulsa a esse demônio não podia ser definida. Quando eu pensava nele, rangia os meus dentes, meus olhos inflamavam, e eu desejava ardentemente extinguir aquela vida que eu tão imprudentemente havia concedido. Quando pensava sobre os seus crimes e maldades, meu ódio e meu desejo de vingança ultrapassavam todos os limites. Eu teria peregrinado até o mais alto pico dos Andes, se eu pudesse, ao chegar lá, atirá-lo para baixo. Eu queria vê-lo mais uma vez, para que pudesse lançar o máximo de repulsa sobre ele e vingar as mortes de William e Justine.

Nossa casa era um templo de luto. A saúde de meu pai havia sido profundamente abalada pelo horror dos eventos recentes. Elizabeth estava triste e desanimada. Ela não tinha mais alegria em suas ocupações comuns, e todo prazer parecia para ela uma ofensa contra os mortos. Eterna melancolia e lágrimas eram para ela o justo tributo a ser pago à inocência tão devastada e destruída. Ela não era mais aquela criatura alegre, que em sua juventude perambulava comigo pelas margens do lago, e falava em êxtase sobre nossos planos futuros. A primeira daquelas tristezas enviadas para nos afastar da terra a tinha visitado, e sua sombria influência apagou seus lindos sorrisos.

— Quando penso, meu caro primo — dizia ela —, na miserável morte de Justine Moritz, não vejo mais o mundo e suas obras como eram antes para mim. Outrora, eu via os relatos de vícios e injustiças que lia nos livros ou ouvia de outros como histórias antigas, ou males imaginários. Eram pelo menos distantes, e mais familiares à razão do que à imaginação. Mas agora a infelicidade chegou à nossa casa, e os homens me parecem monstros sedentos pelo sangue uns dos outros. Contudo, estou certamente sendo injusta. Todos acreditavam que a pobre garota era culpada, e se ela tivesse cometido o crime pelo qual sofreu, seguramente seria a mais depravada das criaturas humanas. Por umas poucas joias, ter matado o filho de seu benfeitor e amigo, uma criança que ela cuidou desde o nascimento, e parecia amar como se fosse dela! Eu não poderia consentir na morte de qualquer ser humano, mas certamente eu deveria ter pensado que tal criatura não tinha lugar na sociedade. No entanto, ela era inocente. Eu sei, sinto que ela era inocente, e você tem a mesma opinião, e isso valida a minha. Inferno! Victor, quando a falsidade pode parecer tanto com a verdade, quem pode assegurar-se da felicidade? Sinto como se estivesse andando à beira de um precipício em direção ao qual há milhares de pessoas amontoando-se e esforçando--se para empurrar-me para o abismo. William e Justine foram assassinados, e o criminoso escapou. Ele está andando livre pelo mundo, e talvez seja até respeitado. Contudo, mesmo se eu fosse condenada a sofrer no cadafalso pelos mesmos crimes, eu ainda não gostaria de trocar de lugar com tamanho desgraçado.

Ouvi o seu discurso em extrema agonia. Eu, não de fato, mas indiretamente, era o assassino. Elizabeth leu a angústia em meu rosto, e, tomando gentilmente minha mão, disse:

— Meu querido amigo, você deve se acalmar. Esses eventos me afetaram, só Deus sabe quão profundamente, mas não estou tão infeliz quanto você. Há uma expressão de desespero, e, às vezes, de vingança em seu rosto que me faz tremer. Querido Victor, expulse esses furores sombrios. Lembre-se dos amigos ao seu redor, que colocam suas esperanças em você. Será que perdemos o poder de fazê-lo feliz? Ah! Enquanto nos amarmos, enquanto formos verdadeiros um com o outro, aqui nesta terra de paz e beleza, no seu berço, poderemos usufruir de toda bênção tranquila. O que poderá perturbar nossa paz?

E como não poderiam ser tais palavras, daquela a quem eu carinhosamente prezava mais do que qualquer outro presente do destino, suficientes para expulsar aquele demônio que espreitava o meu coração? Enquanto ela falava, eu me inclinava para perto dela, aterrorizado, temendo que naquele exato momento o destruidor estivesse próximo para roubá-la de mim.

Assim, nem a ternura da amizade, nem a beleza da terra, nem a do céu, puderam redimir a minha alma do desgosto. As próprias manifestações mais puras do amor foram ineficazes. Eu estava envolto em uma nuvem que nenhuma influência benéfica poderia penetrar. O cervo ferido que arrasta seus membros desmaiados para algum lugar desconhecido, para contemplar a flecha que o havia perfurado e morrer, era apenas uma imagem do que eu era.

Às vezes, conseguia suportar o taciturno desespero que me dominava; em outras, eventualmente, as paixões avassaladoras de minha alma ainda me levavam a buscar, pelo exercício físico e pelas mudanças de lugar, algum alívio de meus intoleráveis sentimentos. Foi durante um desses acessos que subitamente saí de casa, e guiando meus passos até os arredores dos vales alpinos, procurei na glória, na eternidade desses cenários, esquecer de mim mesmo e de minhas humanas, portanto efêmeras, tristezas. Minha perambulação levou-me ao vale do Chamonix. Eu o visitara frequentemente quando garoto. Seis anos haviam se passado desde então, e eu estava destruído — mas nada havia mudado naqueles selvagens e duradouros cenários.

Realizei a primeira parte de minha jornada a cavalo. Depois aluguei uma mula, que teria passos mais firmes e estaria menos sujeita a se ferir naquelas estradas irregulares. O tempo estava bom. Foi por volta da metade de agosto, quase dois meses depois da morte de Justine, a época miserável da qual data todo o meu sofrimento. O peso sobre o meu espírito foi evidentemente aliviado enquanto eu mergulhava na ravina de Arve. As imensas montanhas e precipícios estavam por todos os lados — o som do rio fluindo entre as rochas, e as magníficas cachoeiras ao redor denotavam um poder tão grande quanto a onipotência — e eu parei de temer, ou de me curvar para qualquer ser menos poderoso que aquele que havia criado e controlado os elementos aqui expostos em sua forma mais formidável. Ainda assim, enquanto eu subia mais alto, o vale assumia um caráter mais magnífico e surpreendente. Castelos em ruínas suspensos nos precipícios de montanhas cobertas de pinheiros, o impetuoso Arve, e cabanas aqui e ali, espiando por entre as árvores, formavam um cenário de beleza singular. Mas isso foi ampliado e deixado sublime pelos poderosos Alpes, cujas brancas e brilhantes pirâmides e domos se destacavam sobre tudo, como se pertencessem a outra terra, e fossem a habitação de outra raça de criaturas.

Passei pela ponte de Pélissier, onde o barranco formado pelos rios se abria diante de mim, e comecei a subir a montanha que pairava sobre ela. Logo depois entrei no vale de Chamonix. Esse é ainda mais maravilhoso e sublime, mas não tão belo e pitoresco quanto o do Servox, pelo qual eu acabara de passar. As altas e nevadas montanhas eram suas fronteiras imediatas, mas não vi mais castelos em ruínas nem campos férteis. Imensas geleiras se aproximavam da estrada, e eu ouvi o trovejar estrondoso da avalanche que caía, e vi a fumaça de sua passagem. Mont Blanc, o supremo e magnífico Mont Blanc, ergueu-se entre as montanhas nos arredores, e seu tremendo domo se elevou sobre o vale.

Uma sensação de prazer, há muito tempo perdida, me encontrou durante essa jornada. Alguma curva na estrada, algum novo objeto repentinamente percebido e reconhecido, me faziam lembrar de dias passados, e foram associados à alegria leve e despreocupada da infância. Os próprios ventos sussurravam com sotaques suaves, e a natureza maternal não me permitiu mais chorar. Então, mais uma vez, a influência bondosa deixava de agir sobre mim, e via-me novamente preso à tristeza e entregando-me a toda a miséria de meus pensamentos. Assim, montei em meu animal, esforçando-me para esquecer o mundo, meus medos e, mais do que tudo, a mim mesmo — ou, de forma mais desesperada, apeava e me jogava na grama, sobrecarregado pelo horror e pelo desespero.

Por fim, cheguei ao vilarejo de Chamonix. A exaustão se seguiu à fadiga extrema que eu havia suportado, tanto do corpo quanto da mente. Por um curto espaço de tempo, permaneci na janela, observando os pálidos relâmpagos que passavam acima do Mont Blanc e ouvindo a correnteza do Arve, que seguia seu caminho barulhento abaixo. Os mesmos sons embaladores agiram como uma canção de ninar para as minhas sensações muito aguçadas. Quando coloquei a cabeça no travesseiro, o sono se apoderou de mim; eu o senti quando ele chegou e abençoei-o por me presentear com o esquecimento.

CAPÍTULO X

Passei o dia seguinte vagando pelo vale. Fiquei próximo à nascente do Arveyron, que se origina de uma geleira que, lentamente, avança do pico das colinas para bloquear o vale. As laterais íngremes das vastas montanhas estavam à minha frente, a parede congelada da geleira estava acima de mim, alguns pinheiros quebrados estavam espalhados ao redor, e o solene silêncio dessa gloriosa presença da natureza imperial era quebrado apenas pelo ruído das estrondosas ondas — ou pela queda de algum imenso fragmento, pelo som distante de uma avalanche, ou pelos estalos que, ao longo das montanhas, reverberavam o acúmulo de gelo, o qual, através da silenciosa ação das leis imutáveis, era constantemente rasgado e rompido, como se fosse apenas um brinquedo em suas mãos. Essas cenas sublimes e magníficas me proporcionaram a maior consolação que eu era capaz de receber. Elas me elevaram de toda pequenez de sentimento, e embora não tenham removido o meu sofrimento, elas o subjugaram e tranquilizaram. Em certo grau, elas distraíram a minha mente dos pensamentos que eu estivera remoendo no último mês. Recolhi-me para descansar à noite, e meu sono, dessa forma, foi guardado e ministrado pelas grandes formas que eu havia contemplado durante o dia. Elas se reuniam ao meu redor, e o imaculado topo nevado da montanha, o pico resplandecente, a floresta de pinheiros, as ravinas irregulares, a águia planando por entre as nuvens... Tudo se juntava ao meu redor, e me dava paz.

Para onde tinham ido quando acordei? Tudo o que me inspirava a alma fugiu com o sono, e a obscura melancolia anuviou todos os meus pensamentos. A chuva caía torrencialmente, e uma espessa névoa escondia os picos das montanhas, de modo que eu não pude ver a face daqueles poderosos amigos. Mas eu ainda penetraria aquele nebuloso véu, e os buscaria em seus recantos enevoados. O que eram a tempestade e a chuva para mim? Minha mula foi trazida até a porta, e decidi subir ao topo da geleira Montanvert[23]. Lembrei-me dos efeitos que a visão da tremenda geleira sempre em movimento havia produzido em minha mente da primeira vez em que a vi. Ela me encheu de um êxtase sublime, que deu asas à minha alma e permitiu que ela voasse do mundo sombrio à luz e alegria. As visões colossais e majestosas da natureza sempre tinham, de fato, o efeito de elevar meu espírito a um estado de solenidade e causar o esquecimento das preocupações passageiras da vida. Decidi ir sem um guia, pois já estava familiarizado com o caminho, e a presença de outra pessoa destruiria a solitária grandiosidade da cena.

A subida é íngreme, mas o caminho é dividido em curvas rápidas e contínuas, o que permite ultrapassar a perpendicularidade da montanha. É um cenário esplendidamente desolado. Os traços da avalanche de inverno podem ser vistos em mil lugares, onde árvores repousam quebradas e espalhadas pelo chão. Algumas ficam

23. Hoje conhecida como *Mer de Glace*, localizada na encosta norte do Mont Blanc. (N.T.)

inteiramente destruídas, outras permanecem dobradas, inclinadas sobre as protuberantes rochas da montanha, ou transversalmente sobre outras árvores. À medida que se sobe, o caminho é interseccionado por torrentes de neve, para onde as rochas rolam do topo de forma contínua. Uma delas é particularmente perigosa, pois o menor som, como falar em voz alta, produz no ar uma concussão suficiente para trazer destruição sobre a cabeça do locutor. Os pinheiros não são altos ou luxuosos, são sombrios, e dão um ar severo ao cenário. Olhei para o vale abaixo, e vastas névoas se elevavam dos rios que corriam por ele, e se enrolavam em grossas guirlandas ao redor das montanhas opostas, cujos picos estavam escondidos pelas nuvens uniformes, enquanto a chuva caía do céu escuro e contribuía para a impressão de melancolia que eu recebia dos objetos ao meu redor. Ai de mim! Por que os homens se vangloriam de ter sensibilidades superiores àquelas aparentes nos animais selvagens? Isso apenas os torna seres mais necessitados. Se os nossos impulsos se limitassem à fome, à sede e ao desejo, seríamos quase livres, porém agora somos movidos por cada vento que sopra, por toda palavra ou cena que tal palavra nos evoca.

Descansamos. Um sonho envenena o dormir;
Despertamos. Macula o dia um pensamento vão.
Sentimos, concebemos e pensamos, rimos ou choramos;
Abraçaremos a dor, ou lançaremos fora a aflição:
É tudo o mesmo! Pois, seja alegria ou murmúrio,
Na livre trilha tudo vai desaparecer:
O passado do homem não será como o futuro;
Apenas o Mutável há de prevalecer.[24]

24. *Mutability*, de Percy Blysse Shelly (1821—22). (N.T.)

Era quase meio-dia quando cheguei ao topo. Sentei-me por algum tempo na rocha voltada para aquele mar de gelo. Uma névoa o cobria, assim como ocultava as montanhas ao meu redor. Quando uma brisa dissipou a nuvem, eu desci até a geleira. Sua superfície é muito irregular, com elevações semelhantes às ondas de um mar inquieto, que descem bastante, entremeada por fendas que se estendem profundamente. O campo de gelo tem aproximadamente cinco quilômetros e meio de extensão, e eu passei quase duas horas atravessando-o. A montanha oposta é uma rocha perpendicular desolada. O Montanvert estava exatamente oposto ao lado de onde eu me encontrava, à distância de pouco mais de cinco quilômetros. Acima dele, elevava-se o Mont Blanc, em uma grandiosa majestade. Permaneci em uma erosão da rocha, observando aquela maravilhosa e estupenda cena. O mar, ou melhor, o vasto rio de gelo, serpenteava por entre suas montanhas dependentes, cujos cumes aéreos ficam suspensos sobre suas cavidades. Seus picos gelados e reluzentes brilhavam à luz do sol sobre as nuvens. Meu coração, antes em sofrimento, agora se enchia com algo semelhante à alegria, então eu exclamei:

— Espíritos vagantes, se de fato vagam, e não repousam em suas estreitas sepulturas, permitam-me essa débil felicidade, ou levem-me como sua companhia, para longe das alegrias da vida.

Ao dizer isso, vi de súbito a figura de um homem a certa distância, avançando em minha direção com uma velocidade sobre-humana. Ele passou sobre as fendas no gelo, entre as quais eu havia caminhado com cautela. Sua estatura, à medida que se aproximava, parecia exceder à de um homem. Eu fiquei perturbado, e então, uma névoa cobriu meus olhos e senti uma tontura, mas fui rapidamente restaurado pelo vento gelado das montanhas. Percebi, enquanto a figura se acercava — uma visão terrível e horrenda! —, que era o infeliz que eu havia criado. Tremi de raiva e horror, decidindo esperar que ele se aproximasse, para, então, travar um combate mortal com ele. Ele chegou perto de mim. Seu rosto expressava uma amarga angústia, combinada com desdém e maldade, enquanto sua feiura sobrenatural o deixava quase horrível demais para os olhos humanos. Contudo, eu mal observei isso, pois a raiva e o ódio tinham antes me privado da fala, e eu a recuperei apenas para esmagá-lo com palavras expressivas de furiosa abominação e desprezo.

— Demônio — exclamei —, como se atreve a aproximar-se de mim? Não teme a feroz vingança de meu braço em sua cabeça miserável? Retire-se, inseto vil! Ou melhor, fique, para que eu possa pisoteá-lo até que se torne pó! Oh, e para que eu consiga, com a extinção de sua desprezível existência, compensar as vítimas que tão diabolicamente você assassinou!

— Eu já esperava essa recepção — disse o demônio. — Todos os homens odeiam os desgraçados. Como devo ser odiado, então, eu que sou o mais miserável de todas as criaturas vivas! No entanto você, meu criador, detesta e despreza a mim, sua criatura, a quem você está ligado por laços que serão rompidos apenas com a aniquilação de um de nós. Você tem a intenção de me matar. Como ousa brincar assim com a vida? Cumpra o seu dever comigo, e eu cumprirei o meu para com você e com o resto da humanidade. Se atender às minhas condições, eu os deixarei em paz. Mas se você recusar, alimentarei a boca da morte até que ela seja saciada com o sangue de seus amigos que lhe restam.

— Monstro horrível! Maldito seja! As torturas do inferno são uma vingança muito branda para seus crimes. Demônio desgraçado! Repreende-me por tê-lo criado, pois venha, então, para que eu extinga a centelha de vida que eu tão negligentemente o concedi.

Minha raiva não tinha fim. Eu saltei em sua direção, impelido por todos os sentimentos que podem armar alguém contra a existência de outro.

Ele se desviou de mim facilmente, e disse:

— Acalme-se! Peço-lhe que me ouça antes de extravasar o seu ódio contra a minha pobre cabeça. Não sofri o suficiente para que você busque aumentar a minha miséria? A vida, embora possa ser apenas um acúmulo de angústia, é preciosa para mim, e eu a defenderei. Lembre-se de que fui feito mais poderoso que você mesmo. Minha altura é superior à sua, e minhas articulações são mais flexíveis, mas ainda assim não serei tentado a enfrentá-lo. Sou sua criatura, e serei até mesmo brando e dócil àquele que é, por natureza, meu senhor e rei, se você também desempenhar o seu papel, que é o que me é devido. Oh, Frankenstein, não seja justo com todos os outros, pisoteando somente a mim, a quem a sua justiça, e até mesmo a sua clemência e afeição, são mais devidas. Lembre-se de que sou a sua criatura, e que deveria ser o seu Adão. Porém, sou mais um anjo caído, a quem você afastou da alegria sem que cometesse injustiça alguma. Em todos os lugares vejo a felicidade da qual sou irrevogavelmente excluído. Eu era bondoso e gentil, mas a infelicidade fez de mim um demônio. Faça-me feliz, e eu serei novamente virtuoso.

— Suma! Não lhe darei ouvidos. Não pode haver comunhão entre você e eu, pois somos inimigos. Suma, ou colocaremos a nossa força à prova em uma luta, e um de nós deve cair.

— Como posso comovê-lo? Nenhuma súplica o fará olhar favoravelmente para a sua criatura, que implora por sua bondade e compaixão? Acredite em mim, Frankenstein. Eu era benevolente, e minha alma brilhava com amor e humanidade. Mas não estou sozinho, miseravelmente sozinho? Se você, meu criador, me abomina, que esperança posso ter de seus semelhantes, que nada me devem? Eles me desprezam e me odeiam. As montanhas desertas e as melancólicas geleiras são o meu refúgio. Perambulei por vários dias, e as cavernas de gelo, que apenas eu não temo, são para mim uma casa, a única que os homens não invejam. Saúdo esses céus sombrios, pois são mais gentis comigo que os seus semelhantes. Se toda a humanidade soubesse de minha existência, eles fariam comigo o mesmo que você faz agora, e armariam eles mesmos a minha destruição. Não devo então odiar aqueles que me abominam? Não pouparei meus inimigos. Sou infeliz, e eles deverão partilhar de minha infelicidade. Mas você tem o seu poder de recompensar-me e livrá-los de um mal que lhe resta decidir se será tão grande que não apenas você e sua família, mas milhares de outros, serão engolidos pelos turbilhões dessa raiva. Deixe que a sua piedade o mova, e não despreze a mim. Ouça a minha história, e depois de escutá-la, abandone-me ou compadeça-se de mim, como julgar que mereço. Mas ouça-me. Os culpados são autorizados pelas leis humanas, por mais sangrentas que sejam, a falar em sua defesa antes de serem condenados. Ouça, Frankenstein. Acusa-me de assassinato, e ainda assim, como poderia, com uma consciência tranquila, destruir sua própria criatura. Oh, louvada seja a eterna justiça dos homens! No entanto, peço-lhe que não me poupe. Mas ouça-me, e depois, se puder, e se quiser, destrua a obra de suas mãos.

— Por que traz de volta à minha memória — continuei — circunstâncias que me fazem tremer ao lembrar que fui eu o infeliz e miserável autor? Maldito seja o dia, detestável demônio, em que viu a luz pela primeira vez! Malditas sejam, embora eu amaldiçoe a mim mesmo, as mãos que o formaram! Você me faz infeliz além do que posso expressar, e deixa-me incapaz de considerar se sou justo com você ou não. Fora! Livre-me da visão de sua detestável figura.

— Livrá-lo-ei então, meu criador — disse ele, e colocou suas odiosas mãos ante meus olhos, as quais empurrei com violência. — Assim, tiro de você a visão que tanto odeia. Ainda assim, não é capaz de me ouvir e dar-me a sua misericórdia. Pelas virtudes que um dia possuí, faço-lhe este pedido. Ouça a minha história. É longa e estranha, e a temperatura deste lugar não é boa para os seus frágeis sentidos, portanto, venha para a cabana na montanha. O sol ainda está alto no céu, e antes que ele desça para se esconder atrás dos precipícios nevados e iluminar outro mundo, terá ouvido a minha história, e então poderá decidir. Deixo nas suas mãos a escolha: deixarei para sempre as imediações dos homens e viverei uma vida inofensiva, ou me tornarei o flagelo dos seus semelhantes e o autor da sua rápida ruína.

Ao dizer isso, ele abriu caminho pelo gelo e eu o segui. Meu coração estava cheio e não lhe respondi, mas, à medida que avançava, pesei os vários argumentos que ele havia usado e decidi ao menos ouvir sua história. Fui em parte instigado pela curiosidade, e a clemência confirmou a minha decisão. Até então, eu supunha que ele fosse o assassino de meu irmão e buscava ansiosamente uma confirmação ou negação dessa teoria. Também senti, pela primeira vez, quais eram os deveres de um criador para com a sua criatura, e que eu deveria torná-lo feliz antes de reclamar de sua maldade. Esses motivos me incentivaram a atender à sua exigência. Dessa forma, atravessamos o gelo e subimos a rocha oposta. O ar estava frio e a chuva começou a cair novamente, então entramos na cabana. O demônio estava com um ar de exultação, e eu com o coração pesado e o espírito deprimido. Todavia concordei em ouvi-lo e, sentando-me perto da fogueira que meu odioso companheiro havia acendido, ele começou a contar a sua história.

CAPÍTULO XI

— É com muita dificuldade que me lembro da origem do meu ser. Todos os eventos daquele período parecem confusos e imprecisos. Uma estranha pluralidade de sensações me invadiu, e eu via, sentia, ouvia e cheirava, tudo ao mesmo tempo, e levou, de fato, um bom tempo até eu aprender a distinguir entre as operações de meus muitos sentidos. Gradualmente me lembro que uma luz mais forte pressionou meus nervos, e fui então obrigado a fechar meus olhos. A escuridão caiu sobre mim e me perturbou, mas eu nem bem terminei de sentir isso, e quando abri os olhos, como agora suponho, a luz brilhou sobre mim novamente. Eu andei, e acredito que desci, mas logo encontrei uma grande alteração em meus sentidos. Antes, corpos escuros e opacos rodeavam-me, imunes ao meu toque ou visão, mas então descobri que podia perambular em liberdade, sem obstáculos que eu não pudesse superar ou evitar. A luz tornou-se cada vez mais opressiva para mim, e o calor me exauria enquanto eu caminhava, então procurei um lugar em que pudesse ficar à sombra. Esse lugar era a floresta próxima a Ingolstadt, e ali deitei-me ao lado de um riacho, aliviando minha fadiga, até que fui atormentado pela fome e pela sede. Isso me tirou de meu estado quase adormecido, e comi algumas frutas que encontrei penduradas nas árvores, ou caídas no chão. Saciei minha sede no ribeiro, e depois de me deitar, fui vencido pelo sono.

"Era noite quando despertei. Também senti frio, e, de certa forma, estava um pouco assustado, instintivamente, encontrando-me tão desolado. Antes de deixar o seu apartamento, ao sentir frio, eu havia me coberto com algumas roupas, mas elas foram insuficientes para me proteger do orvalho noturno. Eu era um pobre, indefeso e miserável infeliz. Eu não conhecia nada, e não podia distinguir coisa alguma, então, sentindo apenas a dor que me invadia por todos os lados, sentei-me e chorei.

"Logo uma luz gentil surgiu no céu, e me deu uma sensação de prazer. Eu me levantei e contemplei uma forma radiante se elevar por entre as árvores. Observei-a maravilhado, com uma espécie de admiração. Ela movia-se lentamente, mas iluminava o meu caminho, então saí mais uma vez à procura de alimento. Ainda estava com frio quando encontrei debaixo de algumas árvores um grande manto, com o qual me cobri, e sentei-me no chão. Não havia ideias específicas ocupando minha mente, pois tudo estava confuso. Eu sentia a luz, a fome, a sede e a escuridão. Inúmeros sons ecoavam em meus ouvidos, e, por todos os lados, vários aromas me saudavam. O único objeto que eu conseguia distinguir era a radiante lua, então fixei meus olhos nela com prazer.

"Várias mudanças de dia e de noite se passaram, e o orbe noturno havia diminuído consideravelmente, quando comecei a distinguir as sensações umas das outras. Comecei pouco a pouco a ver com clareza o riacho que me dava de beber, e as árvores que me forneciam sombra com as suas folhagens. Fiquei encantado ao descobrir que um agradável som, que frequentemente me saudava os ouvidos, originava-se das gargantas de pequenos animais alados que haviam frequentemente interceptado a luz diante de meus olhos. Também comecei a observar, com maior precisão, as formas que me rodeavam, e a perceber os limites do radiante teto de luz que me cobria. Às vezes, tentava imitar o agradável canto dos pássaros, mas era incapaz. Em outras, desejava expressar minhas sensações a meu próprio modo, mas os rudes e inarticulados sons que saíam de mim me assustavam e me faziam calar novamente.

"A lua desapareceu da noite, e novamente, com uma forma menor, se mostrou, enquanto eu continuava na floresta. Meus sentidos haviam, a essa altura, se tornado mais distintos, e minha mente recebia, a cada dia, ideias novas. Meus olhos se acostumaram à luz, e passaram a perceber objetos em suas formas exatas. Eu distinguia os insetos das plantas, e, sucessivamente, uma erva da outra. Percebi que o pardal proferia nada além de notas rudes, enquanto as do melro e do tordo eram doces e cativantes.

"Um dia, quando me senti oprimido pelo frio, encontrei uma fogueira que havia sido deixada por pedintes nômades, e fui tomado por deleite ao sentir o calor que experimentei. Em minha alegria, eu levei minhas mãos às chamas vivas, mas rapidamente as recolhi novamente com um grito de dor. Que estranho — pensei eu — que a mesma causa poderia produzir efeitos tão diferentes! Examinei os materiais da fogueira, e, para a minha satisfação, descobri que era feita de madeira. Coletei rapidamente alguns galhos, mas eles estavam úmidos, e não queimavam. Senti-me aflito por isso, e sentei-me, parado, observando a queima da fogueira. A madeira molhada que eu havia colocado perto dela logo secou e inflamou-se. Refleti sobre isso, e, tocando os vários galhos, eu descobri a causa, então me ocupei em recolher uma grande quantidade de lenha para secá-la e ter um bom suprimento de fogo. Quando a noite chegou e trouxe o sono consigo, eu tive muito medo de que a fogueira se extinguisse. Cobri-a cuidadosamente com madeira e folhas secas, e coloquei lenha úmida sobre essa camada. Assim, então, estendendo a minha capa, deitei-me no chão e caí no sono.

"Era manhã quando despertei, e minha primeira preocupação foi verificar a fogueira. Descobri-a, e uma brisa gentil soprou rapidamente, acendendo sua chama. Também observei isso, e improvisei um leque de galhos, que avivaram as chamas quando estavam quase extintas. Quando a noite chegou mais uma vez, constatei, com prazer, que o fogo fornecia tanto luz quanto calor, e que a descoberta desse elemento era útil para mim em relação à comida, pois vi que alguns dos restos que os viajantes haviam deixado para trás foram assados, e tinham um sabor muito melhor que as frutas que eu colhera das árvores. Tentei, então, preparar minha comida da mesma forma, colocando-a sobre as chamas vivas. Descobri que elas estragavam nessa operação, mas que as nozes e as raízes ficavam muito melhores.

"A comida, no entanto, tornou-se escassa, e eu frequentemente passava dias procurando em vão por algumas poucas avelãs para mitigar as dores da fome. Quando percebi isso, resolvi deixar o lugar que estivera habitando até então, em busca de um onde as poucas necessidades que eu experimentei pudessem ser satisfeitas mais facilmente. Nessa migração, eu lamentei grandemente a perda da fogueira que havia encontrado por acidente, e não sabia reproduzi-la. Passei várias horas considerando seriamente essa dificuldade, mas fui obrigado a abandonar as tentativas de supri-la. Então, enrolando-me em meu manto, atravessei a floresta em direção ao sol poente. Passei três dias nessas andanças, e finalmente cheguei a um campo aberto. Houve uma grande nevasca na noite anterior, e o solo era de um branco uniforme, sua aparência era desolada, e eu me deparei com meus pés resfriados pela substância úmida e gelada que cobria o chão.

"Era por volta das sete horas da manhã, e eu desejava conseguir comida e abrigo, então, finalmente notei uma pequena cabana, em um terreno elevado, que havia, sem dúvidas, sido construída para a conveniência de algum pastor. Era uma visão nova para mim, e eu examinei a estrutura com grande curiosidade. Ao encontrar a porta aberta, eu entrei. Um velho estava sentado ali, perto do fogo, sobre o qual ele preparava seu café da manhã. Ele virou-se ao ouvir o ruído, e, ao me perceber, soltou um grito alto, saindo da cabana e correndo pelo campo a uma velocidade da qual sua débil forma não parecia capaz. Sua aparência, diferente de qualquer outra que eu já havia visto, assim como sua fuga, deixaram-me um tanto surpreso. Mas eu estava encantado com a aparência da cabana, pois nela a neve e a chuva não eram capazes de penetrar e o chão estava seco. Ela se apresentou para mim como um abrigo tão belo e divino quanto Pandemônio pareceu aos demônios do inferno depois de sofrer no lago de fogo[25]. Avidamente eu devorei o que restara do café da manhã do pastor, que consistia em pão, queijo, leite e vinho, mas esse último, porém, não me agradou. Então, tomado pela fadiga, deitei-me em um pouco de palha e adormeci.

25. Referência à capital do inferno descrita em *Paradise Lost* (1667), de John Milton, poema épico que narra a queda do homem e a perda do paraíso. (N. do E.)

"Era meio-dia quando acordei, e, seduzido pelo calor do sol que brilhava intensamente no solo branco, decidi recomeçar a minha viagem; então, depositando as sobras do café da manhã do camponês em uma bolsa que encontrei, prossegui atravessando os campos por várias horas, até que cheguei a um vilarejo ao pôr do sol. Quão milagroso me pareceu! As cabanas, os chalés mais elegantes e as casas enormes dividiam minha admiração. Os vegetais nos jardins, o leite e o queijo que via nas janelas de algumas das casinhas fizeram meu apetite crescer. Entrei em uma das melhores casas, mas eu nem bem havia posto o primeiro pé na entrada quando as crianças gritaram, e uma das mulheres desmaiou. Todo o vilarejo despertou. Alguns fugiram, outros me atacaram, até que eu, gravemente ferido por pedras e outros projéteis, escapei para o campo aberto, e refugiei-me com medo em uma choupana baixa, completamente vazia e com uma aparência bem miserável, depois dos palácios que eu vira na aldeia. Essa cabana, no entanto, se juntava a uma casinha de aparência limpa e agradável, mas, depois de minha difícil experiência, não me atrevi a entrar nela. Meu local de refúgio era feito de madeira, mas era tão baixo que eu quase não conseguia ficar sentado direito dentro dele. Não havia madeira no chão de terra, mas ele estava seco, e embora o vento entrasse por várias rachaduras, eu encontrei um asilo agradável contra a neve e a chuva.

"Ali então me recolhi, e deitei-me feliz por ter encontrado um abrigo — embora miserável — do clima impiedoso da estação, e ainda mais da barbárie do homem.

"Assim que o dia despontou, rastejei de meu canil para poder ver o chalé adjacente e descobrir se poderia continuar na habitação que havia encontrado. Eu estava atrás do casebre, e cercado nos lados por um chiqueiro e uma fonte de água limpa. Uma parte estava aberta, e foi por ali que eu rastejei, mas agora eu cobri todas as rachaduras, pelas quais poderia ser percebido, com pedras e madeira, ainda de tal maneira que eu pudesse ocasionalmente movê-las para sair. A luz que eu gostava vinha pelo chiqueiro, e aquilo era suficiente para mim.

"Depois de arrumar meu abrigo e cobrir o chão com palha limpa, eu encerrei as atividades, pois vi à distância um homem, e me lembrava muito bem do tratamento recebido na noite anterior para poder me confiar a ele. Eu antes havia, no entanto, provido meu sustento para aquele dia, com um pedaço de pão grosso que roubei, e um copo com o qual eu poderia beber, de forma mais conveniente do que com a mão, a água pura que corria em meu abrigo. O chão era um pouco elevado, de modo que se mantinha perfeitamente seco, e, por estar próximo à chaminé do chalé, era razoavelmente aquecido.

"Tendo assim suprimentos, decidi morar nessa choupana, até que ocorresse algo que alterasse a minha determinação. Era, de fato, um paraíso, se comparado àquela floresta sombria que era minha residência anterior, que tinha galhos gotejantes e terra úmida. Comi meu café da manhã com prazer, e estava para remover uma tábua para buscar um pouco de água, quando ouvi passos, e, olhando por uma pequena fresta, observei uma jovem criatura, com um balde sobre a cabeça, passando em frente à minha moradia. A moça era jovem, e de maneiras gentis, diferente do que eu até então observara nos camponeses e servos das fazendas. No entanto, ela estava vestida de forma modesta, com uma anágua azul grosseira e um casaco de linho sendo seus únicos trajes. Seu cabelo loiro estava trançado, mas não adornado, e ela parecia paciente, embora triste. Perdi-a de vista, e quase 15 minutos depois, ela retornou com o balde na cabeça, agora parcialmente cheio de leite. Enquanto ela caminhava, parecendo incomodada com o fardo, encontrou-a um jovem rapaz, cujo rosto mostrava um desânimo ainda mais profundo. Pronunciando algumas palavras com ar melancólico, ele pegou o balde da cabeça dela e o carregou para o chalé ele mesmo. Ela o seguiu e ambos desapareceram. Depois eu vi novamente o rapaz, com algumas ferramentas em mão, atravessar o campo atrás do casebre, e a moça também se ocupava, às vezes na casa, e às vezes no quintal.

"Ao examinar minha morada, descobri que uma das janelas da casa fazia divisória com ela, mas os vidros haviam sido cobertos com tábuas de madeira. Em uma dessas, havia uma pequena e quase imperceptível rachadura, pela qual apenas o olho passaria. Através dessa fenda, era possível ver um pequeno cômodo, branco e limpo, mas quase sem móveis. Em um canto, perto de uma pequena lareira, estava sentado um velho, apoiando a cabeça nas mãos desconsolado. A jovem estava ocupada arrumando o chalé, mas então ela pegou algo em uma gaveta que era grande para as suas mãos, e sentou-se ao lado do velho, que, tomando em mãos um instrumento, começou a tocá-lo e a produzir sons mais doces que a voz de um tordo ou de um rouxinol. Era uma visão adorável até para mim, um pobre infeliz, que nunca havia contemplado tamanha beleza. O cabelo prateado e o rosto gentil do camponês idoso ganharam a minha reverência, enquanto os modos gentis da menina suscitaram meu amor. Ele tocou uma doce e lúgubre ária, que notei ter arrancado lágrimas dos olhos de sua amável companhia, o que o velho não percebeu, até que ela começou a soluçar audivelmente. Ele então pronunciou alguns sons, e a bela criatura, deixando seu serviço, ajoelhou-se aos pés dele. Ele a levantou e sorriu com tamanha gentileza e afeição que senti uma sensação de natureza peculiar e avassaladora: uma mistura de dor e prazer que eu nunca havia experimentado, seja pela fome ou pelo frio, calor ou comida. Então me afastei da janela, incapaz de suportar essas emoções.

"Logo depois disso, o jovem rapaz voltou, trazendo nos ombros uma carga de lenha. A menina o encontrou na porta, ajudou a aliviar seu fardo, e levando um pouco desse combustível para o chalé, colocou-o na lareira. Assim, ela e o jovem foram para um canto do casebre, e ele mostrou-a um grande pão e um pedaço de queijo. Ela pareceu contente, e foi para o jardim colher algumas plantas e raízes, que ela primeiro colocou na água e depois levou ao fogo, continuando assim o seu trabalho, enquanto o rapaz encaminhou-se para o jardim, e pareceu ocupado em cavar e puxar raízes. Depois que ele fez isso por quase uma hora, a menina foi até ele, e os dois entraram juntos na casa.

"O velho, nesse meio-tempo, esteve pensativo, mas quando seus companheiros voltaram, ele assumiu um ar mais alegre, e todos sentaram-se juntos para comer. A refeição foi rapidamente consumida, e enquanto a moça estava mais uma vez ocupada em arrumar o chalé, o velho caminhou pela frente da casa, ao sol, por alguns minutos, apoiando-se no braço do rapaz. Nada poderia superar em beleza o contraste entre aquelas duas excelentes criaturas. Um era velho, com cabelos grisalhos e um rosto reluzindo bondade e amor, já o mais novo era esbelto e gracioso em aparência, e seu rosto era moldado com a mais fina simetria, mas seus olhos e comportamento expressavam grande tristeza e desalento. O velho voltou para o casebre, e o jovem, com ferramentas diferentes das quais havia usado pela manhã, atravessou os campos.

“A noite não demorou a cair; contudo, para a minha admiração, descobri que os camponeses possuíam meios de prolongar a luz com o uso de velas, e fiquei encantado ao descobrir que o pôr do sol não punha fim ao prazer que eu havia experimentado ao observar os meus vizinhos humanos. No começo da noite, a moça e seu companheiro estavam ocupados com várias atividades que eu não entendia, e o velho, mais uma vez, pegou o instrumento que produzia os sons divinos que haviam me encantado pela manhã. Assim que ele terminou, o rapaz começou não a tocar, mas a pronunciar sons que eram monótonos, que não se assemelhavam em nada com a harmonia do instrumento do velho, nem com as canções dos pássaros. Então, descobri depois que ele estava lendo em voz alta, mas, naquela época, eu não sabia nada da ciência das palavras ou das letras.

“A família, depois de ter se ocupado assim por algum tempo, extinguiu suas luzes, e se recolheram, como presumi, para descansar.”

CAPÍTULO XII

— Deitei-me em minha palha, mas não consegui dormir. Pensei nos eventos do dia. O que principalmente me desconcertou foram os modos gentis daquelas pessoas, e eu queria me juntar a elas, mas não me atrevia. Lembrava-me bem demais do tratamento que havia sofrido na noite anterior dos bárbaros moradores do vilarejo, e decidi, qualquer que fosse o curso de conduta que eu pudesse achar correto seguir, que naquele momento eu permaneceria quieto em meu abrigo, e me esforçaria para descobrir os motivos que influenciavam suas ações.

"Os camponeses se levantaram antes do sol na manhã seguinte. A moça arrumou o chalé e preparou a comida, e o rapaz partiu depois da primeira refeição.

"Esse dia passou na mesma rotina do que o que o precedeu. O rapaz esteve constantemente ocupado fora de casa, e a moça estava engajada em várias atividades laboriosas do lado de dentro. O velho, que logo percebi ser cego, passava seu tempo livre com seu instrumento ou em contemplação. Nada poderia superar o amor e o respeito que os mais jovens exibiam para com seu venerável companheiro. Realizavam para ele todo pequeno gesto de afeto e dever com gentileza, e ele os recompensava com seus bondosos sorrisos.

"Eles não estavam inteiramente felizes. O rapaz e sua companheira frequentemente se retiravam, e pareciam chorar. Eu não via causa alguma para sua infelicidade, mas fui profundamente afetado por isso. Se criaturas tão adoráveis pudessem estar tão miseráveis, não era estranho que eu, um ser imperfeito e solitário, estivesse desgraçado. Mas por que aqueles seres gentis estavam infelizes? Eles tinham uma casa encantadora — pelo menos era aos meus olhos — e todo tipo de luxo. Tinham uma fogueira para se aquecer quando fazia frio e deliciosas iguarias quando tinham fome. Estavam vestidos com roupas excelentes, e, mais ainda, desfrutavam da companhia e do discurso uns dos outros, trocando todos os dias olhares de afeto e gentileza. O que aquelas lágrimas significavam? Elas realmente expressavam dor? No começo, eu era incapaz de resolver essas questões, mas a constante atenção e o tempo me explicaram muitos aspectos que antes eram enigmáticos.

"Um período considerável se passou antes que eu descobrisse uma das causas da inquietude daquela amável família: a pobreza. Eles sofriam desse mal em um grau muito angustiante. Sua alimentação consistia inteiramente dos vegetais em seu jardim e do leite de uma vaca que provia muito pouco durante o inverno, quando seus mestres quase não podiam procurar comida para alimentá-la. Frequentemente, acredito, eles sofriam as dores da fome intensamente, especialmente os dois camponeses mais jovens, pois eles várias vezes colocavam comida para o velho e não reservavam nada para si.

"Esse traço de gentileza me comoveu. Eu havia me acostumado a, durante a noite, roubar uma parte de seus mantimentos para o meu próprio consumo, mas quando percebi que ao fazer aquilo infligia dor aos camponeses, me abstive, e satisfazia minha fome somente com frutas, nozes e raízes que juntava em um bosque vizinho.

"Descobri também outros meios de ajudá-los com seus trabalhos. Notei que o rapaz passava boa parte de cada dia coletando madeira para a fogueira da família, e, durante a noite, eu frequentemente pegava suas ferramentas, cujo manejo aprendi rapidamente, e trazia combustível suficiente para o consumo de vários dias.

"Lembro-me de que, na primeira vez em que fiz isso, a moça, ao abrir a porta pela manhã, pareceu incrivelmente espantada vendo uma grande pilha de madeira do lado de fora. Ela pronunciou algumas palavras em voz alta, e o rapaz se juntou a ela, também expressando surpresa. Observei, com prazer, que ele não foi à floresta naquele dia, mas passou o tempo consertando o chalé e cultivando o jardim.

"Gradualmente, fiz uma descoberta ainda maior. Constatei que essas pessoas possuíam um método de comunicar suas experiências e sentimentos umas para as outras por meio de sons articulados. Percebi que as palavras que elas falavam às vezes produziam prazer ou dor, alegria ou tristeza, nas mentes e rostos dos ouvintes. Essa era realmente uma ciência divina, e eu desejei ardentemente me tornar conhecedor dela. Mas eu me confundia em toda tentativa que fazia com esse propósito. A pronúncia deles era rápida, e as palavras que diziam, não tendo nenhuma conexão aparente com objetos visíveis, não me davam pista alguma que me permitisse desvendar o mistério de seus significados. Com grande dedicação, no entanto, e depois de ter permanecido durante vários ciclos da lua em minha choupana, eu descobri os nomes que eram dados aos mais familiares objetos da fala; fixei e apliquei as palavras *fogo*, *leite*, *pão* e *lenha*. Aprendi também os nomes dos próprios camponeses. O rapaz e a sua companheira tinham vários nomes cada um, mas o velho tinha apenas um, que era *pai*. A menina era chamada de *irmã*, ou Ágatha, e o rapaz, *Félix*, *irmão* ou *filho*. Não posso descrever o contentamento que senti quando aprendi as ideias apropriadas a cada um desses sons, e quando fui capaz de pronunciá-los. Eu distingui várias outras palavras, sem ainda ser capaz de entender ou aplicá-las, como *bom*, *querido*, *infeliz*.

"Passei o inverno dessa forma. As maneiras gentis e a beleza dos camponeses fizeram com que eu me afeiçoasse a eles. Quando estavam infelizes, eu me sentia deprimido, quando eles se alegravam, eu compartilhava de sua alegria. Vi poucos seres humanos além deles, e, se outro alguém entrasse no chalé, seus modos grosseiros e passos rudes apenas ressaltavam as qualidades superiores de meus amigos. O velho, como eu pude perceber, frequentemente encorajava suas crianças, como ele as chamava, para dissipar sua melancolia. Falava-lhes com uma voz alegre, uma expressão de bondade que dava prazer até mesmo a mim. Ágatha ouvia com respeito, às vezes com lágrimas nos olhos, que ela se esforçava para limpar de forma discreta, mas eu vi que, geralmente, seu rosto e seu tom ficavam mais alegres depois de ter ouvido as exortações de seu pai. Não era assim com Félix. Ele era sempre o mais triste deles, e, mesmo para os meus sentidos inexperientes, ele parecia ter sofrido mais que seus amigos. Contudo, se o rosto dele era o mais triste, sua voz era mais alegre que a de sua irmã, especialmente quando ele se dirigia ao velho.

"Eu poderia mencionar inúmeras instâncias que, embora pequenas, marcaram as disposições desses amáveis camponeses. Em meio à pobreza e à necessidade, Félix levou com prazer para sua irmã a primeira florzinha branca que brotou do chão coberto de neve. Bem cedo pela manhã, antes que ela se levantasse, ele limpou o gelo que obstruía seu caminho para a casa de ordenha, puxou água do poço e pegou lenha no galpão, onde, para sua constante surpresa, sempre encontrava o estoque reabastecido por uma mão invisível. Naquele tempo, acredito, ele trabalhou algumas vezes para um fazendeiro vizinho, porque frequentemente saía e não retornava até o jantar, mas não trazia nenhuma comida com ele. Em outras vezes, ele ocupava-se no jardim, mas, quando havia pouco a se fazer na estação gelada, lia para o velho e para Ágatha.

"Essa leitura me deixou extremamente intrigado no início, mas, aos poucos, descobri que ele emitia muitos dos mesmos sons quando lia e quando falava. Portanto, eu supunha que ele encontrava no papel sinais para o discurso que ele entendia, e eu desejava ardentemente compreendê-los também, mas como isso era possível, se eu nem mesmo entendia os sons para os quais eles serviam de sinais? No entanto, melhorei consideravelmente nessa ciência, mas não o suficiente para manter algum tipo de conversa, apesar de ter dedicado todas as minhas forças a isso, pois percebi facilmente que, embora desejasse ardentemente me revelar para os moradores, eu não deveria fazer essa tentativa até que primeiro dominasse a língua deles, pois esse conhecimento poderia me permitir fazê-los ignorar a deformidade da minha figura, dado que o contraste que se apresentava perpetuamente aos meus olhos também me fez entender isso.

"Eu havia admirado as formas perfeitas de meus camponeses — sua graça, beleza e rostos delicados. Mas como eu ficava aterrorizado ao me ver na água transparente! De início, eu recuei, incapaz de acreditar que era realmente eu refletido no espelho. Quando me convenci inteiramente de que eu era, em verdade, o monstro que sou, fui tomado pelos mais amargos sentimentos de desolação e mortificação. Ai de mim! Ainda não conhecia inteiramente os efeitos fatais de minha infeliz deformidade.

"Quando o sol se tornou mais quente, e a luz do dia ficou mais duradoura, a neve sumiu, e eu observei as árvores nuas e a terra negra. A partir daquele momento, Félix ficou mais ocupado, e as comoventes indicações da fome dilacerante desapareceram. Sua comida, como eu depois descobri, era rústica, mas saudável, e eles conseguiam produzir o suficiente. Vários novos tipos de plantas surgiram no jardim que eles cultivaram, e esses sinais de conforto aumentavam diariamente à medida que a estação avançava.

"O velho, apoiado em seu filho, caminhava sempre ao meio-dia, quando não havia chuva — como eu descobri que chamava-se a água que os céus derramam. Isso acontecia com frequência, mas um vento rapidamente secava a terra, e a estação se tornou muito mais agradável do que já havia sido.

Minha rotina na choupana seguia um ritmo consistente. De manhã, eu acompanhava a movimentação dos camponeses, e quando eles se dispersavam em suas várias ocupações, eu dormia. O restante do dia, eu passava observando meus amigos. Quando eles se recolhiam para descansar, se havia lua ou se a noite estava estrelada, eu ia para a floresta, e coletava minha própria comida e combustível para o chalé. Quando eu retornava, sempre que necessário, eu limpava a neve do caminho, e executava as atividades que havia observado Félix fazer. Descobri depois que esses trabalhos, realizados por uma mão invisível, deixavam-nos muito impressionados, e uma ou duas vezes, nessas ocasiões, eu os ouvi pronunciar as palavras *espírito bondoso*, *maravilhoso*, mas eu não entendia o significado desses termos.

"Meus pensamentos se tornaram mais ativos, e eu tinha vontade de descobrir os motivos e sentimentos dessas criaturas adoráveis. Eu tinha curiosidade de saber por que Félix parecia tão infeliz, e Ágatha tão triste. Eu pensava — pobre infeliz — que poderia estar em meu poder restaurar a felicidade dessas pessoas tão merecedoras. Quando dormia, ou estava ausente, as figuras do venerável pai cego, da gentil Ágatha e do excepcional Félix flutuavam à minha frente. Eu os tinha como seres superiores, que seriam os árbitros de meu futuro destino. Formei em minha imaginação mil cenários em que eu me apresentava para eles, e a maneira como seria recebido. Eu imaginava que eles ficariam horrorizados, até que, pelo meu comportamento gentil e palavras tranquilizantes, eu ganharia primeiro sua aprovação, e seu amor depois disso.

"Esses pensamentos me entusiasmavam, e me guiavam para me dedicar, com renovado ardor, a aprender a arte da linguagem. Meus órgãos eram de fato rudes, mas flexíveis, e embora minha voz fosse muito diferente da suave música de seus timbres, eu ainda pronunciava aquelas palavras que eu entendia com uma tolerável facilidade. Era como o burro e o cãozinho[26]. O gentil burro, cujas intenções eram carinhosas, embora suas

26. Referência à fábula de Esopo, *The Ass and the Dog* (620-564 a.C.). (N.T.)

maneiras fossem rudes, merecia um tratamento melhor que golpes e execração.

"As agradáveis chuvas e o afável calor da primavera alteraram consideravelmente o aspecto da terra. Homens que antes dessa mudança pareciam ter se escondido em cavernas se dispersaram e ocuparam-se em várias atividades de cultivo. Os pássaros cantavam notas mais alegres, e as folhas começavam a brotar das árvores. Alegre, alegre terra! Perfeita habitação para deuses, que antes, há tão pouco tempo, estava sombria, úmida e insalubre. Meu ânimo se elevou com a encantadora aparência da natureza. O passado estava eliminado de minha memória, o presente era tranquilo, e o futuro dourado por raios de esperança e expectativas de alegria."

CAPÍTULO XIII

— Adianto-me agora para a parte mais comovente de minha história. Relatarei eventos que me impressionaram com sentimentos que, do que eu fui, fizeram-me o que sou.

"A primavera avançou rápido. O clima se tornou agradável, e não havia nuvens no céu. Fiquei surpreso porque o que antes era deserto e sombrio agora desabrochava com as mais belas flores e verdor. Meus sentidos foram gratificados e refrescados por mil odores de prazer, e muitas visões de beleza.

"Foi em um desses dias, quando meus camponeses descansavam periodicamente de seu trabalho — o velho tocava sua guitarra[27], enquanto as crianças o observavam — que eu percebi que o rosto de Félix carregava uma melancolia além da expressão. Ele suspirava frequentemente, então o pai parou a música, e eu supus por seus gestos que ele perguntava a causa da tristeza do filho. Félix respondeu com uma voz alegre, e o velho estava recomeçando a música quando alguém bateu à porta.

27. Guitarra romântica, utilizada na Europa no século XIX. (N.T.)

"Era uma moça a cavalo, acompanhada por um camponês como guia. A moça estava vestida com um traje escuro, e coberta com um véu preto espesso. Ágatha fez uma pergunta, à qual a estranha respondeu apenas pronunciando, com uma voz doce, o nome de Félix. Sua fala era musical, mas diferente da dos meus amigos. Ao ouvir essa palavra, Félix rapidamente foi até a moça. Quando ela o viu, jogou o véu para trás, e eu contemplei um rosto de beleza e expressão angelicais. Seus cabelos eram de um preto profundo e brilhante, e estavam curiosamente trançados. Seus olhos eram escuros, mas gentis e entusiasmados; suas feições eram proporcionais, e sua pele maravilhosamente clara, com cada maçã do rosto tingida de um adorável tom rosado.

"Félix pareceu fascinado de alegria quando a viu, e cada traço de tristeza havia sumido de seu rosto, que instantaneamente passou a expressar uma alegria inerte, que eu tinha dificuldade de acreditar que ele fosse capaz de sentir. Seus olhos brilhavam, enquanto suas bochechas coraram de prazer, e naquele momento eu o achei tão bonito quanto a estranha. Ela pareceu afetada por diferentes sentimentos, e, limpando algumas lágrimas de seus adoráveis olhos, estendeu sua mão para Félix, que a beijou extasiado, e a chamou, como eu pude distinguir, de "sua doce árabe". Ela não pareceu compreender, mas sorriu. Ele então a ajudou a descer do cavalo, e dispensando seu guia, conduziu-a para dentro do chalé. Houve algum diálogo entre ele e seu pai, e a jovem estranha se ajoelhou aos pés do velho, e teria beijado sua mão se ele não a tivesse levantado e a abraçado afetuosamente.

"Eu logo notei que, embora a estranha pronunciasse sons articulados, ela parecia ter uma língua própria, e não era compreendida, nem compreendia os camponeses. Eles faziam vários gestos que eu não conseguia entender, mas vi que sua presença difundiu alegria no chalé, desfazendo a tristeza como o sol dissipa a névoa matinal. Félix parecia particularmente feliz, e com sorrisos de deleite acolheu sua árabe. Ágatha, a sempre gentil Ágatha, beijou as mãos da adorável estranha, e, apontando para o irmão, fez sinais que me pareceram significar que ele estivera muito triste antes de ela chegar. Algumas horas se passaram enquanto eles, através de seus rostos, expressavam alegria, cuja causa eu não conseguia compreender. Depois descobri que, pela frequente recorrência de alguns sons que a estranha repetia depois deles, ela estava se esforçando para aprender a língua deles, e instantaneamente me ocorreu a ideia de que eu devia fazer uso das mesmas instruções para o mesmo fim. A estranha aprendeu cerca de vinte palavras na primeira lição; a maior parte delas, de fato, eram aquelas que eu havia entendido antes, mas eu tirei proveito das outras.

"Quando a noite chegou, Ágatha e a árabe se recolheram cedo. Quando se separaram, Félix beijou a mão da estranha, e disse: "Boa noite, doce Safie". Ele ficou acordado até bem mais tarde, conversando com seu pai, e, pela frequente repetição de seu nome, supus que sua adorável convidada era o assunto da conversa. Eu desejava ardentemente entendê-los, e dediquei todas as minhas faculdades para essa finalidade, mas descobri que era completamente impossível.

"Na manhã seguinte Félix foi para seu trabalho, e, depois que as ocupações costumeiras de Ágatha terminaram, a árabe se sentou aos pés do velho. Tomando sua guitarra, tocou algumas árias tão fascinantemente belas que arrancaram de uma vez só lágrimas de tristeza e de alegria dos meus olhos. Ela cantou, e sua voz fluía em uma rica cadência, aumentando ou esvanecendo como um rouxinol do bosque.

“Quando ela terminou, deu a guitarra para Ágatha, que inicialmente recusou. Ela tocou uma melodia simples, e sua voz acompanhava com tons doces, mas diferentes da maravilhosa estirpe da estranha. O velho pareceu extasiado, e disse algumas palavras, que Ágatha se esforçou para explicar a Safie, e pelas quais ele pareceu querer expressar que ela lhe concedeu o maior dos deleites através de sua música.

“Os dias agora se passavam tão pacificamente quanto antes, com a única alteração de que a alegria tomara o lugar da tristeza nos rostos de meus amigos. Safie estava sempre alegre e feliz. Ela e eu aperfeiçoamos rapidamente nosso conhecimento da língua, de modo que, em dois meses, comecei a compreender a maior parte das palavras pronunciadas por meus protetores.

“Nesse meio-tempo, o chão negro também estava coberto de ervas, e as colinas verdes eram intercaladas com inúmeras flores, doces para o olfato e para os olhos, estrelas de radiância pálida por entre a floresta enluarada. O sol se tornou mais quente, as noites mais claras e amenas, e minhas perambulações noturnas eram um grande prazer para mim, embora tenham sido consideravelmente encurtadas pelo tardio pôr do sol e adiantado alvorecer, pois eu nunca me aventurava do lado de fora à luz do dia, temendo encontrar o mesmo tratamento que eu havia anteriormente suportado no primeiro vilarejo em que entrei.

“Passava meus dias muito atento, para que eu pudesse dominar a linguagem mais rapidamente, e posso gabar-me de haver progredido mais rápido que a árabe, que entendia muito pouco e conversava com um sotaque arrastado, enquanto eu compreendia e conseguia imitar quase todas as palavras que eram ditas.

"Conforme eu melhorava a minha fala, também aprendia a ciência das letras enquanto ela era ensinada para a estrangeira, e isso abriu diante de mim um vasto campo de admiração e contentamento.

"O livro com o qual Félix instruía Safie era *Ruínas dos impérios*, de Volney[28]. Eu não teria entendido o sentido desse livro, não houvesse Félix, ao lê-lo, dado minuciosas explicações. Ele havia escolhido essa obra, disse ele, pois o estilo declamatório estava estruturado em imitação aos autores orientais. Através dessa obra, eu obtive um conhecimento superficial da história, e uma visão dos vários impérios atualmente existentes no mundo. Ele me deu uma ideia dos costumes, governos e religiões das diferentes nações da Terra. Ouvi sobre os indolentes asiáticos, a estupenda genialidade e atividade mental dos gregos, as guerras e a maravilhosa virtude dos primeiros romanos — e sua subsequente degeneração —, o declínio do poderoso império, a cavalaria, o cristianismo e os reis. Ouvi sobre a descoberta do hemisfério americano, e chorei com Safie ao ouvir o desesperado destino de seus habitantes originais.

"Essas maravilhosas narrativas me inspiraram sentimentos estranhos. Era o homem, de fato, tão poderoso, tão virtuoso e magnífico, porém tão cruel e desprezível? Ele parecia, em certos momentos, um mero herdeiro do princípio maligno, e em outros, tudo o que pode ser concebido como nobre e divino. Ser um grande e virtuoso homem parecia ser a maior honra que pode recair sobre um ser sensível, contudo, ser desumano e miserável, como muitos descritos na história, parecia a mais baixa degradação, uma condição mais abjeta que uma toupeira cega

28. Constantin François de Chasseboeuf, Conde de Volney.

ou um verme indefeso. Por muito tempo eu não podia entender como um homem podia assassinar seu companheiro, ou mesmo por que existiam leis e governos, mas quando ouvi detalhes de crueldade e sanguinolência, minha surpresa se foi, e eu me virei para o outro lado com nojo e repugnância.

"Toda conversa dos camponeses abria agora novas maravilhas para mim. Enquanto eu ouvia as instruções que Félix dava à árabe, o estranho sistema da sociedade humana era explicado para mim. Ouvi sobre a divisão de propriedade, sobre a imensa riqueza e a esquálida pobreza, sobre classes, descendência e sangue nobre.

"Aquelas palavras me induziram a olhar para mim mesmo. Aprendi que as posses mais estimadas por seus semelhantes eram uma nobre e pura linhagem aliada à riqueza. Um homem poderia ser respeitado com apenas uma dessas vantagens; porém, sem nenhuma delas, era considerado, salvo em raras instâncias, um vagabundo ou um escravo, condenado a desperdiçar suas forças para o lucro de poucos escolhidos! E o que eu era? De minha criação ou de meu criador, eu era absolutamente ignorante, mas sabia que não possuía dinheiro, amigos ou qualquer tipo de propriedade. Eu era, além disso, dotado de uma aparência monstruosamente deformada e abominável, e não tinha nem mesmo a natureza semelhante à do homem. Era mais ágil que eles, e conseguia subsistir a partir de uma dieta bem mais rústica. Suportava os extremos do calor e do frio com menos danos em meu corpo, e minha estatura excedia à deles. Ao olhar em volta, não via ou ouvia ninguém semelhante a mim. Eu era então um monstro, uma mácula sobre a terra, de quem todos os homens fugiam, e a quem todos os homens renegavam?

"Não posso descrever a agonia que essas reflexões me infligiam: tentei dissipá-las, mas a tristeza apenas crescia com o conhecimento. Oh, se eu tivesse ficado para sempre em minha floresta nativa, sem conhecer ou sentir nada além das sensações de fome, sede e calor!

"Quão estranha é a natureza do conhecimento! Agarra-se à mente, uma vez que a alcança, como o líquen em uma rocha. Eu às vezes desejava expulsar todo pensamento e sentimento, mas aprendi que havia apenas um meio de superar a sensação de dor, e era a morte — um estado que eu temia, embora não entendesse. Admirava a virtude e os bons sentimentos, e amava os modos gentis e as amáveis qualidades de meus camponeses, mas estava excluso do convívio com eles, exceto pelos meios que eu obtinha sorrateiramente, quando não era visto ou percebido, e que, na verdade, mais aumentavam do que satisfaziam o desejo que eu tinha de me tornar um entre meus companheiros. As gentis palavras de Ágatha e os sorrisos animados da encantadora árabe não eram para mim. As brandas exortações do velho, e a animada conversa do amado Félix não eram para mim. Miserável, infeliz desgraçado!

"Outras lições me impressionaram ainda mais profundamente. Ouvi sobre a diferença entre os sexos, o nascimento e o crescimento das crianças, sobre como o pai se agradava com os sorrisos do bebê e com as brincadeiras animadas do filho mais velho, sobre como toda a vida e os cuidados da mãe estavam envolvidos na preciosa cria, como a mente dos jovens se expandia e adquiria conhecimento, sobre irmãos e irmãs e todos os vários relacionamentos que unem um ser humano a outro em laços mútuos.

"Mas onde estavam meus amigos e parentes? Nenhum pai havia acompanhado minha infância, nenhuma mãe havia me abençoado com sorrisos e carícias, ou, se tivesse feito, toda a minha vida passada era agora uma mancha, um vazio cego no qual eu não distinguia nada. Desde a minha mais remota lembrança, eu era como era na época, em altura e proporção. Nunca tinha visto um ser semelhante a mim ou que tivesse qualquer relação comigo. O que eu era? A pergunta voltou a se repetir, sendo respondida apenas com gemidos.

"Em breve explicarei a que esses sentimentos se referiam, mas permita-me agora voltar aos habitantes do chalé, cuja história despertou em mim sentimentos muito variados de indignação, satisfação e admiração, mas que terminaram em mais amor e reverência por meus protetores — pois era assim, em um autoengano inocente e meio doloroso como a afeição que eu sentia, que eu gostava de chamá-los."

CAPÍTULO XIV

— Algum tempo se passou antes que eu aprendesse a história de meus amigos. Era uma que não poderia deixar de marcar de forma profunda a minha mente, desdobrando-se como fez em um número de circunstâncias, cada uma interessante e maravilhosa para alguém tão inexperiente como eu era.

"O nome do velho era De Lacey. Ele descendia de uma boa família da França, onde havia morado por muitos anos em afluência, respeitado por seus superiores e amado por seus iguais. Seu filho fora criado para servir ao país, e Ágatha estava entre as damas da mais alta distinção. Poucos meses antes de minha chegada, eles viviam em uma grande e luxuosa cidade chamada Paris, sendo rodeados de amigos e possuindo todos os deleites que a virtude, o refinamento de intelecto ou gosto, acompanhados de uma fortuna moderada, podiam proporcionar.

"O pai de Safie havia sido a causa da ruína de meus amigos. Ele era um mercador turco que habitara Paris por muitos anos, quando, por alguma razão que eu não pude compreender, tornou-se oposto ao governo. Ele foi preso e jogado na prisão no mesmo dia em que Safie chegou de Constantinopla para se juntar a ele. Ele foi julgado e condenado à morte. A injustiça da sentença era flagrante, e toda a Paris estava indignada. Foi julgado que sua religião e riqueza, em vez do crime do qual o haviam acusado, eram a causa de sua condenação.

"Félix esteve, acidentalmente, presente no julgamento, e seu horror e indignação foram incontroláveis quando ele ouviu a decisão do tribunal. Naquele momento, ele fez um voto solene de libertá-lo e, em seguida, procurou os meios para isso. Depois de muitas tentativas infrutíferas para conseguir entrar na prisão, ele encontrou uma janela fortemente gradeada em uma parte desprotegida da construção, que iluminava a masmorra do infeliz muçulmano que, preso a correntes, esperava em desespero a execução da bárbara sentença. Félix visitou a prisão à noite e revelou ao prisioneiro suas intenções a seu favor. O turco, espantado e encantado, tentou estimular o zelo de seu libertador com promessas de recompensa e riqueza. Félix rejeitou suas ofertas com desprezo; no entanto, quando viu a adorável Safie, que teve permissão para visitar seu pai e que, por seus gestos, expressou sua viva gratidão, o jovem não pôde deixar de reconhecer que o prisioneiro possuía um tesouro que recompensaria plenamente seu trabalho e risco.

"O turco logo percebeu a impressão que sua filha havia deixado no coração de Félix, e se esforçou para assegurar-lhe mais inteiramente seus interesses, prometendo-lhe a mão dela em casamento assim que ele fosse levado para um lugar seguro. Félix era muito delicado para aceitar sua oferta; ainda assim, teve esperança com a probabilidade de tal evento como a consumação de sua felicidade.

"Durante os dias que se seguiram, enquanto os preparativos estavam sendo feitos para a escapada do mercador, o zelo de Félix foi aquecido pelas muitas cartas que ele recebeu daquela adorável garota, que encontrou uma forma de expressar seus pensamentos na língua de seu amante com a ajuda de um idoso, servo de seu pai, que entendia francês. Ela agradeceu a ele, em termos ardentes, os serviços que pretendia prestar a seu pai e, ao mesmo tempo, lamentava brandamente seu próprio destino.

"Tenho cópias daquelas cartas, pois encontrei meios, durante a minha residência na choupana, de adquirir os implementos da escrita, e as cartas estavam frequentemente nas mãos de Félix ou Ágatha. Antes de partir, eu as darei a você, e elas provarão a verdade de minha história. Mas agora, como o sol já está há muito diminuindo, terei tempo apenas para repetir seu conteúdo a você.

"Safie relatou que sua mãe era uma árabe cristã, presa e feita escrava pelos turcos. Destacando-se por sua beleza, ganhou o coração do pai de Safie, que se casou com ela. A jovem falou bem e alegremente da mãe, que, nascida em liberdade, desprezava as amarras pelas quais agora era refém. Ela instruiu a filha nos dogmas de sua religião, e ensinou-a a aspirar um maior poder intelectual e um espírito de independência, proibido às mulheres seguidoras de Maomé. A mulher morreu, mas as suas lições deixaram uma impressão indelével na mente de Safie, que adoeceu com a perspectiva de retornar à Ásia, e ficar presa dentro dos muros do espaço reservado às mulheres, autorizada a se ocupar apenas com entretenimentos infantis, que não caíam bem ao temperamento de sua alma, agora acostumada a grandes ideias e um nobre impulso pela virtude. A expectativa de se casar com um cristão, e permanecer em um país onde as mulheres poderiam alcançar um certo status na sociedade, era encantadora para ela.

"O dia para a execução do turco estava marcado, mas na noite anterior ele escapou da prisão, e antes que amanhecesse já estava a quilômetros de Paris. Félix obtivera passaportes em nome do pai, da irmã, e dele mesmo. Ele havia previamente comunicado ao primeiro seu plano, que o ajudou na farsa saindo de casa, sob o pretexto de uma viagem, e se escondeu com a filha em uma parte obscura de Paris.

"Félix conduziu os fugitivos pela França até Lyon, e atravessou Monte Cenis até Livorno, onde o mercador decidira esperar uma oportunidade de ir para alguma parte dos domínios turcos.

"Safie decidiu permanecer com seu pai até o momento de sua partida, antes da qual o turco renovou sua promessa de que ela se uniria ao seu libertador. Félix permaneceu com eles esperando por aquele evento, e no meio-tempo desfrutou da companhia da árabe, que demonstrava a ele a mais simples e terna afeição. Conversavam entre si por intermédio de um intérprete, também às vezes pela interpretação de olhares, e Safie cantava para ele as divinas melodias de seu país natal.

"O turco permitiu que essa intimidade acontecesse, e encorajou as esperanças dos jovens amantes, enquanto em seu coração fazia outros planos. Ele desprezava a ideia de sua filha se unir a um cristão, mas temia o ressentimento de Félix se ele parecesse tépido, pois sabia que ainda estava em poder de seu libertador, se ele escolhesse traí-lo para o estado italiano em que moravam. O pai de Safie revirou mil planos pelos quais ele poderia prolongar a farsa até que não fosse mais necessário, e secretamente levar sua filha consigo quando partisse. Seus planos foram facilitados pelas notícias que chegaram de Paris.

"O governo francês estava irado com a fuga de sua vítima, e não poupou esforços para detectar e punir seu libertador. O plano de Félix foi logo descoberto, e De Lacey e Ágatha foram jogados na prisão. As notícias chegaram até Félix e o arrancaram de seu sonho de felicidade. Seu pai idoso e cego e sua gentil irmã, jogados em uma masmorra fétida enquanto ele desfrutava do ar livre e da companhia daquela que ele amava. Essa ideia era uma tortura para ele, então Félix logo combinou com os turcos que, se encontrassem uma oportunidade favorável para escapar antes que ele retornasse para a Itália, Safie deveria permanecer como hóspede em um convento em Livorno. Foi assim que, deixando sua doce árabe, ele correu de volta para Paris, e se entregou à vingança da lei, esperando libertar De Lacey e Ágatha.

"Ele não foi bem-sucedido. Os três permaneceram confinados por cinco meses antes que o julgamento ocorresse, e o resultado foi o confisco de sua fortuna junto à condenação ao exílio perpétuo de sua terra natal.

"Eles encontraram um abrigo miserável no chalé da Alemanha, onde os achei. Félix logo descobriu que o turco traiçoeiro, por quem ele e sua família suportaram tamanha opressão, ao descobrir que seu libertador foi então reduzido à pobreza e ruína, tornou-se um traidor da gratidão e da honra, e deixou a Itália com sua filha, enviando a Félix, de forma cínica, uma pífia soma de dinheiro para ajudá-lo, como dissera, em algum plano de sustento futuro.

"Tais foram os eventos que devoraram o coração de Félix, e o transformaram, como o vi da primeira vez, no mais miserável de sua família. Ele poderia suportar a pobreza, e enquanto esse sofrimento fosse a recompensa por sua virtude, ele se gloriava dele, mas a ingratidão do turco e a perda de sua amada Safie eram infortúnios mais amargos e irreparáveis. A chegada da árabe infundira uma nova vida em sua alma.

"Quando as notícias de que Félix fora privado de sua riqueza e status chegaram a Livorno, o mercador ordenou que sua filha não pensasse mais em seu amado, e que se preparasse para voltar ao seu país natal. A natureza generosa de Safie se revoltou com essa ordem. Ela tentou argumentar com o pai, mas ele a deixou, furioso, reiterando seu mandado tirânico.

"Poucos dias depois, o turco entrou no apartamento da filha e disse a ela apressadamente que tinha motivos para acreditar que sua residência em Livorno havia sido divulgada, e que ele seria logo entregue ao governo francês. Então ele havia contratado um navio para levá-lo a Constantinopla, e partiria para a cidade dentro de algumas horas. O turco pretendia deixar a filha sob o cuidado de um servo de confiança, para que ela o seguisse com mais tranquilidade, levando consigo a maior parte de suas propriedades, que ainda não haviam chegado a Livorno.

"Ao ficar sozinha, Safie decidiu traçar em sua mente um plano de conduta que ela cumpriria nessa emergência. Residir na Turquia era abominável para ela, pois sua religião e seus sentimentos eram igualmente adversos a isso. Com alguns papéis de seu pai que caíram em suas mãos, ela soube sobre o exílio de seu amante, e descobriu o nome do lugar em que ele passou a residir. Hesitou por algum tempo, mas finalmente tomou sua decisão. Levando consigo algumas joias que lhe pertenciam e uma soma em dinheiro, ela saiu da Itália com uma ajudante nativa de Livorno, mas que entendia a língua comum da Turquia, e partiram para a Alemanha.

"Ela chegou em segurança a uma cidade a cerca de cem quilômetros do chalé de De Lacey, quando sua acompanhante adoeceu gravemente. Safie cuidou dela com a mais devota afeição, mas a pobre moça morreu, e a árabe foi deixada sozinha, sem conhecer o idioma do país, e completamente ignorante aos costumes do mundo. Ela caiu, no entanto, em boas mãos. A italiana havia antes mencionado o nome do lugar para onde estavam indo, e, depois de sua morte, a mulher da casa em que elas se abrigaram cuidou para que Safie chegasse em segurança ao chalé de seu amado."

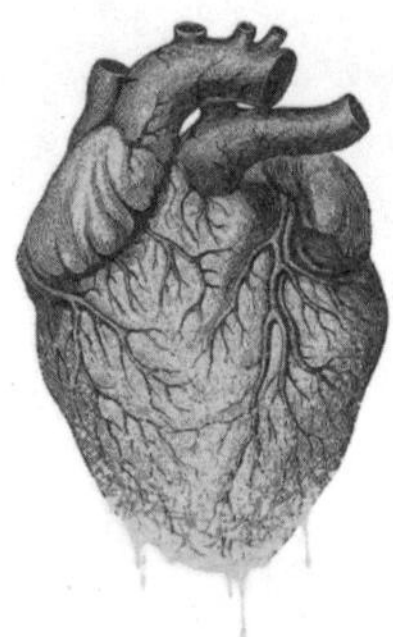

CAPÍTULO XV

— Essa é a história de meus queridos camponeses. Ela me impressionou profundamente. Aprendi, ao ver a vida social que se desenvolveu, a admirar suas virtudes e a desprezar os vícios da humanidade.

"Mas eu ainda via o crime como um mal distante, já que a benevolência e a generosidade estavam sempre à minha frente, incitando dentro de mim um desejo de me tornar um ator no cenário movimentado onde tantas qualidades admiráveis eram evocadas e expostas. Porém, ao relatar o progresso de meu intelecto, não posso omitir uma circunstância que ocorreu no começo de agosto do mesmo ano.

"Uma noite, durante a minha habitual visita ao bosque vizinho, onde eu coletava a minha própria comida e trazia combustível para a fogueira de meus protetores, encontrei no chão uma mala de couro contendo vários artigos de vestimenta e alguns livros. Agarrei o prêmio animado, e retornei à minha choupana. Felizmente, os livros eram escritos na língua cujos elementos eu havia apreendido no chalé. Eles consistiam em

Paraíso perdido, um exemplar de *Vidas paralelas*, de Plutarco, e *Os sofrimentos do jovem Werther*. A posse desses tesouros me proporcionou um grande deleite, pois eu agora estudava e exercitava minha mente de forma contínua com essas histórias, enquanto meus amigos estavam ocupados em seus afazeres cotidianos.

"É difícil descrever os efeitos desses livros. Eles produziram em mim uma infinidade de novas imagens e sentimentos, que às vezes me elevavam ao êxtase, mas, com mais frequência, me afundavam na mais profunda tristeza. Em *Os sofrimentos do jovem Werther*, além do interesse de sua simples e aficionada história, tantas opiniões são discutidas, e tantas luzes são postas sobre assuntos que eram, até então, obscuros para mim, que eu encontrei ali uma fonte sem fim de especulação e surpresa. Os costumes gentis e domésticos que são descritos, combinados com sensações e sentimentos sublimes, que tinham por objeto algo fora de mim, estavam de acordo com minha experiência entre meus protetores, e com os desejos que estavam vivos em meu íntimo. Mas eu pensava no próprio Werther como um ser mais divino do que eu jamais havia visto ou imaginado. Seu caráter não tinha pretensões, mas me tocou profundamente. As dissertações sobre a morte e o suicídio foram calculadas para me encher de admiração. Não fingi entrar nos méritos do caso, mas eu estava inclinado às opiniões do herói, cuja extinção lamentei, sem precisamente entender.

"Ao ler, no entanto, apliquei muitas coisas diretamente a meus próprios sentimentos e condições. Eu me achava semelhante, mas ao mesmo tempo estranhamente diferente dos seres sobre os quais eu lia e de cuja conversa eu era ouvinte. Eu simpatizava com eles e os compreendia parcialmente, mas a minha mente não estava formada, não dependia de ninguém e não me relacionava com ninguém. O caminho de minha partida estava livre, e não havia sequer uma pessoa para lamentar minha aniquilação. Minha pessoa era hedionda, e minha estatura, gigantesca. O que isso significava? Quem eu era? O que eu era? De onde vim? Qual era o meu destino? Essas perguntas se repetiam continuamente, mas eu não conseguia respondê-las.

"O exemplar de *Vidas paralelas*, de Plutarco, que estava em minha posse, continha as histórias dos primeiros fundadores das antigas repúblicas. Esse livro teve um efeito muito diferente em mim comparado a *Os sofrimentos do jovem Werther*. Aprendi com a imaginação de Werther a desolação e a tristeza, mas Plutarco me ensinou a ter pensamentos elevados. Ele me ascendeu acima da infeliz esfera de minhas reflexões, para admirar e amar os heróis das eras passadas. Muito do que eu li superava meu entendimento e minha experiência. Eu tinha um conhecimento muito confuso sobre os reinos, grandes extensões de terra, rios majestosos e mares sem fronteiras. Mas eu não era familiarizado com cidades e grandes agrupamentos de homens. O chalé de meus protetores havia sido a única escola na qual eu estudara a natureza humana, contudo, esse livro desenvolveu novos e mais poderosos lugares. Eu li sobre homens preocupados com assuntos públicos, governando ou massacrando sua espécie. Senti o maior ardor pela virtude crescer em mim, e o desprezo pelo vício, tanto quanto entendi o significado desses termos, relativos como eram, enquanto os aplicava à dor e ao prazer apenas. Induzido por esses sentimentos, é claro que fui levado a admirar legisladores pacíficos, como Numa, Sólon e Licurgo, em detrimento de Rômulo e Teseu. As vidas patriarcais de meus protetores fizeram com que essas impressões se fixassem em minha mente, e talvez, se a minha primeira introdução à humanidade tivesse sido feita por um jovem soldado, clamando por glória e por matança, eu teria sido imbuído com sensações diferentes.

"Mas *Paraíso perdido* incitou emoções diferentes e mais profundas. Eu o li, assim como aos outros exemplares que haviam caído em minhas mãos, como uma história verdadeira. Ele despertou em mim cada sentimento de maravilha e encantamento que a figura de um Deus onipotente em guerra com suas criaturas era capaz de incitar. Eu frequentemente relacionava as situações descritas, pois suas semelhanças me impressionavam e lembravam a minha própria condição. Como Adão, eu aparentemente não possuía ligação com nenhum outro ser existente, mas seu estado era muito diferente do meu em qualquer outro aspecto. Ele viera diretamente das mãos de Deus como uma criatura perfeita, feliz e próspera, guardado sob o especial cuidado das mãos do Criador. Ele podia conversar e adquirir conhecimentos de qualquer ser de natureza superior, já eu estava infeliz, indefeso e sozinho. Muitas vezes considerava satã o símbolo mais apropriado de minha criação, pois constantemente, como ele, ao ver a alegria de meus protetores, sentia surgir a amargura do fel da inveja em mim.

"Outra circunstância reforçou e confirmou esses sentimentos. Logo após a minha chegada ao casebre, descobri alguns papéis no bolso do jaleco que eu havia tirado de seu laboratório. A princípio, eu os havia negligenciado, mas agora que era capaz de decifrar os caracteres que estavam escritos, comecei a estudá-los com diligência. Era o seu diário dos quatro meses que antecederam a minha criação. Nesses escritos, você descrevia minuciosamente cada passo que deu durante o progresso de seu trabalho, e essa história estava atrelada a relatos de ocorrências domésticas. Você, sem dúvida, lembra-se desses documentos.

Aqui estão eles. Tudo o que se refere à minha origem maldita, todos os detalhes da série de circunstâncias repugnantes que a produziram são apresentados neles, e a mais minuciosa descrição de minha pessoa odiosa e repugnante é dada, em uma linguagem que pintou seus próprios horrores e tornou os meus inextinguíveis. Fiquei enojado ao ler. 'Odioso dia em que recebi a vida!', exclamei em agonia. 'Maldito criador! Por que criar um monstro tão hediondo que até você afastou-se com nojo? Deus, em sua piedade, fez o homem belo e atraente, à sua própria imagem, mas a minha forma é um exemplo imundo da sua, mais horrendo ainda pela própria semelhança. Satanás tinha seus companheiros, outros demônios, para admirá-lo e encorajá-lo. No entanto, eu sou solitário e abominável.'

"Essas eram as reflexões de minhas horas de desolação e solidão, mas quando contemplava as virtudes dos habitantes do chalé, suas amáveis e bondosas disposições, eu me convencia de que, quando conhecessem a admiração que eu tinha por suas virtudes, teriam pena de mim, e relevariam a deformidade de minha aparência física. Poderiam eles expulsar alguém que, embora monstruoso, solicitou a sua benevolência e amizade? Resolvi não me desesperar, e sim, de todas as formas, preparar-me para um encontro com eles que decidiria o meu destino. Adiei essa tentativa por mais alguns meses, pois a importância que eu atribuía ao sucesso infundia em mim um grande medo de falhar. Além disso, descobri que meu entendimento se aperfeiçoava tanto com a experiência cotidiana que eu não estava disposto a iniciar essa empreitada até que mais alguns meses tivessem aumentado a minha sagacidade.

"Várias mudanças ocorreram no chalé nesse meio-tempo. A presença de Safie difundira a alegria entre os seus habitantes, e eu descobri também que um maior grau de fartura reinava ali. Félix e Ágatha passavam mais tempo divertindo-se e conversando, e eram assistidos em seus trabalhos por servos. Eles não pareciam ricos, mas estavam felizes e satisfeitos. Seus sentimentos eram serenos e pacíficos, enquanto os meus se tornavam cada vez mais tumultuados. O aumento do conhecimento apenas desvelou para mim mais claramente o infeliz desprezado que eu era. Eu nutria esperança, é verdade — mas ela desaparecia quando eu contemplava o meu reflexo na água, ou a minha forma sob a luz da lua, mesmo com aquela imagem frágil e a sombra inconstante.

"Esforcei-me para destruir aqueles medos e juntar forças para o julgamento ao qual resolvi me submeter dentro de alguns meses. Às vezes, eu permitia que meus pensamentos, sem o controle da razão, vagassem pelos campos do Paraíso, e ousava imaginar criaturas amigáveis e amáveis simpatizando com meus sentimentos e animando a minha tristeza. Seus rostos angelicais expressavam sorrisos de consolação, mas era tudo um sonho. Não havia Eva para amenizar minhas tristezas, nem para partilhar de meus pensamentos, pois eu estava sozinho. Lembrei-me da súplica de Adão para seu Criador. Mas onde estava o meu? Ele havia me abandonado, e, na amargura de meu coração, eu o amaldiçoava.

"Então o outono passou. Eu vi, com surpresa e pesar, as folhas secarem e caírem das árvores, e a natureza assumir novamente a aparência infértil e sombria de quando eu contemplei pela primeira vez as árvores e a adorável lua. No entanto, eu ainda não me importava com a desolação do clima, pois a minha estrutura era mais adequada para suportar o frio do que o calor. Mas meus maiores deleites eram a visão das flores, dos pássaros e de todo o traje do verão — quando eles me abandonaram, eu voltei a minha atenção para os habitantes do chalé. Sua felicidade não diminuíra pela ausência do verão. Eles amavam e estimavam uns aos outros, e suas alegrias, dependentes de cada um, não foram interrompidas pelas casualidades que ocorriam ao seu redor. Quanto mais eu os via, maior se tornava meu desejo de reivindicar sua proteção e gentileza. Meu coração ansiava ser conhecido e amado por essas adoráveis criaturas, e ver seus doces olhares voltados para mim com afeto era o último limite de minha ambição. Não ousava pensar que eles me rejeitariam com desdém e horror. Os pobres que chegavam à porta deles nunca eram mandados embora. Eu pedia, é verdade, por tesouros maiores que um pouco de comida ou descanso: carecia de gentileza e simpatia, mas não acreditava que fosse totalmente indigno disso.

"O inverno avançou, e um ciclo inteiro de estações havia passado desde que fui trazido à vida. Minha atenção dessa vez estava unicamente voltada para o meu plano de me introduzir no chalé de meus protetores. Desenvolvi muitos projetos, mas aquele no qual finalmente me fixei foi entrar na casa quando o velho cego estivesse sozinho. Eu tinha sagacidade suficiente para descobrir que a monstruosidade anormal de minha pessoa era o principal objeto de horror daqueles que haviam me visto antes. Minha voz, embora áspera, não tinha nada de terrível, então pensei que, se na ausência dos filhos eu pudesse conquistar a boa vontade e mediação do velho De Lacey, poderia, por meio dele, ser tolerado por meus protetores mais jovens.

"Um dia, quando o sol brilhava sobre as folhas vermelhas que cobriam o chão e difundia alegria, embora negasse o seu calor, Safie, Ágatha e Félix partiram em uma longa caminhada pelo campo, e o pai, por vontade própria, foi deixado sozinho no chalé. Quando seus filhos haviam partido, ele pegou sua guitarra e tocou várias canções melancólicas, mas doces, mais afáveis e tristes do que as que eu o ouvira tocar antes. Inicialmente, seu rosto estava iluminado com prazer, mas, à medida que ele continuava, reflexão e tristeza lhe sucederam, e enfim, deixando o instrumento de lado, ele sentou absorvido em contemplação.

“Meu coração acelerou, pois essa era a hora e o momento da prova que decidiria minhas esperanças ou realizaria meus medos. Os criados estavam em uma feira na vizinhança. Tudo estava silencioso dentro e ao redor do chalé, então era uma excelente oportunidade, mas, quando prossegui com a execução de meu plano, meus membros falharam e eu caí no chão. Levantei-me mais uma vez, e exercendo toda a firmeza de que eu tinha domínio, removi as tábuas que eu colocara na frente da choupana para esconder meu abrigo. O ar fresco me revigorou, e, com renovada determinação, eu me aproximei da porta do chalé.

“Eu bati.

— Quem está aí? — disse o velho. — Entre.

Eu entrei.

— Perdoe a intrusão — eu disse. — Sou um viajante e procuro um pouco de descanso. O senhor muito me ajudaria se me permitisse ficar alguns minutos junto ao fogo.

— Entre — falou De Lacey —, eu tentarei suprir as suas necessidades da melhor forma que puder, mas, infelizmente, meus filhos não estão em casa, e, como sou cego, temo ter dificuldades para arranjar-lhe comida.

— Não se preocupe, meu gentil anfitrião, eu tenho comida. É apenas de calor e descanso que preciso.

Sentei-me, e um silêncio se seguiu. Eu sabia que cada minuto era precioso para mim, mas ainda estava irresoluto sobre como começar a conversa, quando o velho se dirigiu a mim:

— Pela sua linguagem, forasteiro, suponho que seja meu conterrâneo. É francês?

— Não, mas fui educado por uma família francesa, e entendo apenas essa língua. Estou para solicitar a proteção de alguns amigos a quem amo sinceramente, e de cujo favor tenho algumas esperanças.

— São alemães?

— Não, são franceses. Mas vamos mudar de assunto. Sou uma criatura desafortunada e abandonada. Olho ao redor, e não tenho parentes ou amigos na Terra. Essas pessoas amigáveis a quem recorro nunca me viram, e sabem pouco sobre mim. Estou cheio de temor, pois se falhar ali, serei um exilado do mundo para sempre.

— Não se desespere. Não ter amigos é, de fato, um infortúnio, mas o coração dos homens, quando livre de preconceitos por algum interesse próprio, é cheio de amor fraterno e caridade. Apoie-se, portanto, em suas esperanças, e se esses amigos são tão bons e amáveis, não se desespere.

— Eles são tão gentis... São as mais excelentes criaturas do mundo. Mas, infelizmente, têm preconceitos a meu respeito. Minhas intenções são boas, e minha vida tem sido, até agora, inofensiva, e até benéfica em certo grau, mas um preconceito fatal nubla seus olhos, e onde eles deveriam ver um amigo carinhoso e gentil, veem apenas um monstro detestável.

— De fato, é um grande infortúnio. Mas se é realmente inocente, não pode esclarecer a eles?

— Estou prestes a realizar essa tarefa, e é por isso que sinto terrores tão avassaladores. Amo esses amigos com muito carinho.

Eu tenho, sem que saibam, praticado por muitos meses atos diários de gentileza para com eles, mas acreditam que quero feri-los, e esse é o preconceito que desejo superar.

— Onde residem esses amigos?

— Perto daqui.

O velho De Lacey pausou, e então continuou:

— Se me confiar sem reservas os detalhes de sua história, talvez eu possa o ajudar a esclarecer tudo com eles. Sou cego, e não posso julgar pelas aparências, mas há algo em suas palavras que me convence de sua sinceridade. Sou um pobre e exilado, mas seria um verdadeiro prazer ser, de alguma forma, útil a uma criatura humana.

— Meu excelente homem! Agradeço e aceito a sua generosa oferta. O senhor me ergue do pó com essa gentileza, e confio que, com a sua ajuda, não serei expulso da sociedade e da simpatia de seus semelhantes.

— Deus proíba! Mesmo que seja realmente um criminoso, isso apenas o levaria ao desespero, e não lhe instigaria virtude. Também sou um desafortunado. Minha família e eu fomos condenados, embora fôssemos inocentes: julgue, então, se não sinto também seus infortúnios.

— Como posso agradecer a meu melhor e único benfeitor? De seus lábios ouvi a voz da gentileza dirigida a mim. Serei eternamente grato, e sua humanidade me assegura do sucesso com esses amigos a quem logo encontrarei.

— Posso saber o nome e a residência desses amigos?

Fiz uma pausa. Aquele, pensei, era o momento da decisão que me roubaria ou me daria a felicidade para sempre. Lutei em vão para conseguir firmeza suficiente para responder-lhe, mas o esforço destruiu toda a minha força restante. Afundei na cadeira e solucei alto. Naquele momento, ouvi os passos de meus protetores mais jovens. Eu não tinha um momento a perder, mas, agarrando a mão do velho, gritei:

— Agora é a hora! Você e sua família são os amigos que procuro. Não me abandone na hora da provação!

— Santo Deus! — exclamou o velho. — Quem é você?

"Naquele instante, a porta do chalé foi aberta, e Félix, Safie e Ágatha entraram. Quem pode descrever o horror e a consternação deles ao me verem? Ágatha desmaiou, e Safie, incapaz de cuidar de sua amiga, saiu em disparada do chalé. Félix correu para a frente e, com uma força sobrenatural, arrancou-me de seu pai, a cujos joelhos eu me agarrava. Em um acesso de fúria, ele me jogou no chão e me golpeou violentamente com um bastão. Eu poderia tê-lo rasgado membro por membro, como o leão rasga o antílope, mas meu coração se afundou dentro de mim como em um sofrimento doentio e eu me contive. Eu o vi prestes a repetir o golpe, quando, dominado pela dor e pela angústia, deixei o chalé, e, em meio ao tumulto geral, escapei despercebido para minha choupana."

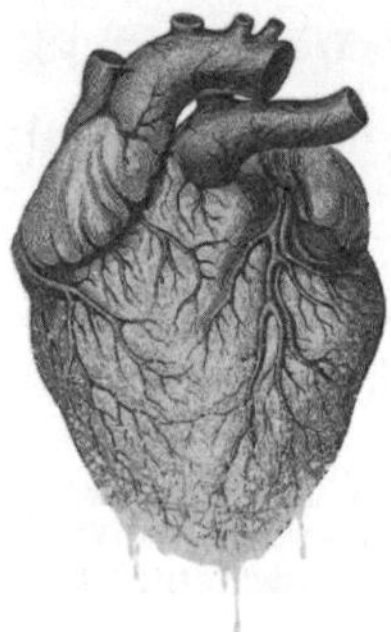

CAPÍTULO XVI

— Maldito, maldito criador! Por que eu tive que viver? Por que, naquele instante, eu não extingui a centelha de existência que tão imprudentemente me concedeu? Não sei, o desespero ainda não me dominara, e meus sentimentos eram de raiva e sede de vingança. Poderia ter destruído com prazer o chalé e seus habitantes, e ter me fartado com seus gritos e miséria.

"Quando a noite chegou, saí de meu abrigo e perambulei pela floresta. Agora, não mais detido pelo medo de ser descoberto, dei vazão à minha angústia em uivos assustadores. Eu era como uma fera que havia saído de seu cativeiro, destruindo objetos que obstruíssem meu caminho, e vagando pela floresta com a agilidade de um cervo. Oh! Que noite miserável passei! As frias estrelas brilhavam em zombaria, e as árvores nuas balançavam seus galhos sobre mim. A doce voz de um pássaro às vezes surgia do meio da quietude universal. Todos, exceto eu, estavam descansando ou desfrutando, e eu, como o chefe dos demônios, trazia o inferno dentro de mim; e ao me ver desprovido de qualquer simpatia, desejava destroçar as árvores, espalhar o caos e a destruição ao meu redor, e então me sentar e apreciar a ruína.

"Mas esse era um luxo de sensação que eu não poderia suportar. Cansei-me com o excesso de meu esforço físico, e afundei na grama úmida, na doentia impotência do desespero. Não havia ninguém dentre a infinidade de homens existentes que teria pena de mim ou me ajudaria, então eu deveria sentir simpatia por meus inimigos? Não. A partir daquele momento, declarei guerra perpétua contra a espécie humana, e, mais do que tudo, contra aquele que havia me criado e enviado para essa insuportável miséria.

"O sol nasceu. Ouvi as vozes dos homens e sabia que era impossível retornar ao meu abrigo naquele dia. Assim, escondi-me em uma espessa mata, decidindo dedicar as horas seguintes a refletir sobre minha situação.

"A agradável luz do sol e o ar puro do dia me restauraram algum certo grau de tranquilidade, e quando pensei sobre o que havia se passado no chalé, não pude evitar acreditar que eu fora muito precipitado em minhas conclusões. Eu havia certamente agido de forma imprudente. Era perceptível que minha conversa tinha despertado o interesse do pai em meu favor, e eu fui um tolo em expor minha aparência ao horror de seus filhos. Eu deveria ter deixado que o velho De Lacey me conhecesse e gradualmente ter me apresentado ao resto de sua família, quando eles estivessem preparados para minha abordagem. Mas eu não acreditava que meus erros fossem irreparáveis, e depois de muita reflexão, decidi voltar para o chalé, procurar o velho, e, por meio de minhas palavras, trazê-lo para o meu lado.

"Esses pensamentos me animaram, e à tarde eu caí em um sono profundo, mas a febre em meu sangue não me permitiu ser visitado por sonhos pacíficos. A horrível cena do dia anterior se apresentava de novo e de novo diante dos meus olhos: as mulheres estavam fugindo, e o irado Félix me puxava para longe dos pés de seu pai. Acordei exausto, e, vendo que já era noite, esgueirei-me de meu esconderijo e saí em busca de comida.

"Quando minha fome foi saciada, dirigi meus passos ao familiar caminho que conduzia ao chalé. Tudo estava em paz, então, esgueirei-me para a minha choupana e permaneci em uma expectativa silenciosa pelo momento em que a família se levantasse na hora habitual. Aquela hora passou, e o sol estava alto nos céus, mas os habitantes do chalé não apareceram. Tremi violentamente, apreensivo por algum terrível infortúnio. O interior do chalé estava escuro e não havia nenhum movimento. Não posso descrever a agonia dessa espera.

"Então dois camponeses passaram por ali, e, parando perto do chalé, começaram a conversar, gesticulando com violência. Mas eu não entendia o que eles diziam, pois estavam falando a língua nativa do país, diferente do idioma de meus protetores. Logo depois, no entanto, Félix se aproximou com outro homem. Eu fiquei surpreso, pois sabia que ele não havia deixado o chalé aquela manhã, e aguardei ansiosamente para descobrir, por seu discurso, o significado dessas aparições incomuns.

— O senhor sabe — disse-lhe seu companheiro — que será obrigado a pagar o aluguel de três meses, e perder toda a produção do seu jardim? Não quero tirar nenhum proveito injustamente, portanto imploro que leve mais alguns dias para tomar essa decisão.

— É completamente inútil — respondeu Félix. — Não poderemos morar em seu chalé nunca mais. A vida de meu pai corre grande perigo por causa da terrível circunstância que relatei.

Minha esposa e minha irmã nunca se recuperarão do horror. Peço que não tente mais argumentar comigo. Tome posse de seu imóvel e deixe-me partir deste lugar.

"Félix tremia violentamente enquanto dizia isso. Ele e seu companheiro entraram no chalé, onde permaneceram por alguns minutos, e então partiram. Nunca mais vi nenhum dos membros da família de De Lacey.

"Continuei pelo resto do dia em minha cabana, em um estado de completo e estúpido desespero. Meus protetores haviam partido e quebrado o único elo que me ligava ao mundo. Pela primeira vez os sentimentos de vingança e raiva preencheram o meu peito, e eu não tentei controlá-los; deixando-me levar pelo seu curso, inclinei minha mente à injúria e à morte. Quando pensei em meus amigos, na voz suave de De Lacey, nos olhos gentis de Ágatha, e na distinta beleza da árabe, esses pensamentos desapareceram, e uma torrente de lágrimas me acalmou um pouco. No entanto, quando refleti novamente sobre como eles me expulsaram e abandonaram, minha raiva retornou em um ataque furioso, e, incapaz de ferir qualquer coisa humana, eu voltei minha fúria para objetos inanimados. Com o avanço da noite, posicionei uma variedade de materiais inflamáveis ao redor do chalé, e depois de destruir qualquer vestígio de cultivo no jardim, forcei-me a esperar com impaciência até que a lua desaparecesse para começar minhas operações.

"À medida que a noite avançou, um vento feroz veio da floresta e rapidamente dispersou as nuvens que cobriam o céu. O sopro se espalhou como uma poderosa avalanche, e produziu um tipo de insanidade em meu espírito que destruiu todos os limites da razão e da reflexão. Acendi o galho seco de uma árvore e dancei furiosamente ao redor do chalé amaldiçoado, com meus olhos ainda fixos no horizonte a oeste e a ponta da lua quase sendo tocada. Uma parte dela estava finalmente escondida, e então eu balancei minha tocha. Assim, ela desapareceu, e, com um alto grito, pus fogo na palha, na urze, e nos arbustos que eu havia coletado. O vento alimentou o fogo, e o chalé foi rapidamente envolto pelas chamas, que se agarraram a ele e o lamberam com suas bifurcadas e destrutivas línguas.

"Assim que me convenci de que nenhuma assistência poderia salvar qualquer parte da habitação, deixei o local e procurei refúgio na floresta.

"E agora, com o mundo à minha frente, para onde eu deveria dirigir meus passos? Decidi ir para longe da cena de meu infortúnio, mas para mim, odiado e desprezado, todo lugar deveria ser igualmente horrível. Por fim, você me veio à mente. Aprendi, lendo seus escritos, que era meu pai, meu criador; e a quem eu deveria me dirigir, além daquele que me dera a vida? Dentre as lições que Félix havia ensinado a Safie, estava a geografia: dessa forma aprendi as relativas situações de diferentes países da Terra. Você havia mencionado Genebra como sendo o nome de sua cidade natal, e para esse lugar decidi partir.

"Mas como me orientar? Sabia que deveria viajar na direção sudoeste para chegar ao meu destino, mas o sol era o meu único guia. Eu não sabia os nomes das cidades pelas quais deveria passar, nem poderia pedir informação a um único ser humano, ainda assim não me desesperei. Somente de você eu poderia ter alguma esperança de socorro, embora não sentisse nada além de raiva de sua pessoa. Criador insensível e sem coração! Dotou-me de percepções e paixões, e então me lançou ao mundo como um objeto de escárnio e horror dos homens. Apesar disso, apenas a você eu poderia pedir por compaixão e reparação, e de você eu estava determinado a buscar a justiça que inutilmente tentara ganhar de outro ser que tivesse a forma humana.

"Minhas viagens foram longas, e os sofrimentos que enfrentei se mostraram intensos. Era final do outono quando deixei a região em que havia residido por tanto tempo. Viajava apenas à noite, temendo encontrar a face de um ser humano. A natureza morria ao meu redor, e o sol perdia o calor. A chuva e a neve caíam à minha volta, poderosos rios estavam congelados, a superfície da terra estava dura, fria e nua, e eu não encontrava nenhum abrigo. Oh, terra! Quantas vezes amaldiçoei as causas de meu ser! A suavidade de minha natureza se fora, e tudo em meu interior se tornara amargura e rancor. Quanto mais me aproximava de sua habitação, mais profundamente eu sentia o espírito de vingança aceso em meu coração. A neve ainda caía, e as águas estavam endurecidas, mas eu não descansava. Alguns incidentes me orientavam de tempos em tempos, e eu estava em posse de um mapa do território, mas frequentemente me desviava muito de meu caminho. A agonia dos meus sentimentos não me permitia descanso, e não houve nenhum acontecimento do qual minha raiva e miséria não puderam extrair seu alimento. Contudo, uma circunstância que se passou no momento em que cheguei aos confins da Suíça, quando o sol já havia recuperado o seu calor, e a terra novamente começava a se mostrar verde, confirmou de maneira especial a amargura e o horror de meus sentimentos.

"Eu geralmente descansava durante o dia e viajava somente à noite, quando estava protegido da visão dos homens. Certa manhã, no entanto, descobrindo que meu caminho passava por uma floresta cerrada, aventurei-me a continuar minha jornada depois que o sol já havia nascido. O dia, que era um dos primeiros da primavera, alegrou-me pela beleza do sol e pela suavidade do ar. Senti emoções de gentileza e prazer que há muito tempo pareciam mortas reviverem dentro de mim. Meio surpreso com a novidade dessas sensações, deixei-me levar por elas, e, esquecendo-me de minha solidão e deformidade, ousei ser feliz. Lágrimas suaves mais uma vez banharam o meu rosto, e eu até levantei meus olhos úmidos em agradecimento ao sol abençoado que me dava tanta alegria.

"Continuei a serpentear pelas trilhas da floresta até chegar ao seu limite, que era contornado por um rio profundo e rápido, cujas muitas árvores curvavam seus galhos, agora brotando com o frescor da primavera. Parei ali, sem saber exatamente que caminho seguir, quando ouvi o som de vozes, o que me induziu a esconder-me sob a sombra de um cipreste. Eu mal estava escondido quando uma jovem veio correndo em direção ao local em que eu estava, rindo, como se estivesse fugindo de alguém com quem se divertia. Ela continuou o seu caminho ao longo das margens íngremes do rio, quando, de repente, seu pé escorregou e ela caiu na forte correnteza. Saí correndo do meu esconderijo e, com muito esforço devido à força da água, salvei-a e arrastei-a para a margem. Ela havia perdido os seus sentidos, então eu me esforcei para, por todos os meios que estavam a meu alcance, restaurar a sua respiração, quando fui subitamente interrompido pela aproximação de um camponês, que provavelmente era a pessoa de quem ela estava fugindo de brincadeira. Ao me ver, ele correu em minha direção, e arrancando a menina de meus braços, apressou-se para ir em direção às partes mais profundas da floresta. Eu o segui rapidamente, e mal sabia por quê, mas quando o homem viu que estava me aproximando, apontou uma arma — que ele carregava — para o meu corpo e disparou. Caí no chão, e meu agressor, com ainda mais agilidade, escapou para dentro da mata.

"Então era essa a recompensa pela minha bondade! Havia salvado uma vida humana da destruição, e, como retribuição, eu estava sob a infeliz dor de um ferimento que estilhaçara a carne e os ossos. Os sentimentos de bondade e gentileza que eu havia nutrido apenas alguns momentos antes deram lugar a uma raiva infernal e ao ranger de dentes. Inflamado pela dor, jurei ódio e vingança eternos a toda a humanidade. Mas a agonia do meu ferimento me dominou, meus pulsos pararam e eu desmaiei.

"Por algumas semanas, levei uma vida miserável na floresta, tentando curar o ferimento. A bala havia entrado em meu ombro e eu não sabia se ela havia permanecido lá ou atravessado. De qualquer forma, eu não tinha meios de extraí-la. Meus sofrimentos também foram aumentados pela sensação opressiva de injustiça e ingratidão que esse evento me causara. Meus votos diários eram de vingança — uma vingança profunda e mortal, capaz de compensar os ultrajes e a angústia que eu havia suportado.

"Depois de algumas semanas, meus ferimentos se curaram, e eu continuei a minha jornada. Os castigos que eu havia enfrentado não podiam mais ser aliviados pelo sol brilhante ou pelas gentis brisas da primavera. Toda a alegria não era nada além de uma zombaria que insultava meu estado desolado e me fazia sentir, de forma ainda mais dolorosa, que eu não fora feito para o desfrute ou prazer.

"Mas minha labuta agora se aproximava do fim e, dois meses depois, cheguei aos arredores de Genebra.

"Era noite quando regressei e me recolhi em um esconderijo entre os campos que cercam a cidade, para meditar sobre a maneira como deveria me dirigir a você. Eu estava oprimido pela fadiga e pela fome, e infeliz demais para aproveitar a brisa suave do entardecer ou a perspectiva do sol se pondo atrás das estupendas montanhas do Jura.

"Nesse momento, um leve sono me aliviou da dor da reflexão, que foi perturbado pela aproximação de uma linda criança que entrou correndo no recanto que eu havia escolhido, com todo o vigor da infância. De repente, enquanto eu a olhava, tive a ideia de que aquela criaturinha não tinha preconceitos e havia vivido muito pouco tempo para ter adquirido horror à deformidade. Se, portanto, eu pudesse pegá-la e educá-la como minha companheira e amiga, talvez não estaria tão desolado nesta terra povoada.

"Impelido por esse impulso, agarrei o menino quando ele passava e o puxei para mim. Assim que ele viu minha figura, colocou as mãos diante dos olhos e soltou um grito agudo. Afastei sua mão do rosto com força e disse:

— Garoto, o que significa isso? Não tenho a intenção de machucá-lo. Ouça-me.

"Ele se debateu violentamente.

— Deixe-me ir — gritou ele —, monstro! Desgraçado feio! Você quer me comer e me despedaçar. Você é um ogro. Deixe-me ir, ou contarei ao meu pai.

— Menino, você nunca mais verá seu pai. Deve vir comigo.

— Monstro horrível! Deixe-me ir. Meu papai trabalha no governo. Ele é o sr. Frankenstein, e vai puni-lo. Não se atreva a me levar.

— Frankenstein! Então você pertence ao meu inimigo, àquele a quem jurei a vingança eterna. Você será a minha primeira vítima.

"A criança ainda se debatia e me enchia de alcunhas que levavam desespero ao meu coração, então agarrei sua garganta para silenciá-la, e, um momento depois, ela jazia morta a meus pés.

"Olhei para a minha vítima e minha alma se encheu de exultação e triunfo infernal. Batendo palmas, exclamei:

— Eu também posso criar desolação. Meu inimigo não é invulnerável. Essa morte lhe trará desespero, e mil outras misérias o atormentarão e destruirão.

"Ao fixar meus olhos na criança, vi algo brilhando em seu peito, então o peguei. Era o retrato de uma mulher muito bela. Apesar de minha maldade, aquilo me tocou e me atraiu. Por alguns instantes, contemplei com prazer seus olhos escuros, cercados por cílios profundos, e seus lábios encantadores, mas logo a minha raiva voltou. Então, lembrei-me de que eu estava para sempre privado das delícias que criaturas tão belas podiam me proporcionar, e que aquela cuja semelhança eu contemplava, ao me olhar, teria mudado aquele ar de divina benignidade para um que expressasse repulsa e medo.

"Você é capaz de se perguntar como tais pensamentos levaram-me à raiva? Só fico espantado por, naquele momento, em vez de descarregar minhas sensações em exclamações e agonia, não ter corrido para o meio dos homens e morrido na tentativa de destruí-los.

"Enquanto estava tomado por esses sentimentos, deixei o local onde havia cometido o assassinato e, procurando por um esconderijo mais isolado, entrei em um celeiro que me parecia estar vazio. Uma mulher estava dormindo sobre a palha. Ela era jovem, não tão bonita quanto aquela cujo retrato eu tinha em mãos, mas com um aspecto agradável e florescendo na beleza da juventude e da saúde. Aqui, pensei, está uma daquelas pessoas cujos sorrisos que provocam alegria são concedidos a todos, menos a mim. Então, inclinei-me sobre ela e sussurrei:

— Desperte, formosa, seu amante está próximo. Ele, que daria a vida apenas para obter um olhar de afeição de seus olhos. Minha amada, desperte!

"A pessoa que dormia se mexeu, e então uma onda de terror me percorreu. Será que ela realmente acordaria, me veria, me amaldiçoaria e denunciaria o assassino? Certamente agiria assim se seus olhos escuros se abrissem e ela me visse. O pensamento era uma loucura, pois ele agitava o demônio dentro de mim — não eu, mas ela sofrerá. O assassinato que cometi por ter sido roubado para sempre de tudo o que ela poderia me dar, ela expiará. O crime teve sua origem nela: seja dela o castigo! Graças às lições de Félix e às leis sanguinárias do homem, agora eu havia aprendido a fazer maldades. Eu me curvei sobre ela e decididamente coloquei o retrato em uma das dobras de seu vestido. Ela se moveu novamente, e eu fugi.

"Durante alguns dias, rondei o local onde esses eventos ocorreram, ora desejando vê-lo, ora decidido a abandonar o mundo e suas misérias para sempre. Por fim, vaguei em direção a essas montanhas e percorri seus imensos recessos, consumido por uma paixão ardente que só você pode satisfazer. Não podemos nos separar até que você prometa atender à minha solicitação. Estou sozinho e miserável. Os homens não querem se associar a mim, mas uma pessoa tão deformada e horrível quanto eu não se negaria a mim. Minha companheira deve ser da mesma espécie e ter os mesmos defeitos. Esse ser você deve criar."

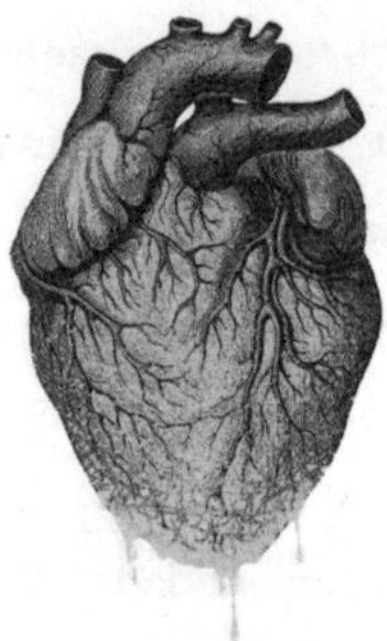

CAPÍTULO XVII

A criatura terminou de falar e fixou o olhar em mim, na expectativa de uma resposta. Contudo, eu estava atordoado, perplexo e incapaz de organizar minhas ideias o bastante para entender a extensão total de sua proposta. Ele continuou:

— Deve criar uma fêmea para mim, com quem eu possa viver o afeto recíproco necessário para o meu ser. Isso apenas você pode fazer, e exijo tal feito como um direito que não pode se recusar a me conceder.

A última parte de sua história acendeu novamente em mim uma raiva que havia morrido quando ele narrou a sua pacífica vida entre os habitantes do chalé, e, quando ele disse isso, eu não pude mais reprimir o ódio que ardia dentro de mim.

— Eu me recuso, sim — respondi. — E nenhuma tortura poderá extrair de mim algum consentimento. Pode me tornar o mais miserável dos homens, mas nunca poderá me converter em um imoral aos meus próprios olhos. Criar outro ser como você, cuja maldade conjunta poderia destruir o mundo? Desapareça! Tem a minha resposta, pode me torturar, mas eu nunca consentirei.

— Está errado — respondeu o demônio. — E, em vez de ameaçá-lo, estou satisfeito em argumentar com você. Sou maldoso porque sou infeliz. Não sou renegado e odiado por toda a humanidade? Você, meu criador, far-me-ia em pedaços e triunfaria. Lembre-se disso e diga-me: por que devo ter mais pena de um homem do que ele tem de mim? Você não chamaria isso de assassinato se pudesse me jogar em uma dessas fendas no gelo e destruir o meu corpo, a obra de suas próprias mãos. Devo respeitar o homem quando ele me despreza? Deixe-o conviver comigo em uma troca de gentilezas e, em lugar de ferir, eu lhe concederia todos os benefícios com lágrimas de gratidão por seu acolhimento. Mas isso não poderá acontecer, pois os sentidos humanos são barreiras intransponíveis para a nossa união. Todavia não posso me submeter à abjeta escravatura. Vingarei minhas feridas. Então, se não posso inspirar amor, causarei medo, principalmente em você, meu arqui-inimigo; meu criador, eu lhe juro ódio inextinguível. Saiba disto: eu trabalharei duro para sua ruína, até que você amaldiçoe a hora de seu nascimento.

Um ódio demoníaco o tomou enquanto ele dizia isso. Seu rosto estava enrugado em contorções horríveis demais para que os olhos humanos contemplassem, então ele se acalmou e prosseguiu:

— Eu esperava argumentar. Essa raiva me é prejudicial, pois você não assume que é a causa desse excesso. Se qualquer ser sentisse emoções benevolentes por mim, eu deveria devolver centenas de vezes mais; pelo bem dessa única criatura eu faria as pazes com toda a espécie! Mas eu agora estou sonhando com a felicidade que nunca se tornará verdade. O que peço de você é razoável e moderado: suplico uma criatura de outro sexo, mas horrível como eu. A gratificação é pequena, mas é tudo o que posso receber, e isso deve me contentar. É verdade, seremos monstros, isolados do mundo, mas por isso seremos mais apegados um ao outro. Nossas vidas não seriam felizes, mas seriam indenes e livres da infelicidade que eu agora sinto. Oh, meu criador, faça-me feliz. Deixe que eu me sinta grato por esse benefício! Deixe-me ver que suscito a simpatia de um ser existente. Não negue este meu pedido!

Eu estava comovido. Estremeci quando pensei nas possíveis consequências de meu consentimento, mas senti que havia alguma justiça em seu argumento. Sua história e os sentimentos que ele agora expressava provaram que ele era uma criatura de sentimentos refinados, e eu, como seu criador, não devia a ele uma porção da felicidade que estava em meu poder conceder? Ele viu minha mudança de sentimentos e continuou:

— Se consentir, nem você nem outro ser humano nos verão de novo, pois irei às grandes selvas da América do Sul. Minha comida não é como a dos homens, visto que não destruo o cordeiro nem o filhote para saciar o meu apetite. Avelãs e frutas são suficientes para a minha nutrição. Minha companheira terá a mesma natureza que eu, e ficará satisfeita com a mesma porção. Faremos nossa cama com folhas secas, o sol brilhará sobre nós como brilha sobre os homens e amadurecerá a nossa comida. A imagem que apresento-lhe é pacífica e humana, e deve sentir que só poderia negar esse pedido pela insanidade do poder e da crueldade. Impiedoso como tem sido comigo, eu agora vejo a compaixão em seus olhos. Deixe-me aproveitar esse momento favorável e convencê-lo a prometer aquilo que desejo tão ardentemente.

— Você propõe — respondi — fugir das habitações do homem para mergulhar naquela selva onde as feras do campo serão suas únicas companhias. Como pode, você que deseja o amor e a simpatia do homem, perseverar nesse exílio? Você voltará e novamente buscará a gentileza, e encontrará sua abominação. Dessa forma, suas paixões malignas serão renovadas, e terá uma companheira para ajudá-lo em sua tarefa de destruição. Isso não pode acontecer. Pare de argumentar, pois não posso consentir.

— Como são inconstantes os seus sentimentos! Um momento atrás você estava comovido por minhas palavras, por que agora se endurece diante de minhas queixas? Juro, pela terra que habito, e por você, que me fez, que com a companhia que me conceder sairei das regiões humanas e habitarei, ao sabor do destino, o mais selvagem dos lugares. Minhas paixões malignas terão sumido, pois eu terei encontrado simpatia! Minha vida correrá suavemente, e, em meus últimos momentos, não amaldiçoarei o meu criador.

As palavras dele tiveram um estranho efeito sobre mim. Eu me compadeci, e por vezes senti um desejo de consolá-lo, mas quando olhei para ele, quando enxerguei a massa imunda que se movia e falava, meu coração ficou agoniado, e meus sentimentos mudaram para horror e ódio. Tentei reprimir essas sensações; pensei que, como não podia simpatizar com ele, não tinha direito de reter-lhe uma pequena porção de felicidade que ainda estava em meu poder conceder.

— Você jura — eu disse — ser inofensivo. Mas já não mostrou um grau de maldade que deveria me fazer razoavelmente desconfiar de você? Não seria isso um pretexto que aumentará o seu triunfo, proporcionando um maior espaço para a sua vingança?

— Como? Não deve me tratar com frivolidade, eu exijo uma resposta. Se eu não tiver laços nem afeições, o ódio e o vício devem ser a minha sina. O amor de outra pessoa destruirá a causa de meus crimes, e eu me tornarei uma coisa cuja existência todos ignoram. Meus vícios são filhos de uma solidão forçada que eu abomino, e minhas virtudes surgirão necessariamente quando eu viver em comunhão com um igual. Sentirei os afetos de um ser sensível e me ligarei à cadeia de existência e eventos da qual agora sou excluído.

Fiz uma pausa para refletir sobre tudo o que ele havia contado e sobre os vários argumentos que havia apresentado. Pensei na promessa das virtudes que ele havia demonstrado no início de sua existência e na subsequente destruição de todo sentimento de bondade pela aversão e desprezo que seus protetores haviam manifestado em relação a ele. Seu poder e ameaças não foram omitidos em meus cálculos, pois uma criatura que podia existir nas cavernas gélidas das geleiras e se esconder da perseguição entre os cumes de precipícios inacessíveis das montanhas era um ser que possuía faculdades que seria inútil enfrentar. Após uma longa reflexão, concluí que a justiça devida a ele e aos meus semelhantes exigia que eu atendesse ao seu pedido. Portanto, voltando-me para ele, eu disse:

— Vou consentir com a sua exigência, sob o seu juramento solene de deixar para sempre a Europa, e qualquer outro lugar próximo aos homens, assim que eu entregar em suas mãos a fêmea que o acompanhará em seu exílio.

— Eu juro — exclamou ele — pelo sol, pelo azul do céu e pelo fogo do amor que arde em meu coração que, se atender a minha súplica, enquanto tudo isso existir, você nunca me verá novamente. Vá para casa e comece os seus trabalhos. Assistirei ao seu progresso com incontrolável ansiedade, e não tema, pois eu aparecerei apenas quando tiver terminado.

Ao dizer isso, ele subitamente me deixou, temendo, talvez, alguma mudança em meus sentimentos. Eu o vi descer da montanha mais veloz que o voo de uma águia, e rapidamente ele se perdeu por entre as ondulações do mar de gelo.

A história dele tomou o dia todo, e o sol estava no limite do horizonte quando ele partiu. Eu sabia que devia me apressar para descer até o vale, pois eu logo seria alcançado pela escuridão. No entanto, o meu coração estava pesado e os meus passos estavam lentos. O esforço de andar pelos pequenos caminhos das montanhas e firmar os meus pés enquanto avançava me deixou perplexo, ocupado como estava pelas emoções que os eventos do dia produziram em mim. A noite já estava avançada quando cheguei à metade do caminho para o meu local de descanso, então sentei-me ao lado da fonte. As estrelas brilhavam em intervalos, enquanto as nuvens passavam em frente a elas. Os pinheiros escuros se elevavam à minha frente, e havia árvores quebradas no chão em vários lugares. Era uma cena maravilhosamente solene que suscitava estranhos pensamentos em mim. Eu chorei amargamente, e esfregando minhas mãos em agonia, exclamei:

— Oh, estrelas, nuvens e ventos, estão todos prestes a zombar de mim. Se realmente têm pena, destruam os meus sentidos e a minha memória, e deixem que eu me torne um nada. Se não, saiam, saiam e deixem-me na escuridão.

Esses eram pensamentos selvagens e miseráveis, mas não posso descrever como o eterno resplandecer das estrelas pesava sobre mim e como eu ouvia cada rajada como se fosse um vento desértico obscuro e horrível a caminho de me consumir.

O dia amanheceu antes de eu chegar ao vilarejo de Chamonix. Eu decidi não descansar, e voltei imediatamente para Genebra. Mesmo em meu próprio coração, eu não conseguia expressar as minhas sensações — elas pesavam sobre mim como a força de uma montanha, e seu excesso destruía minha agonia. Então, voltei para casa, e, ao entrar, cumprimentei a minha família. Minha aparência abatida e selvagem despertou intenso alarme, mas não respondi a nenhuma pergunta, e quase não falei. Senti-me como se tivesse sido banido — como se não tivesse o direito de reivindicar sua simpatia, como se nunca mais pudesse desfrutar de sua companhia. Mesmo assim, eu os amava com adoração, e, para salvá-los, resolvi me dedicar à minha tarefa mais detestável. A perspectiva de tal ocupação fez com que todas as outras circunstâncias da existência passassem diante de mim como um sonho, e somente esse pensamento me parecia dotado da realidade da vida.

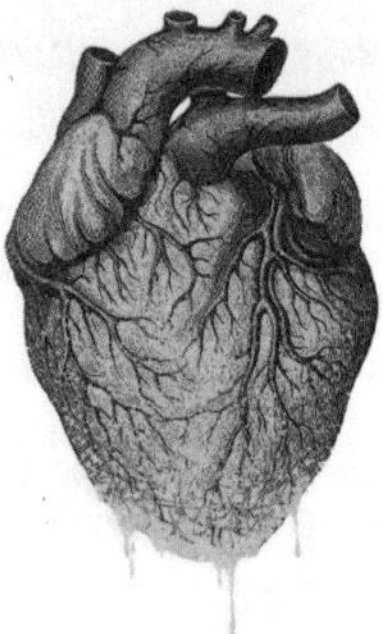

CAPÍTULO XVIII

Dia após dia, semana após semana, o tempo passou desde meu retorno a Genebra, e eu não conseguia juntar coragem para recomeçar meu trabalho. Eu temia a vingança do demônio desapontado, mas ainda era incapaz de superar a minha repugnância em relação à tarefa que me fora atribuída. Descobri que não poderia construir uma fêmea sem mais uma vez devotar vários meses a um profundo estudo e laboriosa pesquisa. Eu soube de algumas descobertas que estavam sendo feitas por um filósofo inglês — conhecimento que era significativo para o meu sucesso — e às vezes pensava em obter o consentimento de meu pai para visitar a Inglaterra com esse propósito, mas usava vários pretextos para adiá-lo, e evitava dar o primeiro passo de uma empreitada cuja necessidade imediata começava a parecer menos absoluta para mim. Uma mudança de fato ocorrera em mim: minha saúde, que havia até então decaído, agora estava restaurada, e meu ânimo, quando não afetado pela memória de minha infeliz promessa, melhorava proporcionalmente. Meu pai viu essa transformação com prazer, e voltou seus pensamentos para o melhor método de erradicar os resquícios de minha melancolia, que vez ou outra retornava em rompantes, como uma escuridão faminta devorando a luz do sol que se aproximava. Nesses momentos, eu me refugiava na mais perfeita solidão. Passava dias inteiros sozinho em um pequeno barco no lago, assistindo às nuvens e ouvindo o barulho das ondas, quieto e letárgico. Apesar disso, o ar fresco e a luz do sol raramente falhavam em me restaurar algum grau de compostura, e, ao retornar, eu recebia as saudações de meus amigos com um sorriso mais disposto e um coração mais alegre.

Foi após o retorno de uma dessas minhas andanças que meu pai, chamando-me à parte, disse-me então:

— Estou feliz em ver, meu caro filho, que voltou aos seus antigos prazeres, e parece estar voltando a si. Ainda assim, está infeliz, e evita a nossa companhia. Por algum tempo eu estava perdido em especulações quanto à causa disso, mas ontem uma ideia me surgiu, e, se for bem fundamentada, eu peço que confesse. Qualquer reserva sobre isso seria não apenas inútil, mas traria também infelicidade a todos nós.

Estremeci drasticamente com a sua exortação, e meu pai continuou:

— Eu confesso, meu filho, que sempre ansiei pelo seu casamento com a nossa querida Elizabeth, considerando-o como o laço de nosso conforto doméstico e a permanência da sustentação em meus anos de declínio. Vocês são ligados um ao outro desde a sua remota infância, estudaram juntos e pareceram, em disposição e gostos, inteiramente apropriados um para o outro. Mas tão cega é a experiência do homem que aquelas coisas que imaginei serem as melhores assistentes para o meu plano podem tê-lo arruinado por completo. Você, talvez, veja-a como sua irmã, sem qualquer desejo de torná-la a sua esposa. Quem sabe pode ter encontrado outra a quem ame, e, considerando a si mesmo obrigado a honrar Elizabeth, esse esforço pode ter ocasionado a pungente miséria que sempre parece sentir.

— Meu querido pai, fique tranquilo. Amo minha prima sincera e carinhosamente. Nunca conheci qualquer outra mulher que suscitasse, como Elizabeth, a minha mais calorosa admiração e afeição. As minhas esperanças futuras e os meus planos estão inteiramente ligados à expectativa de nossa união.

— A expressão de seus sentimentos quanto a isso, meu caro Victor, me dá mais prazer do que eu tenho experimentado há algum tempo. Se é assim que se sente, seguramente seremos felizes, embora os eventos presentes lancem uma escuridão sobre nós. Contudo, são essas trevas que parecem ter se impregnado em sua mente que desejo dissipar. Diga-me, então, se você se opõe à celebração imediata do casamento. Temos passado por tantos infortúnios, e os eventos recentes nos arrancaram daquela tranquilidade do dia a dia que se adequa à minha idade e enfermidades. Você é mais jovem, mas não penso — como tem posse de tão competente fortuna — que um casamento precoce poderia interferir em quaisquer planos futuros de honra e utilidade que você pode ter idealizado. Não imagine, no entanto, que pretendo ditar a sua felicidade, ou que um adiamento de sua parte me causaria qualquer desconforto sério. Interprete as minhas palavras com gentileza, e responda-me, eu peço, com confiança e sinceridade.

Eu ouvi meu pai em silêncio, e permaneci, por algum tempo, incapaz de oferecer qualquer resposta. Busquei rapidamente em minha cabeça vários pensamentos, e me esforcei para chegar a alguma conclusão. Ai de mim! A ideia de uma união imediata com a minha Elizabeth era um terror e um desespero. Eu estava preso a uma promessa solene que ainda não havia cumprido, e não me atrevia a quebrá-la ou, se eu o fizesse, quais numerosas misérias não recairiam sobre mim e a minha devota família! Poderia eu participar de uma festividade com esse peso mortal pendurado em meu pescoço e me curvando em direção ao chão? Tenho o dever de cumprir a minha promessa e deixar o monstro partir com sua parceira, antes que eu me permita desfrutar de uma união da qual espero paz.

Lembrei-me também da necessidade imposta sobre mim de ou viajar à Inglaterra ou começar uma longa correspondência com os tais filósofos daquele país, cujos conhecimentos e descobertas eram de uso indispensável para a minha atual empreitada. O método de obter a inteligência desejada através de cartas era vagaroso e insatisfatório. Além disso, eu tinha uma insuperável aversão à ideia de me envolver em uma tarefa tão detestável na casa de meu pai, enquanto seguia com as habituais relações familiares com aqueles a quem eu amava. Eu sabia que mil acidentes temerosos poderiam ocorrer, e o menor deles divulgaria uma história que impressionaria todos aqueles ligados a mim com horror. Eu também estava ciente de que frequentemente perderia o autocontrole e toda a minha capacidade de esconder aquelas emoções angustiantes que me tomariam durante o progresso de minha estranha ocupação. Eu deveria me ausentar de tudo o que eu amava enquanto estivesse ocupado. Uma vez iniciado, logo seria concluído, e eu poderia voltar para a minha família em paz e felicidade. Com a minha promessa cumprida, o monstro partiria para sempre. Ou então — assim concebia a minha fértil imaginação — algum acidente poderia lhe ocorrer para destruí-lo, e isso colocaria fim para sempre à minha escravidão.

Esses sentimentos ditaram a minha resposta ao meu pai. Expressei o desejo de visitar a Inglaterra, mas, escondendo as verdadeiras razões por trás desse pedido, encobri minhas vontades sob um disfarce que não levantava suspeitas, enquanto insistia em meu interesse com um fervor que facilmente convenceu meu pai a concordar. Depois de um longo período absorvendo a melancolia que se assemelhava à loucura em sua intensidade e efeitos, ele estava feliz em descobrir que eu era capaz de sentir prazer com a ideia da viagem. Ele esperava que a mudança de cenário e diversões variadas poderiam, antes do meu retorno, restaurar inteiramente o meu ser.

A duração de minha ausência era de minha escolha. Alguns meses, no máximo um ano, era o período permitido. Uma gentil precaução paternal que ele tomara para se assegurar de que eu tivesse uma companhia. Sem me comunicar previamente, ele havia, em conluio com Elizabeth, arranjado para que Clerval se juntasse a mim em Estrasburgo. Isso interferia na solidão que eu necessitava para prosseguir com a minha tarefa. Contudo, no começo de minha jornada, a presença de meu amigo não poderia ser, de forma alguma, um impeditivo, e realmente me alegrava o fato de que eu seria salvo de várias horas de solitária e enlouquecedora reflexão. Além disso, Henry poderia ficar entre mim e a intrusão de meu inimigo. Se eu estivesse sozinho, ele não forçaria a sua horrível presença para me lembrar de minha tarefa ou contemplar o seu progresso?

Para a Inglaterra, então, eu iria, e era entendido que minha união com Elizabeth ocorreria imediatamente após o meu retorno. A idade de meu pai o tornava extremamente averso a atrasos, e, para mim, havia uma recompensa que eu tinha prometido a mim mesmo pelos meus detestáveis trabalhos — um consolo para meus sofrimentos sem igual: a expectativa do dia em que, emancipado de minha miserável escravidão, eu poderia reivindicar Elizabeth e esquecer do passado em minha união com ela.

Fiz então os preparativos para a minha viagem, mas um sentimento me assombrava e me enchia de medo e agitação. Durante a minha ausência, eu deixaria os meus amigos ignorantes quanto à existência de seu inimigo, e desprotegidos de seus ataques, pois ele ficaria exasperado com a minha partida. Entretanto, ele havia prometido me seguir aonde quer que eu fosse, então não me acompanharia até a Inglaterra? Esse pensamento era pavoroso por si só, mas calmante, uma vez que supunha a segurança de meus amigos. Estava agoniado com a ideia da possibilidade de que o contrário poderia acontecer. Contudo, por todo o período durante o qual eu era escravo de minha criatura, eu me permiti ser governado pelos impulsos do momento, e meus sentimentos naquele instante me diziam fortemente que o demônio me seguiria, e isentaria minha família do perigo de suas maquinações.

Foi no final de setembro que eu deixei mais uma vez o meu país natal. Minha jornada fora minha própria sugestão, e Elizabeth, portanto, aquiesceu, porém ela estava muito inquieta com a ideia do meu sofrimento, longe dela, nas estradas da miséria e do luto. Foi sua preocupação que providenciou para mim a companhia de Clerval — e ainda um homem é capaz de ignorar as milhares de circunstâncias minuciosas que chamam a diligente atenção de uma mulher. Ela esperava apressar o meu retorno, e milhares de emoções conflitantes a emudeceram, enquanto ela me dava um silencioso adeus, em meio às lágrimas.

Subi na carruagem que me levaria embora, mal sabendo para onde eu iria, e sem me importar com o que acontecia ao meu redor. Eu me lembrei apenas — e refleti sobre isso com amarga angústia — de pedir que meus instrumentos químicos fossem empacotados e mandados comigo. Imaginando várias cenas assustadoras, eu passava por muitas belas e majestosas paisagens, mas meus olhos estavam fixos e cegos. Eu conseguia pensar apenas no destino de minha viagem e no trabalho que me ocuparia enquanto ela durasse.

Depois de alguns dias em uma indolência apática, durante os quais percorri vários quilômetros, cheguei a Estrasburgo, onde esperei por Clerval por dois dias. Ele veio. Deus, quão grande era o contraste entre nós! Ele estava atento a cada novo cenário, alegre quando via as belezas do sol poente, e mais feliz quando via o nascer e o começar de um novo dia. Ele chamava a minha atenção para a mudança das cores da paisagem e a aparência do céu.

— Isso é que é viver — exclamou ele. — Eu agora desfruto da existência! Mas você, meu caro Frankenstein, está desanimado e triste!

De fato, eu estava cheio de pensamentos sombrios, e não cheguei a ver a descida da estrela da noite, nem o brilho dourado do sol refletido no rio Reno. E você, meu amigo, se divertiria muito mais com o diário de Clerval, que observava o cenário com olhos sensíveis e satisfação, do que ouvindo as minhas reflexões. Eu, um infeliz miserável, assombrado por uma maldição que atravancou todas as avenidas para a alegria.

Havíamos concordado em descer o Reno em um barco de Estrasburgo a Roterdão, onde poderíamos pegar uma embarcação para Londres. Durante essa viagem, passamos por diversas ilhas cheias de salgueiros, e vimos várias belas cidades. Ficamos um dia em Mannheim, e, cinco dias depois de nossa partida de Estrasburgo, chegamos a Mainz. O curso do

Reno abaixo de Mainz se tornou muito mais pitoresco. O rio desce rapidamente e entremeia as colinas — não altas, mas íngremes e com belas formas. Vimos muitos castelos em ruínas nas extremidades de precipícios, rodeados por bosques negros, altos e inacessíveis. Essa parte do Reno, de fato, apresenta uma singular e diversa paisagem. Em um local, era possível ver colinas abruptas, castelos em ruínas próximos a precipícios tremendos, com o sombrio rio correndo abaixo, e, numa súbita virada de um promontório, havia vinhedos afortunados, com montes verdes inclinados, um rio serpenteante e cidades populosas que ocupavam o cenário.

Viajamos na época das colheitas e ouvimos a canção dos trabalhadores enquanto deslizávamos rio abaixo. Mesmo eu, estando deprimido e com o espírito agitado por sentimentos sombrios, estava feliz. Deitei-me no chão do barco, e, enquanto olhava para o céu azul e sem nuvens, parecia beber da tranquilidade que eu não reconhecia há muito tempo. E se esses eram meus sentimentos, quem poderia descrever os de Henry? Ele se sentia como se tivesse sido transportado para a Terra das Fadas, e desfrutava de uma felicidade raramente experimentada pelos homens.

— Eu vi — disse ele — as mais belas paisagens do meu próprio país. Visitei os lagos de Lucerna e o Cantão de Uri, onde as montanhas nevadas descem quase perpendicularmente à água, jogando sombras negras e impenetráveis, o que causaria uma aparência melancólica e lúgubre, não fossem as mais verdejantes ilhas, que aliviam os olhos com a sua aparência alegre. Eu vi esse lago agitado por uma tempestade quando o vento formou redemoinhos na água, dando-nos a ideia de como devia ser a tromba d'água no grande oceano. As ondas se chocavam com fúria na base da montanha, onde o sacerdote e a sua amada foram sobrepujados por uma avalanche[29], e onde dizem que suas vozes agonizantes ainda podem ser ouvidas nas pausas do vento noturno. Vi as montanhas de Valais e o Cantão de Vaud — mas este país, Victor, me agrada mais do que todas essas maravilhas. As montanhas da Suíça são mais majestosas e estranhas, mas há um charme nas margens do rio que nunca vi igual. Veja o castelo que pende no precipício, e também aquele na ilha, quase escondido entre as folhas daquelas adoráveis árvores. E agora aquele grupo de trabalhadores saindo do meio de suas vinhas, e aquele vilarejo parcialmente escondido no recesso da montanha. Oh, certamente, o espírito que habita e guarda este local tem uma alma em maior harmonia com o homem que aqueles que se amontoam nas geleiras, ou se recolhem aos picos inacessíveis das montanhas de nosso próprio país.

Clerval! Querido amigo! Mesmo agora eu me alegro em registrar as suas palavras e relembrar o louvor que você tão merecidamente recebia. Ele estava se formando na "verdadeira poesia da natureza". Sua selvagem e entusiasmada imaginação estava contida pela sensibilidade de seu coração. Sua alma transbordava com afeições ardentes, e sua amizade era de uma natureza devota e maravilhosa que aqueles com uma mente mundana nos ensinam a procurar apenas na imaginação. Mas mesmo as simpatias humanas não eram suficientes para satisfazer a sua

29. A referência ao padre e sua amante soterrados por uma avalanche vem de uma lenda suíça associada ao Lago dos Quatro Cantões. A história não tem uma fonte claramente identificável, mas pode ser inspirada em contos populares suíços sobre tragédias nas montanhas. Muitas dessas lendas falam de amantes separados por forças da natureza, especialmente avalanches, comuns nos Alpes. Mary Shelley, ao escrever *Frankenstein*, viajou pela Suíça e pode ter ouvido relatos semelhantes durante sua jornada. (N. do E.)

mente curiosa. Esse cenário de natureza externa, que outros observavam apenas com admiração, ele amava com ardor:

"A sonora catarata
Assombrava-o como uma paixão: a altiva rocha
A montanha, e a sombria e profunda floresta,
Suas cores e suas formas, eram ali para ele
Um apetite; um sentimento, e um amor
Que não carecia de mais remoto encanto,
Dado pelo pensar, ou qualquer interesse
Emergido do olhar."[30]

E onde ele existe agora? Essa criatura gentil e adorável está perdida para sempre? Essa mente, tão repleta de ideias, imaginações extraordinárias e magníficas que formavam um mundo cuja existência dependia da vida de seu criador: essa mente pereceu? Isso existe apenas em minha memória? Não, não é assim. Sua forma tão divinamente forjada e de radiante beleza decaiu, mas o seu espírito ainda visita e consola o seu infeliz amigo.

Perdoe essa explosão de tristeza. Essas palavras ineficientes não são nada além de um tributo ao valor sem igual de Henry, mas elas acalmam o meu coração, transbordando com a angústia que sua lembrança ocasiona. Vou prosseguir com a minha história.

Além da cidade de Colônia, descemos às planícies da Holanda e decidimos seguir o resto de nossa viagem, pois o vento estava contrário e a correnteza era muito suave para nos ajudar.

Nossa jornada aqui perdeu o interesse decorrente do belo cenário, mas nós chegamos em poucos dias a Roterdão, de onde

30. Citação do poema *Lines Written a Few Miles Above Tintern Abbey* (1798), de William Wordsworth, um dos maiores poetas românticos ingleses. (N. do E.)

seguimos por mar até a Inglaterra. Foi numa manhã limpa, nos últimos dias de dezembro, que eu vi pela primeira vez os penhascos brancos da Grã-Bretanha. A margem do Tâmisa apresentou um novo cenário. Elas eram planas, mas férteis, e quase todas as cidades eram marcadas pelas lembranças de alguma história. Vimos o Forte de Tilbury e lembramos da armada espanhola. Contemplamos Gravesenda, Woolwich e Greenwich — lugares dos quais eu ouvira falar até mesmo em meu país.

Finalmente vimos os numerosos campanários de Londres, com a abóbada da Catedral de São Paulo mais alta que todas as outras, e a famosa Torre aclamada na história da Inglaterra.

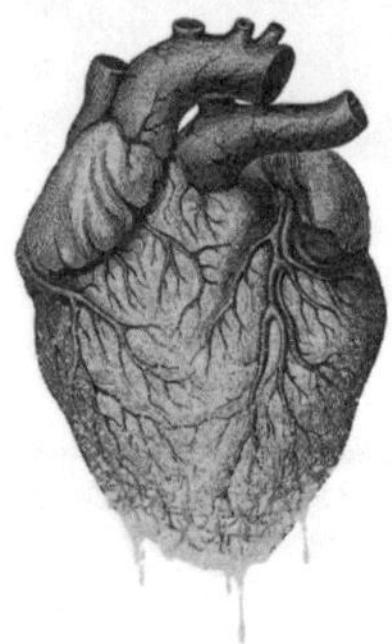

CAPÍTULO XIX

Londres era o nosso atual local de descanso, e determinamos que ficaríamos vários meses nessa maravilhosa e célebre cidade. Clerval desejava socializar-se com os homens de gênio e talento que floresciam naquela época, mas isso aconteceria comigo como um objeto secundário. Eu estava especialmente ocupado com os meios de obter a informação necessária para cumprir a minha promessa, e logo distribuí as cartas de recomendação que trouxera comigo, dirigidas aos mais distintos filósofos naturais.

Se essa jornada tivesse acontecido durante os meus dias de estudo e felicidade, teria me trazido um prazer indescritível. Mas um flagelo assolou a minha existência, e eu apenas visitei essas pessoas pelas informações que elas me dariam a respeito do assunto no qual eu tinha um interesse terrivelmente profundo. Ter companhia me incomodava. Quando sozinho, eu podia encher a minha mente com as visões do céu e da terra; a voz de Henry me acalmava, e eu podia trapacear e conseguir enganar a mim mesmo com uma paz momentânea. Porém, rostos desinteressantes, alegres e agitados traziam desespero ao meu coração. Eu via uma barreira intransponível entre mim e meus semelhantes, e essa barreira estava selada com o sangue de William e Justine, de modo que refletir sobre os eventos conectados com esses nomes enchia a minha alma de angústia.

Apesar disso, em Clerval eu via a imagem de meu antigo eu: ele era questionador e ansioso para ganhar experiência e instrução. A diferença de costumes que observava era para ele uma inesgotável fonte de conhecimento e entretenimento. Ele também estava em busca de um objetivo que tinha em mente há muito tempo. Seus planos eram visitar a Índia, com a crença de que, com o seu conhecimento de suas várias línguas e com as visões que ele tivera de sua sociedade, tinha os meios necessários para ajudar materialmente no progresso da colonização e do comércio europeu. Somente na Grã-Bretanha ele poderia ter sucesso na execução de seu plano. Ele estava sempre ocupado, e o único obstáculo em seus afazeres era a minha mente triste e abatida. Tentei esconder isso o máximo possível para não o privar dos prazeres naturais de alguém que estava entrando em uma nova fase da vida, sem se perturbar por qualquer preocupação ou lembrança amarga. Eu frequentemente recusava acompanhá-lo, alegando ter outro compromisso, para que pudesse permanecer sozinho. Eu também havia começado a coletar os materiais necessários para a minha nova criação, e isso era como a tortura de gotas d'água continuamente caindo sobre minha cabeça. Cada pensamento devotado a isso gerava uma angústia extrema, e cada palavra que eu dizia fazia meus lábios tremerem e meu coração palpitar.

Depois de passar alguns meses em Londres, recebemos uma carta de uma pessoa na Escócia que havia sido nosso visitante em Genebra. Ele mencionou as belezas de sua terra natal, e perguntou se essas seduções não eram suficientes para induzir-nos a prolongar a nossa viagem até mais ao norte, em Perth, onde ele residia. Clerval desejava avidamente aceitar o convite, e eu, embora tivesse horror à socialização, gostaria de ver mais uma vez montanhas e riachos, e todas as maravilhosas obras com as quais a natureza adorna os seus recantos escolhidos para habitação.

Havíamos chegado à Inglaterra no início de outubro, e agora era fevereiro. Decidimos então iniciar a nossa viagem para o norte até o final do mês. Nessa expedição, não pretendíamos seguir a grande estrada para Edimburgo, e sim visitar Windsor, Oxford, Matlock e os lagos de Cumberland, decidindo chegar ao fim dessa viagem por volta do término de julho. Empacotei meus instrumentos químicos e os materiais que havia coletado, optando por terminar meus trabalhos em algum recanto obscuro nas terras altas do Norte da Escócia.

Deixamos Londres em 27 de março e permanecemos em Windsor por alguns dias, perambulando em sua bela floresta. Esse era um novo cenário para nós, montanheses: os majestosos carvalhos, a quantidade de caça e as manadas de imponentes cervos — tudo era novidade para nós.

De lá, seguimos para Oxford. Assim que adentramos a cidade, nossas mentes foram preenchidas com a lembrança dos eventos que haviam ocorrido um século e meio antes. Foi ali que Charles I havia reunido suas forças. Esta cidade se mantivera fiel a ele após toda a nação ter abandonado sua causa para se juntar ao estandarte do parlamento e da liberdade. A memória do desafortunado rei e de seus companheiros — o amigável Falkland, o insolente Goring, sua rainha e seu filho — dava um toque peculiar de interesse a cada parte da cidade que eles haviam supostamente habitado. O espírito de dias antigos encontrou refúgio ali, e nós ficamos alegres em traçar os seus passos. Se esses sentimentos não tivessem encontrado uma gratificação imaginária, a aparência da cidade em si já seria o suficiente para obter a nossa admiração. As faculdades são antigas e pitorescas; as ruas, quase magníficas; e o adorável Ísis, que flui ao lado delas através de prados de primorosa vegetação, espalha-se em uma plácida expansão de águas, que reflete a sua majestosa junção de torres, espirais e cúpulas, cercada por árvores antigas.

Eu gostava dessa paisagem; no entanto, meu prazer foi amargado tanto pela lembrança do passado quanto pela expectativa do futuro. Fui feito para a felicidade pacífica. Durante a minha juventude, o descontentamento nunca visitou a minha mente, e se alguma vez fui dominado pelo tédio, a visão do que é belo na natureza, ou o estudo do que é excelente e sublime nas produções do homem, sempre conseguiu interessar o meu coração e transmitir flexibilidade ao meu espírito. Mas agora sou uma árvore destruída. O raio entrou em minha alma e eu senti então que deveria sobreviver para exibir o que logo deixarei de ser — um miserável espetáculo de humanidade destruída, lamentável para os outros e intolerável para mim mesmo.

Passamos um período considerável em Oxford, passeando por seus arredores e nos esforçando para identificar cada lugar que poderia estar relacionado à mais emocionante época da história da Inglaterra. Nossas pequenas viagens de descoberta eram frequentemente prolongadas pelos sucessivos interesses que se manifestavam. Visitamos o túmulo do ilustre Hampden, e os campos nos quais o patriota caiu. Por um momento, minha alma foi elevada de seus vergonhosos e miseráveis medos para contemplar as ideias divinas de liberdade e autossacrifício, das quais essas vistas e monumentos eram memória. Por um instante, eu ousei tirar as minhas correntes e olhar à minha volta com um espírito livre e despreocupado, mas o ferro havia devorado a minha carne, e eu afundei de novo, tremendo e desesperado com meu eu miserável.

Com pesar, deixamos Oxford e prosseguimos para Matlock, nosso próximo lugar de descanso. A região vizinha desse vilarejo assemelhava-se ainda mais à paisagem da Suíça, mas tudo em menor escala. As colinas verdes careciam da coroa dos distantes Alpes brancos, que sempre servem de moldura para as montanhas de pinheiros do meu país natal. Visitamos a maravilhosa caverna e os pequenos gabinetes de história natural, onde as curiosidades estão dispostas da mesma forma que nas coleções de Servoz e Chamonix. O último nome me fez tremer quando pronunciado por Henry, e apressei-me em deixar Matlock, com a qual aquela cena terrível foi associada.

De Derby, ainda viajando para o norte, passamos dois meses em Cumberland e Westmorland. Eu podia agora fantasiar estar entre as montanhas suíças. Os pequenos fragmentos de neve que ainda permaneciam no lado norte das montanhas, os lagos e os incríveis estrondos das correntes rochosas — todas eram vistas familiares e queridas para mim. Ali também conhecemos alguns bons amigos que quase conseguiram me enganar e me levar de volta à felicidade. O deleite de Clerval era proporcionalmente maior que o meu. Sua mente se expandia na companhia de homens talentosos, e ele encontrou em sua própria natureza maiores capacidades e recursos do que jamais poderia imaginar possuir enquanto se associava aos seus inferiores.

— Eu poderia passar a minha vida aqui — disse-me ele. — Entre essas montanhas eu quase não sentiria falta da Suíça e do Reno.

Contudo, ele descobriu que a vida de um viajante inclui muita dor entre seus prazeres. Seus sentimentos estão sempre à flor da pele, e quando começa a ficar confortável, vê-se obrigado a deixar o lugar onde descansa para ir em busca de algo novo, que mais uma vez toma a sua atenção, e que também deverá abandonar em nome de outras novidades.

Havíamos visitado poucas vezes os vários lagos de Cumberland e Westmorland e cultivado certa afeição por alguns de seus habitantes, quando o período de nosso compromisso com nosso amigo escocês se aproximou, e tivemos que deixá-los para seguir viagem. De minha parte, eu não lamentava. Havia já negligenciado a minha promessa por algum tempo, e temia os efeitos da decepção do demônio. Ele podia permanecer na Suíça e vingar-se de meus parentes. Essa ideia me perseguia e atormentava a cada momento em que eu tinha um pouco de descanso e paz. Esperava pelas minhas cartas com uma impaciência febril, e se elas se atrasavam, o medo tomava conta de mim; quando elas chegavam e eu via o nome de Elizabeth ou de meu pai, quase não me atrevia a ler e descobrir o meu destino. Eu às vezes pensava que o demônio me seguia, e poderia acelerar a minha negligência assassinando o meu amigo. Quando esses pensamentos me atingiam, eu não deixava Henry nem por um momento, e o seguia como uma sombra para protegê-lo da ira imaginária de seu destruidor. Sentia que havia cometido um grande crime, cuja ciência me assombrava. Eu não tinha culpa alguma, mas havia de fato atraído uma terrível maldição sobre a minha cabeça, tão mortal quanto a do crime.

Visitei Edimburgo com os olhos e a mente debilitados. Ainda assim, a cidade teria suscitado o interesse do mais desafortunado dos seres. Clerval não gostou dela tanto quanto de Oxford, pois a antiguidade da cidade inglesa lhe era mais agradável. Mas a beleza e a regularidade da nova cidade de Edimburgo, seu castelo romântico e seus arredores — os mais encantadores do mundo —, a colina *Arthur's Seat*, o Poço de São Bernardo e as colinas de Pentland o compensaram pela mudança e o encheram de alegria e admiração. No entanto, eu estava impaciente para chegar ao destino de nossa viagem.

Deixamos Edimburgo em uma semana, atravessando Coupar, São André, e passando pelas margens do Tay em direção a Perth, onde o nosso amigo nos aguardava. Ainda assim, eu não estava com ânimo para rir e falar com estranhos, ou falar sobre os seus sentimentos ou planos com o bom humor esperado de um convidado, então eu disse a Clerval que gostaria de fazer um tour pela Escócia sozinho.

— Você pode se divertir, e que este seja o nosso ponto de encontro. Talvez eu me ausente por um ou dois meses, mas não interfira em meus planos, eu peço-lhe: deixe-me na paz e na solidão por um curto período de tempo, e, quando eu retornar, espero que seja com o coração mais leve, mais adequado ao seu próprio temperamento.

Henry tentou me dissuadir, mas ao ver que eu estava comprometido com o meu plano, cessou os protestos e pediu-me que eu escrevesse com frequência.

— Eu preferia estar com você — disse ele — em suas caminhadas solitárias do que com esses escoceses que não conheço. Apresse o seu retorno, então, caro amigo, para que eu possa me sentir mais uma vez como se estivesse em casa, o que não posso fazer em sua ausência.

Tendo me separado de meu amigo, decidi visitar alguma parte remota da Escócia e terminar o meu trabalho na solidão. Eu não tinha dúvidas de que o monstro me seguia, e se revelaria uma vez que tudo fosse finalizado, para que ele recebesse a sua companheira.

Com essa resolução, atravessei as terras altas do Norte e fixei em uma das mais remotas ilhas Órcades o meu posto de trabalho. Era um local adequado para tal tarefa, sendo não muito mais que uma rocha, cujos lados eram continuamente golpeados pelas ondas. O solo era pobre, quase não tinha pastos para umas poucas vacas infelizes e aveia para os seus habitantes, que eram cinco, cujos membros esqueléticos e ásperos davam sinal de sua alimentação miserável. Vegetais e pão, quando podiam se dar a esses luxos, e até a água fresca deviam ser procurados no continente, a cerca de cinco quilômetros dali.

Em toda a ilha, havia apenas três cabanas miseráveis, e uma delas estava vaga quando cheguei, então eu a aluguei. Ela tinha apenas dois cômodos que exibiam toda a imundície da mais miserável pobreza. A palha do teto havia caído, as paredes não tinham gesso e a porta estava fora dos encaixes. Pedi que fosse reparada, comprei alguns móveis e tomei posse de lá — um incidente que certamente teria causado surpresa, não estivessem os sentidos dos camponeses cegos pela necessidade e pela pobreza cadavérica. Daquela forma, eu vivia sem que me vissem e que me perturbassem, quase sem agradecimentos pela ninharia de comida e roupas que dei, tal é a debilidade que o sofrimento causa nos sentimentos mais comuns dos homens.

Nesse abrigo, eu dedicava todas as manhãs ao meu trabalho; no entanto, à noite, quando o clima permitia, eu caminhava pela praia rochosa para ouvir as ondas rugindo e quebrando aos meus pés. Era um cenário monótono, mas sempre em mudança. Pensei na Suíça, tão diferente dessa paisagem desolada e apavorante. Suas colinas são cobertas de vinhas, e seus chalés são distribuídos aos montes nas planícies. Seus belos lagos refletem um céu azul e gentil, e quando é agitado pelos ventos, seu tumulto é apenas a brincadeira de uma criança alegre quando comparado aos bramidos do gigante oceano.

Distribuí assim as minhas ocupações quando cheguei; contudo, enquanto progredia em meu trabalho, ele se tornou cada vez mais horrível e enfadonho. Às vezes não conseguia entrar em meu laboratório por longos períodos, e em outras eu labutava dia e noite para completar minha tarefa. Era, de fato, um processo imundo esse em que eu me envolvera. Durante o meu primeiro experimento, um tipo de frenesi entusiasmado me havia cegado para o horror de minha empreitada: minha mente estava, de forma intencional, fixada na consumação de meu trabalho, e meus olhos estavam fechados para o pavor dos procedimentos. Mas agora eu fazia isso a sangue frio, e meu coração se entristecia com a obra de minhas mãos.

Assim situado, ocupado com uma tarefa tão detestável, imerso em uma solidão onde nada poderia nem por um instante tirar a minha atenção da cena em que eu estava envolvido, o meu espírito se tornou instável, e tornei-me inquieto e nervoso. A todo momento eu temia encontrar o meu perseguidor. Às vezes eu mantinha os meus olhos fixos no chão, com medo de os erguer e encontrar aquilo que eu tanto temia ver. Tinha pavor de me afastar da vista de outros seres humanos, com medo de que ele viesse buscar a sua companheira quando eu estivesse sozinho.

Nesse meio-tempo, o meu trabalho já estava consideravelmente avançado. Observei a sua conclusão com uma trêmula e ávida esperança que eu não me atrevia a questionar, mas que estava misturada a obscuros maus presságios que faziam meu coração se desesperar em meu peito.

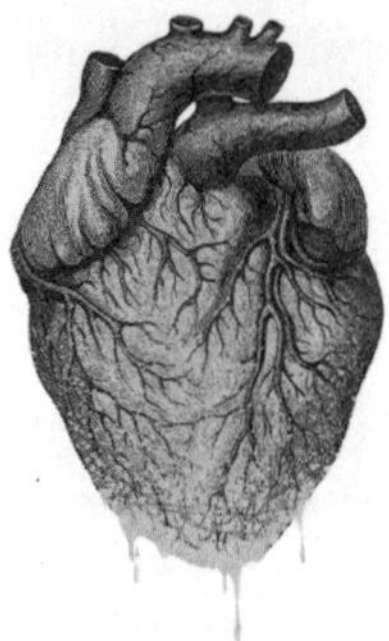

CAPÍTULO XX

Sentei-me uma noite em meu laboratório, quando o sol já se pusera e a lua estava surgindo no mar. Eu não tinha luz suficiente para seguir com meu trabalho, e permaneci ocioso, considerando se deveria encerrar a minha atividade pela noite, ou acelerar a sua conclusão por meio da persistente atenção a ela. Sentado, comecei a refletir, o que me levou a considerar os efeitos do que eu estava fazendo. Três anos antes eu estava da mesma maneira, e havia criado um demônio cuja barbárie sem igual havia desolado o meu coração e o enchera para sempre com o mais amargo remorso. Eu agora estava prestes a formar outro ser, de cujas inclinações eu era igualmente ignorante. Ela poderia tornar-se dez mil vezes mais malévola do que o seu companheiro, e sentir um imenso prazer, por si só, na destruição e na miséria dos outros. Ele havia jurado se distanciar da humanidade e se esconder nos desertos, mas ela não. E ela, que provavelmente se tornaria um ser pensante e racional, poderia se recusar a cumprir com um pacto feito antes de sua criação. Eles poderiam até mesmo odiar um ao outro, já que a criatura que estava viva odiava a sua própria deformidade. E se não aceitasse uma abominação ainda maior diante de seus olhos na forma de uma fêmea? Ela também poderia se afastar dele, com repugnância, por causa da beleza superior do homem. Ela também poderia deixá-lo, e ele ficaria novamente sozinho, exasperado pela provocação de ser rejeitado por um ser de sua própria espécie.

Mesmo que eles deixassem a Europa e habitassem os confins do Novo Mundo, um dos primeiros resultados dessa compaixão pela qual o demônio ansiava seriam crianças, e então uma raça de demônios se propagaria sobre a terra, o que poderia tornar a própria existência da espécie humana uma condição precária e cheia de terror. Teria eu o direito, para o meu próprio benefício, de decretar essa maldição sobre intermináveis gerações? Eu antes havia me comovido pela falácia do ser que eu havia criado, e ficara atordoado pelas suas ameaças demoníacas. Mas agora, pela primeira vez, a perversidade de minha promessa ficou clara para mim, e eu tremi ao pensar que as eras futuras me amaldiçoariam como uma praga, cujo egoísmo não havia hesitado em comprar a sua própria paz ao preço, talvez, da existência de toda a raça humana.

Eu tremi, e o meu coração falhou quando olhei para cima e vi, sob a luz do luar, o demônio em minha janela. Um sorriso medonho enrugou os seus lábios enquanto ele me observava sentado, no momento em que eu estava completando a tarefa da qual ele me incumbira. Sim, ele havia me seguido em minhas viagens, espreitando-se pela floresta, escondendo-se em cavernas, ou se refugiando em grandes pântanos desertos. E ele agora viera para ver o meu progresso e reivindicar o cumprimento de minha promessa.

Quando olhei para ele, o seu rosto expressava um semblante de malícia e de traição. A loucura me tomou quando pensei em minha promessa de criar outro ser igual a ele, e, debatendo-me com brutalidade, fiz em pedaços a coisa que havia criado. O desgraçado me viu destruir a criatura de cuja futura existência ele dependia para alcançar a felicidade, e, com um grito de desespero e vingança diabólicos, retirou-se.

Saí do laboratório, e, trancando a porta, fiz um voto solene em meu coração de jamais concluir os meus trabalhos, indo, a passos trêmulos, em direção ao meu próprio quarto. Eu estava sozinho, e não havia ninguém perto de mim para dissipar a escuridão e aliviar a opressão doentia dos mais terríveis devaneios.

Várias horas se passaram, e eu permaneci perto de minha janela observando o mar. Ele estava quase imóvel, pois os ventos haviam parado e a natureza repousava sob o olhar da lua serena. Alguns poucos barcos de pesca salpicavam a água, e vez ou outra a gentil brisa espalhava o som de vozes, enquanto os pescadores chamavam uns aos outros. Eu senti o silêncio, embora mal estivesse consciente de sua extrema profundidade, até que meu ouvido foi tomado pelo som de remos vindo da costa, e uma pessoa desembarcou perto de minha casa.

Poucos minutos depois eu ouvi o ranger da minha porta, como se alguém se esforçasse para abri-la suavemente. Eu tremi dos pés à cabeça, tive um pressentimento de quem seria e desejei acordar um dos camponeses que descansavam em um dos chalés não muito longe do meu. No entanto, fui dominado pela sensação de impotência, tão frequente em sonhos assustadores, quando nos esforçamos em vão para tentar fugir de um perigo iminente, mas ficamos enraizados no chão.

Ouvi então o som de passos pelo corredor; a porta se abriu e o demônio que eu tanto temia apareceu. Fechando-a, ele se aproximou de mim e disse com uma voz abafada:

— Destruiu o trabalho que havia iniciado. O que pretende fazer? Atreve-se a quebrar sua promessa? Eu suportei o cansaço e a miséria. Deixei a Suíça com você, me esgueirei pelas margens do Reno entre suas ilhas de salgueiros e sobre os picos de suas colinas. Escondi-me por vários meses nos brejos da Inglaterra e entre os desertos gelados da Escócia. Suportei uma incalculável fadiga, frio e fome, e, ainda assim, você se atreve a destruir as minhas esperanças?

— Desapareça! Sim, eu quebro a minha promessa. Jamais criarei outro como você, igual em deformidade e perversidade.

— Escravo, eu antes argumentei com você, mas agora se provou indigno de minha condescendência. Lembre-se de que eu tenho poder. Você acredita ser miserável, mas eu posso torná-lo tão infeliz que a luz do dia lhe será odiosa. Você é o meu criador, mas eu sou o seu mestre. Obedeça!

— O tempo de minha indecisão passou, e é chegada a hora de mostrar o seu poder. Suas ameaças não podem me levar a cometer um ato perverso, mas elas confirmam a minha decisão de não criar para você uma companheira em imoralidade. Deveria eu, a sangue frio, deixar à solta na terra um demônio cujo prazer está na morte e na desgraça? Suma! Estou firme, e as suas palavras apenas aumentarão a minha raiva.

O monstro viu a determinação em meu rosto, e rangeu os dentes na impotência da raiva.

— Será que cada homem — gritou ele — encontrará uma esposa para amar, e cada fera terá uma parceira, enquanto eu permaneço sozinho? Eu era capaz de sentir afeição, e isso foi retribuído com abominação e escárnio. Homem! Pode me odiar, mas cuidado! Suas horas serão passadas em medo e infelicidade, e logo cairá o raio que destruirá a sua alegria para sempre. Por que você deveria ser feliz enquanto eu rastejo nas profundezas de minha desgraça? Pode destruir as minhas outras paixões, mas não a minha vingança — esta que, a partir de agora, está mais cara que luz ou comida! Posso morrer, mas antes você, meu tirano e tormento, amaldiçoará o sol que ilumina a sua miséria. Esteja atento, pois eu sou destemido e, portanto, poderoso. Observarei com a astúcia de uma serpente para que possa picá-lo com seu veneno. Homem, você se arrependerá das injúrias que cometeu.

— Pare, demônio, e não envenene o ar com esses sons de malícia. Eu declarei a minha decisão, e não sou um covarde que se curva diante de palavras. Deixe-me, pois sou irredutível.

— Está bem. Eu vou. Mas lembre-se: estarei com você em sua noite de núpcias.

Dei um passo à frente e exclamei:

— Vilão! Antes que assine a minha sentença de morte, tenha certeza da sua própria segurança.

Eu o teria prendido, mas ele se esquivou de mim e saiu de minha casa precipitadamente. Eu o vi alguns momentos depois em seu barco, que partiu em meio às águas com a velocidade de uma flecha, e logo se perdeu por entre as ondas.

Tudo ficou em silêncio novamente, porém as suas palavras ressoavam em meus ouvidos. Eu ardia de raiva para perseguir o assassino de minha paz e derrubá-lo no oceano. Andei para cima e para baixo em meu quarto, apressado e perturbado, enquanto a minha imaginação conjurava mil imagens para me atormentar e ferir. Por que eu não o seguira e o enfrentara em uma luta mortal? Todavia eu o deixei partir, e ele seguiu seu curso em direção à terra firme. Estremeci ao pensar quem poderia ser a próxima vítima a ser sacrificada para a sua vingança insaciável. E então pensei novamente em suas palavras: "*Estarei com você em sua noite de núpcias*". Esse era o período fixado para o cumprimento de meu destino. Naquela hora, eu deveria morrer e, de uma só vez, satisfazer e extinguir a sua malícia. Essa perspectiva não me amedrontou; no entanto, quando pensei em minha amada Elizabeth — em suas lágrimas e tristeza sem fim quando descobrisse que seu amando lhe fora arrancado de forma tão bárbara —, lágrimas, as primeiras que derramei em muitos meses, escorreram de meus olhos, e resolvi não cair diante de meu inimigo sem uma amarga luta.

A noite passou e o sol nasceu sobre o oceano. Meus sentimentos estavam mais calmos, se é que se pode chamar assim quando a violência da raiva mergulha nas profundezas do desespero. Saí da casa, o horrendo cenário da noite anterior, e caminhei pela orla da praia, que eu quase via como uma barreira intransponível entre os meus semelhantes e eu — de fato, um desejo de que isso se tornasse real me atingiu, e eu almejei passar a minha vida naquela rocha árida, ainda que exausto, mas sem sofrer interrupções por qualquer choque súbito de infelicidade. Se eu retornasse, era para ser sacrificado ou para ver aqueles a quem eu mais amava morrerem nas garras do demônio que eu mesmo havia criado.

Caminhei pela ilha como um espectro inquieto, separado de tudo o que eu amava e infeliz com essa ausência. Ao meio-dia, quando o sol estava mais alto, eu me deitei na grama vencido por um sono profundo. Eu havia permanecido acordado por toda a noite anterior; meus nervos estavam agitados, e meus olhos cansados pela vigília e infelicidade. O sono em que eu mergulhei me refrescou, e, quando eu acordei, senti mais uma vez que fazia parte da raça humana, então comecei a refletir sobre o que havia ocorrido com maior equilíbrio. Entretanto, as palavras do demônio soavam em meus ouvidos como um dobre fúnebre, parecendo um sonho, ainda que distintas e opressivas como a realidade.

O sol havia baixado há muito tempo, e eu ainda estava na praia, satisfazendo o meu apetite — que havia se tornado voraz — com um pão de aveia, quando vi um barco de pesca atracar perto de mim, e um dos homens me trouxe um pacote. Ele continha cartas de Genebra, e uma de Clerval pedindo que eu me juntasse a ele. Disse que o seu tempo era desperdiçado inutilmente onde estava, que cartas de amigos que fizera em Londres pediam o seu retorno para completar as negociações que iniciaram para a sua empreitada na Índia. Ele não podia mais adiar a sua partida, mas como a sua jornada para a Inglaterra seria seguida de uma mais longa antes do que ele pensava, pediu-me que eu lhe concedesse minha companhia o máximo que pudesse. Ele convenceu-me, então, a deixar a minha ilha solitária para encontrá-lo em Perth para que seguíssemos juntos para o sul. A correspondência, de certa forma, me chamou de volta à vida, e eu decidi deixar a região em, no máximo, dois dias.

No entanto, antes de partir, ainda havia uma tarefa a realizar, sobre a qual estremeci ao refletir. Eu deveria empacotar os meus instrumentos químicos e, para isso, precisava entrar no cômodo que havia sido palco de meu odioso trabalho e manusear aqueles utensílios cuja visão me enojava. Na manhã seguinte, ao raiar do dia, reuni coragem suficiente e abri a porta de meu laboratório. Os restos da criatura semiacabada que eu havia destruído estavam espalhados pelo chão, e quase senti como se tivesse mutilado a carne viva de um ser humano. Fiz uma pausa para me recompor e entrei no recinto. Com a mão trêmula, levei os instrumentos para fora do quarto, mas achei que não deveria deixar as relíquias de meu trabalho para despertar o horror e a suspeita dos camponeses, então coloquei-as em uma cesta, com uma grande quantidade de pedras, e, dispondo-as no chão, decidi jogá-las no mar naquela mesma noite. Enquanto isso, sentei-me na praia, ocupado em limpar e arrumar o meu aparato químico.

Nada poderia ser mais completo que a alteração em meus sentimentos desde a noite da aparição do demônio. Eu antes havia visto a minha promessa com um desespero sombrio, algo que, quaisquer que fossem as consequências, deveria ser cumprido. Porém, eu agora sentia como se um véu tivesse sido retirado dos meus olhos, e que, pela primeira vez, eu podia enxergar com clareza. A ideia de retomar os meus trabalhos não me ocorreu nem por um instante. A ameaça que eu ouvira pesava em meus ouvidos, mas eu não refleti que um ato voluntário meu pudesse impedir isso. Eu havia decidido que criar outro ser como aquele monstro seria um ato do mais baixo e atroz egoísmo, e bani de minha mente todo pensamento que poderia levar a uma conclusão diferente.

Entre duas e três da manhã a lua surgiu, e então, colocando a minha cesta em um pequeno barco, naveguei por cerca de seis quilômetros da margem. A paisagem estava perfeitamente solitária: algumas poucas embarcações retornavam para a terra, mas eu naveguei para longe delas. Senti como se estivesse prestes a cometer um crime terrível, e evitei com uma ansiedade trêmula o encontro com qualquer ser humano. Uma vez que a lua, antes clara, foi completamente bloqueada por uma nuvem densa, eu tirei vantagem do momento de escuridão, e joguei a cesta no mar. Ouvi o som borbulhante enquanto ela afundava, então naveguei para longe daquele lugar. O céu ficou nublado, mas o ar estava puro, embora frio pela brisa que se levantava do Nordeste. Todavia ela me refrescou e me encheu de sensações tão agradáveis que eu decidi prolongar a minha estadia na água, e, ajustando o leme em uma posição reta, estiquei-me no fundo do barco. Nuvens escondiam a lua, tudo estava escuro, e eu ouvia apenas o som do bote enquanto sua quilha cortava as ondas. O murmúrio me embalou, e em pouco tempo eu caí em um sono profundo.

Não sei quanto tempo permaneci nessa situação, mas, ao despertar, descobri que o sol havia subido consideravelmente. O vento estava forte, e as ondas continuamente ameaçavam a segurança de minha pequena embarcação. Descobri que a corrente estava vindo do Nordeste, portanto devia ter me levado para longe da costa na qual eu havia partido. Esforcei-me para mudar de direção, mas logo descobri que, se tentasse fazer isso mais uma vez, o barco se encheria de água no mesmo instante. Nessa situação, o meu único recurso era deixar-me levar pela corrente. Confesso que me senti um pouco aterrorizado, pois não tinha nenhuma bússola comigo, e conhecia tão pouco a geografia daquela parte do mundo que o sol não me tinha muita serventia. Eu poderia ser levado para o meio do Atlântico e sentir as torturas da fome, ou ser engolido nas imensuráveis águas que rugiam e fustigavam ao meu redor. Eu já estava fora há várias horas e sentia o tormento intenso da sede, um prelúdio de meus outros sofrimentos. Olhei para o céu coberto de nuvens que eram levadas pelo vento, apenas para serem substituídas por outras. Olhei para o mar, pois este seria o meu túmulo.

— Demônio — exclamei —, seu trabalho já está feito!

Pensei em Elizabeth, em meu pai e em Clerval. Todos deixados para trás, à mercê do monstro que satisfaria as suas sanguinárias e impiedosas paixões. A ideia me fez mergulhar em um devaneio tão desesperador e assustador que, mesmo agora, quando a cena está prestes a se fechar diante de mim para sempre, estremeço ao pensar nela.

Algumas horas se passaram assim, mas gradualmente, com o sol desaparecendo no horizonte, o vento se acalmou e se transformou em uma gentil brisa, e o mar se tornou livre de imensas ondas. Entretanto, isso deu lugar a uma exorbitante maresia, fazendo com que eu me sentisse enjoado e quase incapaz de segurar o leme, quando, de repente, vi uma faixa de terra elevada na direção sul.

Quase esgotado pela fadiga e pelo terrível suspense que eu havia suportado por um vasto tempo, essa repentina certeza de vida me atingiu como uma inundação de alegria acesa em meu coração, e lágrimas escorreram de meus olhos.

Quão inconstantes são os nossos sentimentos, e quão estranho é o amor com que nos apegamos à vida mesmo com a excessiva infelicidade! Construí outra vela com uma parte de minhas roupas, e me dirigi avidamente à terra. Ela tinha uma aparência selvagem e rochosa, contudo, à medida que me aproximava, percebi traços de cultivo. Avistei embarcações próximas ao litoral, e me vi subitamente conduzido de volta à vizinhança do homem civilizado. Tracei cuidadosamente as curvas da terra e saudei um campanário que finalmente vi saindo de trás de um pequeno promontório. Como eu estava em um estado de extrema debilidade, resolvi navegar diretamente em direção à cidade, pois era o lugar onde eu poderia me alimentar mais facilmente. Felizmente, eu tinha dinheiro comigo. Quando contornei o penhasco, vi uma cidade pequena e bem cuidada junto a um bom porto, no qual entrei, com o coração acelerado de alegria por minha fuga inesperada.

Enquanto estava ocupado consertando o barco e arrumando as velas, muitas pessoas se aglomeraram no local. Pareciam muito surpresas com a minha aparência, porém, em vez de me oferecer alguma assistência, sussurravam entre eles com gestos que, em qualquer outra ocasião, teriam me causado uma leve sensação de medo. Dessa forma, eu apenas notei que falavam inglês, e então me dirigi a eles nessa língua:

— Meus amigos — disse —, poderiam fazer a gentileza de me dizer o nome desta cidade, e de me informar onde estou?

— Saberá disso muito em breve — respondeu um homem com tom rude. — Talvez tenha chegado a um lugar que não será muito de seu agrado, e não será consultado quanto aos seus aposentos, isso eu lhe garanto.

Eu estava muito surpreso em receber uma resposta tão rude de um estranho, e desconcertado ao perceber os rostos bravos e enrugados de seus companheiros.

— Por que me responde de forma tão grosseira? — argumentei. — Certamente não é o costume dos ingleses receber forasteiros com tão pouca hospitalidade.

— Eu não sei — disse o homem — qual deve ser o costume dos ingleses, mas é costume de irlandeses odiar vilões.

Enquanto esse estranho diálogo continuava, percebi que a multidão aumentava rapidamente. Seus rostos expressavam um misto de curiosidade e raiva que me irritava e me alarmava em certo grau. Perguntei qual era o caminho da hospedaria, mas ninguém me respondeu. Eu então segui em frente, e um murmúrio surgiu da multidão quando eles me seguiram e me cercaram.

Foi então que um homem mal-encarado se aproximou, segurou o meu ombro e disse:

— Venha, senhor, deve me seguir até a casa do sr. Kirwin para dar uma satisfação.

— Quem é sr. Kirwin? Por que devo dar-lhe uma satisfação? Este não é um país livre?

— Sim, senhor, livre para a gente honesta. O sr. Kirwin é nosso magistrado, e o senhor prestará contas da morte de um cavalheiro que foi assassinado ontem à noite.

Essa resposta me alarmou; ainda assim, logo me recuperei. Era inocente, e isso poderia ser facilmente provado. Eu segui o meu condutor em silêncio e fui levado para uma das melhores casas da cidade. Estava a ponto de desmaiar de fadiga e fome, porém, estando cercado por uma multidão, achei prudente juntar todas as minhas forças para que nenhuma debilidade física pudesse ser interpretada como apreensão ou culpa consciente. Mal esperava eu a calamidade que, em poucos instantes, me assolaria e aniquilaria em horror e desespero todo o medo de infâmia ou da morte.

Devo fazer uma pausa aqui, pois exige todas as minhas forças relembrar a memória dos assustadores eventos que estou para relatar em detalhes.

CAPÍTULO XXI

245

Logo fui apresentado ao magistrado, um velho e benevolente homem de trato sereno e afável. Ele me olhou, no entanto, com um certo grau de severidade, e, voltando-se aos meus guias, perguntou quem havia aparecido como testemunha da ocasião.

Cerca de meia dúzia de homens deram um passo à frente. Quando um deles foi selecionado pelo magistrado, depôs que havia saído para pescar na noite anterior com seu filho e seu cunhado, Daniel Nugent, quando, por volta das dez horas da noite, observaram uma forte rajada de vento vinda do norte e, por esse motivo, dirigiram-se de volta ao porto. Era uma noite muito escura, pois a lua ainda não havia nascido. Eles não desembarcaram no porto, mas sim, como estavam acostumados, em um riacho cerca de três quilômetros abaixo. Ele caminhou primeiro, carregando parte do equipamento de pesca, e seus companheiros o seguiram a certa distância. Quando estava caminhando pelas areias, bateu o pé em alguma coisa e caiu no chão. Seus companheiros se aproximaram para ajudá-lo, e, à luz da lanterna, descobriram que ele havia caído sobre o corpo de um homem que parecia estar morto. Sua primeira suposição foi que se tratava do cadáver de alguém que havia se afogado, e que havia sido jogado no litoral pelas ondas, mas, ao examiná-lo, descobriram que as roupas não estavam molhadas e que o próprio corpo ainda não estava frio. Eles rapidamente o levaram para o chalé de uma senhora perto dali, e tentaram, em vão, trazê-lo de volta à vida. Ele aparentava ser um jovem bonito, com cerca de vinte e cinco anos de idade. Parecia ter sido estrangulado, pois não havia qualquer sinal de violência, a não ser a marca negra de dedos em seu pescoço.

A primeira parte desse depoimento não me interessou nem um pouco, mas quando a marca dos dedos foi mencionada, lembrei do assassinato de meu irmão, e me senti extremamente agitado. As minhas pernas começaram a tremer e a minha visão ficou turva, o que me obrigou a me apoiar em uma cadeira. O magistrado me observava com olhos atentos, e claramente teve uma impressão desfavorável do meu gesto.

O filho confirmou o depoimento do pai, mas quando Daniel Nugent foi chamado, ele jurou que, logo antes da queda de seu companheiro, ele viu um barco com um único homem, a uma curta distância da costa, e, até onde ele pôde julgar pela luz de algumas estrelas, era o mesmo barco no qual eu havia atracado.

Uma mulher depôs que morava perto da praia e que estava em pé na porta do chalé, esperando pelo retorno dos pescadores — cerca de uma hora antes de ouvir sobre a descoberta do corpo —, quando viu um barco com um único homem zarpar daquela parte da costa onde o corpo foi encontrado depois.

Outra mulher confirmou o relato dos pescadores que haviam trazido o corpo para a casa dela; ele não estava frio. Eles o colocaram na cama e o massagearam, e Daniel foi até a cidade para buscar um apotecário, mas a vida dele já estava praticamente extinta.

Vários outros homens foram questionados a respeito do meu desembarque e concordaram que, com o forte vento norte que havia soprado durante a noite, era muito provável que eu tivesse ficado à deriva por muitas horas e tivesse sido obrigado a retornar quase ao mesmo local de onde havia partido. Além disso, eles observaram que eu parecia ter trazido o corpo de outro lugar, e era provável que, como eu não parecia conhecer a costa, poderia ter entrado no porto sem saber a distância da cidade de * * * até o local onde havia desovado o cadáver.

Sr. Kirwin, ao ouvir essa evidência, quis que eu fosse levado à sala onde o corpo havia sido transferido para o enterro com o objetivo de observar o efeito que a visão teria sobre mim. A ideia foi provavelmente sugerida pela extrema agitação que eu mostrara quando o método do assassino foi descrito. Fui então conduzido pelo magistrado e vários outros até a hospedaria. Não pude evitar o choque causado pelas estranhas coincidências que haviam ocorrido durante aquela noite fatídica, mas sabendo que eu estivera conversando com várias pessoas na ilha em que habitava no exato momento em que o corpo foi encontrado, eu permaneci perfeitamente tranquilo quanto às consequências do caso.

Entrei na sala onde o cadáver repousava e fui conduzido ao caixão. Como descrever os meus sentimentos ao ver aquilo? Senti-me definhando com o horror, e nem posso refletir sobre aquele terrível momento sem estremecer de agonia. O exame, a presença do magistrado e as testemunhas passaram como um sonho em minha memória quando vi o corpo sem vida de Henry

Clerval estendido à minha frente. Tentei recuperar o fôlego, e me jogando em direção ao corpo, exclamei:

— Minhas maquinações assassinas também o privaram, meu querido Henry, de sua vida? Dois eu já destruí. Outras vítimas aguardam o seu destino! Mas você, Clerval, meu amigo, meu benfeitor...

Meu corpo humano não podia mais suportar as agonias das provações pelas quais eu passava, então fui carregado para fora da sala com fortes convulsões.

Uma febre sucedeu o fato, e fiquei acamado por dois meses perto da morte. Meus delírios, pelo que ouvi depois, eram assustadores. Eu chamava a mim mesmo de assassino de William, Justine e Clerval. Algumas vezes pedia a meus cuidadores que me ajudassem a destruir o demônio pelo qual eu era atormentado; em outras, eu sentia os dedos do monstro agarrando o meu pescoço, e gritava em agonia e terror. Por sorte, eu falava em minha língua nativa, e apenas o sr. Kirwin me entendia. Porém os meus gestos e os gritos amargos eram suficientes para aterrorizar as demais testemunhas.

Por que eu não morri? Mais miserável que qualquer outro homem jamais foi, por que eu não afundei no esquecimento e no descanso? A morte leva tantas crianças sãs, as únicas esperanças de seus bondosos pais. Quantas noivas e jovens amantes estiveram um dia gozando de plena saúde e esperança e, no outro, eram a presa de vermes e a decadência do túmulo! De que material eu era feito que poderia resistir a tantos choques, que, como a roda do moinho, renovavam continuamente a tortura?

Mas eu estava condenado a viver, e, em dois meses, encontrei-me como se estivesse acordando de um sonho, em uma prisão, estendido em uma cama miserável cercado por carcereiros, chaveiros, ferrolhos e todo o aparato miserável de uma masmorra.

Lembro-me de que era de manhã quando despertei e comecei a compreender: eu havia me esquecido dos detalhes do que tinha acontecido e apenas me sentia como se algum grande infortúnio tivesse me dominado repentinamente, mas quando olhei ao meu redor e vi as janelas gradeadas e a imundície do cômodo em que eu estava, tudo me voltou à memória, e eu gemi amargurado.

Esse som incomodou uma senhora idosa que estava dormindo em uma cadeira ao meu lado. Ela era uma enfermeira contratada, esposa de um dos carcereiros, e o seu semblante expressava todas as más qualidades que geralmente caracterizam essa classe. Os traços de seu rosto eram severos e rudes, como os de pessoas acostumadas a assistir, sem se compadecerem, a cenas de miséria. Seu tom de voz expressava total indiferença. Ela se dirigiu a mim em inglês, e a voz me pareceu a mesma que eu ouvira durante os meus sofrimentos:

— Está melhor agora, senhor? — disse ela.

Respondi no mesmo idioma com uma voz débil:

— Acredito que estou, mas se tudo isso for verdade, se de fato não sonhei, lamento que ainda esteja vivo para sentir essa miséria e esse horror.

— Quanto a isso — respondeu a velha —, se está se referindo ao cavalheiro que assassinou, acredito que seria melhor se estivesse morto, pois imagino que isso será bem difícil para o senhor! De qualquer forma, isso não é da minha conta, pois fui enviada para cuidar do senhor e deixá-lo bem. Cumpro o meu dever com a consciência tranquila, e seria bom se todos fizessem o mesmo.

Eu me afastei com repugnância da mulher que podia proferir um discurso tão insensível para uma pessoa que acabara de ser salva, à beira da morte, mas ainda assim eu me sentia fraco e incapaz de refletir sobre o que havia acontecido. Toda a minha vida me parecia um sonho. Às vezes eu duvidava que tudo fosse verdade, pois ela nunca se apresentou à minha mente com a força da realidade.

À medida que as imagens que flutuavam ao meu redor se tornaram mais distintas, eu entrei em estado febril. Uma escuridão cresceu ao meu redor; não havia ninguém para me acalmar com uma voz gentil e amorosa e nenhuma mão amiga para me apoiar. O médico veio e prescreveu alguns medicamentos, e a velha senhora os preparou para mim; contudo, uma total indiferença era visível no primeiro, e a expressão de brutalidade estava fortemente marcada no rosto da segunda. Quem poderia se interessar pelo destino de um assassino, além do carrasco que vai ganhar o seu pagamento?

Esses foram os meus primeiros pensamentos, mas eu logo descobri que o sr. Kirwin havia mostrado uma extrema gentileza para comigo. Ele fez com que a melhor cela da prisão fosse preparada para mim — deplorável, de fato, mas a melhor —, e foi ele quem havia providenciado um médico e uma enfermeira. É verdade, ele raramente vinha me ver, pois embora desejasse ardentemente aliviar as agonias de toda criatura humana, ele não queria presenciar as agonias e os delírios infelizes de um assassino. Portanto, ele às vezes vinha para se certificar de que eu não estava sendo negligenciado, porém as suas visitas eram curtas, e aconteciam em longos intervalos.

Um dia, enquanto me recuperava gradualmente, eu estava sentado em uma cadeira com os meus olhos semiabertos e as minhas bochechas lívidas como as de um morto. Eu estava vencido pela tristeza e pela miséria, e pensava frequentemente que seria melhor buscar a morte que desejar permanecer em um mundo que, para mim, era repleto de desgraças. Uma vez considerei se não deveria me declarar culpado, e sofrer as penas da lei, menos inocente que Justine havia sido. Tais eram os meus pensamentos quando a porta do meu quarto foi aberta e o sr. Kirwin entrou. Seu rosto expressava simpatia e benevolência, então ele puxou uma cadeira perto da minha e se dirigiu a mim em francês:

— Temo que este lugar seja muito chocante para o senhor. Posso fazer alguma coisa para deixá-lo mais confortável?

— Eu agradeço, mas tudo o que o senhor oferecer não será nada para mim. Em toda a Terra não há nenhum conforto que eu seja capaz de receber.

— Sei que a simpatia de um desconhecido pode não trazer muito alívio para alguém que sente o peso de um estranho infortúnio como o senhor sente. Mas logo deixará, espero, este lugar de melancolia, pois sem dúvida alguma evidência poderá ser facilmente trazida para livrá-lo da acusação criminal.

— Esta é a minha última preocupação. Tornei-me, por uma estranha sequência de eventos, o mais infeliz dos mortais. Perseguido e torturado como sou e tenho sido, pode a morte me fazer algum mal?

— De fato, nada poderia ser mais lamentável e agoniante que as estranhas coincidências que têm ocorrido ultimamente. O senhor foi lançado, por algum acidente surpreendente, em nossa costa, conhecida por sua hospitalidade, e imediatamente preso e acusado de assassinato. A primeira vista que se apresentou aos seus olhos foi o corpo de seu amigo, assassinado de forma tão inexplicável, e colocado, de alguma forma, por algum demônio, em seu caminho.

Quando o sr. Kirwin disse isso, apesar da agitação que senti em retrospecto dos meus sofrimentos, também vivenciei uma considerável surpresa pelo conhecimento que ele parecia ter a meu respeito. Suponho que parte dessa surpresa foi exibida em meu rosto, pois ele se apressou em dizer:

— Imediatamente depois que passou mal, os papéis que estavam em sua posse foram trazidos até mim, e eu os examinei para descobrir alguma pista na esperança de que pudesse enviar aos seus parentes notícias sobre o seu infortúnio e a sua doença. Encontrei muitas cartas, e, entre outras, uma que percebi ser de seu pai. Escrevi imediatamente para Genebra; quase dois meses se passaram desde que enviei a carta. No entanto, o senhor está doente, e mesmo agora ainda treme, por isso não está apto a nenhum tipo de agitação.

— Este suspense é mil vezes pior que o mais terrível evento. Diga-me que nova cena fúnebre se deu, e de quem é o assassinato que devo lamentar agora.

— Sua família se encontra perfeitamente bem — disse o sr. Kirwin com gentileza —, e alguém, um amigo, veio visitá-lo.

Não sei por qual motivo aquela ideia se apresentou, mas instantaneamente me ocorreu que o assassino viera para caçoar de minha infelicidade, e zombar de mim com a morte de Clerval como um novo estímulo para que eu atendesse aos seus desejos infernais. Cobri os meus olhos com as mãos e gritei em agonia:

— Oh, tire-o daqui! Não posso vê-lo. Por Deus, não deixe que ele entre!

O sr. Kirwin me observou com uma expressão preocupada. Não pôde evitar tomar a minha exclamação como uma presunção de culpa, e disse em um tom muito severo:

— Eu pensei, rapaz, que a presença de seu pai seria bem-vinda, em vez de inspirar uma repugnância tão violenta.

— Meu pai! — exclamei, enquanto cada traço e cada músculo do meu rosto passou da angústia ao prazer. — Meu pai realmente veio? Que gentil, como é gentil! Mas onde ele está? Por que não veio logo até mim?

Minha mudança de comportamento surpreendeu e agradou ao magistrado, pois talvez pensasse que a minha exclamação anterior fosse um retorno momentâneo do delírio, e voltou a demonstrar sua bondade anterior. Ele se levantou e saiu do aposento com a enfermeira, e, um momento depois, meu pai entrou.

Nada, naquele momento, poderia ter me dado maior prazer que a chegada de meu pai. Estendi a minha mão para ele e gritei:

— Está seguro, então? E Elizabeth? Ernest?

Meu pai me acalmou ao assegurar-me do bem-estar de todos, e se esforçou, falando sobre essas pessoas tão caras em meu coração, para elevar meu espírito desanimado, mas logo sentiu que uma prisão não pode abrigar alegria.

— Que lugar é este que habita, meu filho! — disse ele, olhando com pesar para as janelas gradeadas e a aparência suja do aposento. — Viajou para encontrar a felicidade, mas uma fatalidade parece sempre estar atrás de você. E o pobre Clerval...

O nome de meu desafortunado amigo assassinado foi uma agitação muito grande para suportar em meu estado frágil, então eu chorei.

— Sim, meu pai! Ai de mim — respondi. — Algum destino dos mais terríveis paira sobre mim, e eu devo viver para cumpri-lo, ou certamente teria morrido no caixão de Henry.

Não nos permitiram conversar por mais tempo, pois a minha saúde precária tornava necessário todo tipo de precaução para garantir tranquilidade. O sr. Kirwin entrou, e insistiu que minhas forças não deveriam ser exauridas por muito esforço. Entretanto, a aparição de meu pai foi para mim como a de meu anjo da guarda, e eu gradualmente recuperei a minha saúde.

Quando a minha doença se foi, eu fui absorvido por uma infeliz e obscura melancolia que nada era capaz de dissipar. A imagem de Clerval estava sempre diante de mim, pálida e cadavérica. Mais de uma vez a agitação que essas reflexões me causavam deixou meus amigos temendo uma perigosa recaída. Oh! Por que preservaram uma vida tão miserável e detestável? Certamente para que eu cumprisse o meu destino, que agora está próximo. Logo, logo, a morte extinguirá essas palpitações e me aliviará do poderoso fardo da angústia que me reduz ao pó, e, ao cumprir a sentença da justiça, eu poderei também descansar. A imagem da morte estava distante, embora o desejo estivesse sempre presente em meus pensamentos. Eu frequentemente me sentava imóvel e calado por horas, desejando que alguma insurreição pudesse enterrar a mim e ao meu destruidor em suas ruínas.

O período dos julgamentos se aproximava. Eu já havia ficado três meses na prisão, e embora estivesse fraco e continuasse em risco de ter uma recaída, fui obrigado a viajar mais de cem quilômetros até a capital do condado, onde situava-se a corte. O próprio sr. Kirwin se encarregou de juntar as testemunhas e organizar a minha defesa. Eu fui poupado da desgraça de aparecer publicamente como um criminoso, pois o caso não foi apresentado diante do tribunal que decidia pela vida ou pela morte. O grande júri indeferiu a acusação ao ser provado que eu estava nas ilhas Órcades no momento em que o corpo de meu amigo fora encontrado, e quinze dias depois da minha transferência, eu fui libertado.

Meu pai ficou extasiado ao me ver livre das aflições de uma acusação criminal, e por ser novamente autorizado a respirar ar fresco e a retornar à minha terra natal. Eu não compartilhava desses sentimentos, e, para mim, as paredes de uma masmorra ou de um palácio eram igualmente detestáveis. O cálice da vida estava envenenado para sempre, e embora o sol brilhasse sobre mim como brilhava sobre os corações felizes, tudo que eu via ao meu redor era uma densa e assustadora escuridão, na qual nenhuma luz penetrava, a não ser o brilho de um par de olhos fixos em mim. Às vezes eram os olhos expressivos de Henry definhando na morte, os orbes escuros quase cobertos pelas pálpebras e os longos cílios negros que os circundavam. Em outras, eram os olhos marejados e enevoados do monstro, da forma que eu os vi da primeira vez no meu quarto em Ingolstadt.

Meu pai tentou despertar em mim sentimentos de afeto. Falou de Genebra, que eu logo visitaria, de Elizabeth e de Ernest, mas essas palavras apenas me arrancavam mais lamúrias. Às vezes, de fato, eu sentia um desejo de felicidade e pensava, com uma alegria melancólica, em minha amada prima, ou desejava, com uma terrível nostalgia, uma verdadeira *maladie du pays*, ver mais uma vez o azul e veloz rio Ródano, que eu tanto gostava quando era criança. Contudo, o meu estado geralmente era apático, e minha prisão era uma cálida residência tão bem-vinda quanto os mais divinos cenários naturais. Esses períodos eram raramente interrompidos, a não ser por paroxismos de angústia e desespero. Nesses momentos, eu frequentemente tentava pôr um fim na existência que eu tanto detestava, e era preciso constante assistência e vigilância para me impedir de cometer algum terrível ato de violência.

Mas ainda me restava um dever, cuja lembrança finalmente triunfou sobre o meu desespero egoísta. Era necessário que eu retornasse sem demora para Genebra para proteger as vidas daqueles que eu tanto amava, e também para esperar pelo assassino, de modo que, caso alguma sorte me levasse ao seu esconderijo, ou se ele tentasse mais uma vez me destruir com a sua presença, eu pudesse infalivelmente pôr fim à existência da monstruosa imagem que eu havia imbuído com o escárnio de uma alma ainda mais monstruosa. Meu pai ainda desejava adiar a nossa partida, temendo que eu não pudesse suportar as fadigas de uma viagem, pois eu estava em frangalhos, e era a sombra de um ser humano. Minhas forças haviam me deixado. Eu era um mero esqueleto, e a febre dia e noite se agarrava ao meu corpo desgastado.

Ainda assim, apressei a nossa saída da Irlanda com tamanha inquietude e impaciência que meu pai pensou ser melhor ceder. Arranjamos uma passagem em um navio que estava a caminho de Havre de Grace, e navegamos com um bom vento desde o litoral irlandês. Era meia-noite quando eu me deitei no deque observando as estrelas e ouvindo o quebrar das ondas. Saudei a escuridão que tirou a Irlanda da minha vista, e meu coração bateu com uma alegria febril com o pensamento de que logo veria Genebra. Lembranças do passado vieram até mim como um pesadelo; no entanto, o navio em que eu estava, o vento que me soprava para longe do detestável litoral da Irlanda e o mar que me cercava diziam-me com firmeza que eu não havia sido enganado por uma visão, e que Clerval, meu amigo e querido companheiro, havia sido uma vítima minha e do monstro que eu criara. Revivi a minha vida inteira em minha memória — a minha silenciosa felicidade enquanto residia com minha família em Genebra, a morte de minha mãe e a minha partida para Ingolstadt. Lembrei-me, com arrepios, do insano entusiasmo que me apressou na criação de meu horrendo inimigo, e trouxe à mente a noite em que ele ganhou a vida. Eu era incapaz de seguir uma linha de pensamento, mil sentimentos me pressionaram, e então eu chorei amargamente.

Desde que me recuperei da febre, havia adquirido o hábito de tomar todas as noites uma pequena quantidade de láudano, pois era apenas por meio dessa droga que eu era capaz de obter o descanso necessário para a preservação da vida. Oprimido pelas lembranças de meus vários infortúnios, eu ingeri o dobro da quantidade habitual, e logo caí em um sono profundo. No entanto, dormir não me deu refúgio contra os pensamentos e a infelicidade, e os meus sonhos mostraram mil imagens de pavor para mim. Perto do amanhecer, eu fui possuído por um tipo de pesadelo. Senti o demônio me agarrar pelo pescoço, e não conseguia me libertar. Lamentações e gritos soaram em meus ouvidos. Meu pai, que estava cuidando de mim, ao perceber a minha inquietude, acordou-me. As impetuosas ondas ao redor, o céu nublado acima, o demônio não estava ali. Um sentimento de segurança de que uma trégua havia sido estabelecida entre o presente momento e o irresistível e desastroso futuro deram-me um tipo de esquecimento calmo, ao qual a mente humana, por sua estrutura, é peculiarmente suscetível.

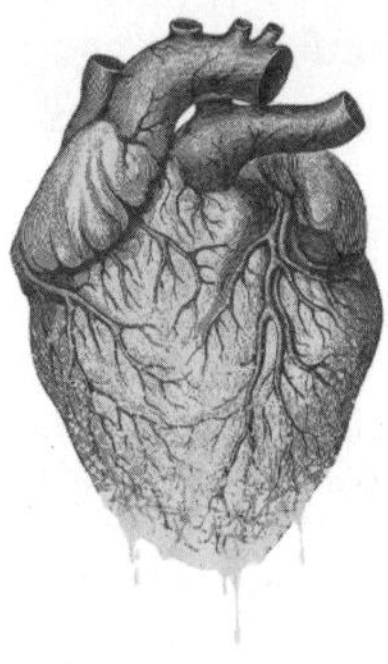

CAPÍTULO XXII

A viagem chegou ao fim. Desembarcamos e seguimos para Paris. Eu logo descobri que havia abusado de minhas forças, e que deveria repousar antes de seguir a viagem. A atenção e os cuidados de meu pai eram incansáveis, mas ele não sabia qual era a origem de meus sofrimentos, e procurou métodos equivocados para remediar a incurável doença. Ele queria que eu buscasse alguma diversão na sociedade, porém eu odiava o rosto humano. Oh, odiar, não! Eles eram meus irmãos, meus semelhantes, e eu era atraído até pelo mais repulsivo entre eles, como criaturas de natureza angelical e mecanismo celestial. Entretanto eu sentia que não tinha direito algum de estar em seu convívio. Eu havia libertado um inimigo, cuja alegria era derramar o sangue deles e se deleitar em seus dolorosos gemidos. Como todos eles me odiariam e caçariam se soubessem sobre os meus atos iníquos, e sobre os crimes que tinham em mim sua fonte!

Meu pai finalmente aquiesceu ao meu desejo de evitar a sociedade, e tentou, com vários argumentos, banir o meu desespero. Por vezes ele pensava que eu senti muito profundamente a degradação de ser obrigado a responder a uma acusação de assassinato, e se esforçava para me provar a futilidade do orgulho.

— Ah, meu pai — disse eu. — Quão pouco o senhor me conhece. Seres humanos, seus sentimentos e paixões seriam de fato degradados se um infeliz como eu sentisse orgulho. Justine, a pobre e infeliz Justine era tão inocente quanto eu, e sofreu a mesma acusação. Ela morreu por isso, e eu sou a causa... eu a matei. William, Justine e Henry... todos eles morreram por minhas mãos.

Meu pai, durante o tempo em que estive preso, frequentemente me ouvia repetir a mesma afirmação. Quando eu me acusava, ele às vezes parecia desejar uma explicação; em outras, aparentava considerar aquilo um resquício dos delírios que eu tivera, como se, durante o tempo em que fiquei doente, alguma ideia desse tipo tivesse surgido em minha imaginação e dela restasse uma lembrança preservada na convalescência. Eu evitava explicar e mantive um contínuo silêncio sobre a desgraça que havia criado. Convenci-me de que eu seria considerado um louco, e apenas isso teria sido suficiente para selar os meus lábios para sempre. Mas, além disso, eu não tinha coragem de revelar um segredo que encheria o meu ouvinte de consternação, e faria com que o horror e o medo sobrenatural invadissem o seu peito. Venci, então, a minha impaciente sede por simpatia, e fiquei calado quando teria dado o mundo para confidenciar o meu segredo fatal. Contudo, palavras como as que eu registrei saíram incontrolavelmente de mim. Não podia oferecer explicação alguma sobre elas, mas a sua verdade aliviou, em parte, o fardo de minha misteriosa tristeza.

Nessa ocasião, meu pai disse, com uma expressão estupefata:

— Meu querido Victor, que loucura é essa? Meu caro filho, eu peço que nunca mais faça uma afirmação como essa novamente.

— Não estou maluco — exclamei energicamente. — O sol e os céus, que viram as minhas ações, são testemunhas da minha verdade. Sou eu o assassino das mais inocentes vítimas. Eles morreram por minhas maquinações. Mil vezes eu teria dado o meu próprio sangue para salvar as suas vidas, mas eu não poderia, meu pai, realmente eu não poderia sacrificar toda a raça humana.

A conclusão dessa fala convenceu o meu pai de que a minha mente estava desequilibrada, e ele mudou instantaneamente o assunto de nossa conversa e se esforçou para alterar a direção de meus pensamentos. Ele queria, tanto quanto possível, obliterar a memória do que havia acontecido na Irlanda, e nunca falava sobre isso, nem me fazia sofrer falando de meus infortúnios.

Com o passar do tempo, eu me tornei mais calmo. A infelicidade havia feito morada em meu coração, e eu não falava mais de forma incoerente sobre os meus próprios crimes, pois a consciência deles já era suficiente para mim. Reprimindo os meus sentimentos com grande violência, refreei a imperiosa voz da infelicidade que às vezes queria se declarar para o mundo inteiro, e o meu comportamento estava mais calmo e tranquilo do que jamais estivera desde a minha viagem ao mar de gelo.

Poucos dias antes de deixar Paris e seguir para a Suíça, recebi a seguinte carta de Elizabeth:

Meu caro amigo,

Foi com o maior prazer que recebi uma carta de meu tio vinda de Paris. Você não está mais a uma distância tão formidável, e espero vê-lo em menos de quinze dias. Meu pobre primo, quanto você deve ter sofrido! Acredito que vou vê-lo com uma aparência ainda mais doentia do que quando deixou Genebra. Passei o inverno com muita infelicidade, sentindo-me torturada pelo suspense ansioso. Ainda assim, espero ver a paz em seu rosto e descobrir que o seu coração não está totalmente vazio de conforto e tranquilidade.

No entanto, temo que os mesmos sentimentos que o deixaram tão infeliz um ano atrás ainda existam, e que foram até mesmo aumentados com o tempo. Não vou incomodá-lo agora, quando tantos infortúnios pesam sobre você, mas uma conversa que tive com meu tio antes de ele partir torna necessária alguma explicação antes de nos vermos.

Explicação!, você pode dizer. O que Elizabeth tem a explicar? Se realmente disser isso, minhas perguntas serão respondidas e todas as minhas dúvidas serão satisfeitas. Mas você está distante de mim, e é possível que sinta receio, e, ao mesmo tempo, deseje essa elucidação. Na probabilidade de que isso aconteça, não ouso mais adiar a escrita daquilo que durante a sua ausência frequente desejei lhe dizer, todavia nunca tive a coragem de começar.

Você bem sabe, Victor, que a nossa união era o plano favorito de seus pais desde a nossa infância. Isso nos foi dito quando éramos jovens, e nos ensinaram a esperar por isso como um evento que certamente aconteceria. Fomos companheiros afetuosos de brincadeiras durante a infância, e, acredito, amigos queridos e valiosos um para o outro quando crescemos. Entretanto, assim como um irmão e uma irmã geralmente nutrem uma afeição viva um pelo outro sem desejar uma união mais íntima, não seria este também o nosso caso? Diga-me, meu querido Victor. Responda-me, eu peço, em nome de nossa felicidade mútua com a mais simples verdade: você não ama outra pessoa?

Você viajou, passou vários anos de sua vida em Ingolstadt, e eu confesso a você, meu amigo, que quando o vi tão infeliz no último outono, fugindo para a solidão e da companhia de toda criatura, eu não pude evitar imaginar que poderia lamentar a nossa conexão, e se ver obrigado a honrar os desejos de seus pais, embora esses se opusessem às suas inclinações. Contudo esse raciocínio é falso. Eu confesso a você, meu amigo, que o amo, e que, em meus sonhos sobre o futuro, você tem sido o meu constante companheiro. Mas é a sua felicidade que eu desejo tanto quanto a minha quando declaro que o nosso casamento me deixaria eternamente infeliz, a menos que fosse fruto de sua livre escolha. Mesmo agora eu choro ao pensar que, devastado como está pelos mais cruéis infortúnios, você pode sufocar, pela palavra *honra*, toda esperança, amor e felicidade que por si o restaurariam a quem era. Eu, que tenho uma afeição tão genuína por você, posso aumentar a sua infelicidade dez vezes, sendo um obstáculo para os seus desejos. Ah, Victor! Esteja certo de que sua prima e companheira de brincadeiras tem por você um amor sincero demais para não ficar infeliz com essa suposição. Seja feliz, meu amigo. E se me atender neste simples pedido, tenha certeza de que nada no mundo terá o poder de interromper a minha tranquilidade.

Não deixe que esta carta o perturbe, e não responda amanhã, no dia seguinte ou até estar de volta, se isso lhe causar dor. Meu tio enviará notícias sobre a sua saúde, e se eu vir nada além de um sorriso em seus lábios quando nos encontrarmos, ocasionado por esse ou qualquer outro ato meu, não precisarei de nenhuma outra felicidade.

Elizabeth Lavenza

Genebra, 18 de maio de 17—

Esta carta reavivou em minha memória o que eu antes havia esquecido, a ameaça do demônio. "*Estarei com você em sua noite de núpcias!*" Essa era minha sentença, e naquela noite o demônio utilizaria de todas as artimanhas para me destruir e me separar de qualquer visão de felicidade que prometia consolar parcialmente os meus sofrimentos. Era naquela noite que ele havia decidido consumar os seus crimes com a minha morte. Bem, que assim seja. Uma luta mortal certamente ocorreria, da qual, se ele saísse vitorioso, eu ficaria em paz e o seu poder sobre mim acabaria. Se ele fosse derrotado, eu seria um homem livre. Oh, Deus! Que liberdade? A liberdade de que o camponês desfruta quando a sua família é massacrada diante de seus olhos, seu chalé é queimado, suas terras são devastadas e ele fica sem rumo, sem teto, sem dinheiro e sozinho, mas livre. Essa seria a minha liberdade, exceto pelo fato de que em minha Elizabeth eu possuía um tesouro, infelizmente equilibrado pelos horrores do remorso e da culpa que me perseguiriam até a morte.

Doce e amada Elizabeth! Li e reli a sua carta, e alguns sentimentos suaves entraram em meu coração e ousaram sussurrar sonhos paradisíacos de amor e alegria. Mas a maçã já fora comida, e o braço do anjo me afastava de toda a esperança. Mesmo assim, eu ainda morreria para fazê-la feliz. Se o monstro cumprisse com a sua ameaça, a morte era inevitável, e então novamente eu refleti se o meu casamento aceleraria o meu destino. Minha destruição poderia, de fato, chegar alguns meses mais cedo, mas se meu torturador suspeitasse que eu havia adiado a minha união influenciado por suas ameaças, ele certamente encontraria outros, e talvez piores, meios de se vingar. Ele havia jurado *estar comigo em minha noite de núpcias*, mas não havia considerado aquela ameaça como uma obrigação de paz nesse meio-tempo, pois, para me mostrar que ele ainda não havia saciado a sua sede de sangue, ele assassinou Clerval imediatamente após o anúncio de suas ameaças. Resolvi, portanto, que se minha imediata união com a minha prima conduziria à felicidade tanto dela quanto de meu pai, os desígnios de meu inimigo contra a minha vida não deveriam retardá-la nem uma hora sequer.

Com esse estado de espírito, escrevi a Elizabeth. Minha carta foi calma e afetuosa.

"Eu temo, minha amada menina", disse, "que reste pouca felicidade para nós nesta terra, mas tudo de que eu um dia posso desfrutar está centrado em você. Mande embora esses medos vãos, apenas a você eu consagro a minha vida e os meus esforços para ser feliz. Tenho um segredo, Elizabeth, um terrível segredo, e quando eu o revelar a você, ele a fará estremecer de horror, e então, longe de se espantar com a minha infelicidade, vai apenas se perguntar como foi que sobrevivi ao que passei. Confiarei a você esta história de infelicidade e terror no dia seguinte ao nosso casamento, pois, minha doce prima, deve haver uma perfeita confiança entre nós. No entanto, até lá, eu peço a você que não faça menção ou alusão a isso. Eu lhe imploro isso mais que encarecidamente, e sei que me atenderá."

Cerca de uma semana após a chegada da carta de Elizabeth, retornamos a Genebra. A doce menina recebeu-me com calorosa afeição, entretanto havia lágrimas em seus olhos ao ver o meu corpo enfraquecido e a minha face febril. Também vi uma mudança nela. Estava mais magra e havia perdido muito daquela vivacidade celestial que antes me encantava, mas a sua gentileza e seus suaves olhares de piedade a tornaram uma companheira mais adequada para alguém tão arruinado e miserável como eu.

A tranquilidade da qual eu agora desfrutava não durou. As memórias trouxeram loucura consigo, e quando eu pensava no que havia acontecido, uma insanidade real tomava conta de mim. Algumas vezes eu ficava furioso, ardendo de raiva, e em outras ficava triste e abatido. Não falava ou olhava para ninguém, apenas me sentava imóvel, atordoado pelas muitas misérias que me atingiram.

Apenas Elizabeth tinha o poder de me salvar desses acessos, pois a sua voz gentil me acalmava quando dominado pela ira, e me inspirava com sentimentos humanos quando afundado na inércia. Ela chorava comigo e por mim, e quando eu voltava à razão, ela protestava e esforçava-se para me inspirar resignação. Ah! É bom para os desafortunados se resignar, mas para a culpa não há paz. As agonias do remorso envenenam o luxo que, de outra forma, pode às vezes ser encontrado em ceder ao excesso de tristeza.

Pouco tempo depois de minha chegada, meu pai falou de meu casamento imediato com Elizabeth. Permaneci em silêncio.

— Então, você tem outra paixão?

— Não há mais ninguém no mundo. Eu amo Elizabeth, e anseio nossa união com alegria. Marque a data, e eu me consagrarei, na vida ou na morte, à felicidade de minha prima.

— Meu querido Victor, não fale desta forma. Grandes infelicidades recaíram sobre nós, mas vamos nos apegar ao que nos resta, e transferir o nosso amor por aqueles que perdemos para aqueles que ainda vivem. Nosso círculo será pequeno, mas muito próximo pelos laços do afeto e do infortúnio mútuo. E quando o tempo tiver amenizado o seu desespero, novos e caros objetos de cuidado nascerão para substituir aqueles de quem fomos tão cruelmente privados.

Essas foram as lições de meu pai, porém a lembrança da ameaça me voltou à mente, e você nem pode imaginar que, onipotente como estava sendo o demônio em seus atos sanguinários, eu quase o enxergava como um ser invencível. Assim, quando ele pronunciou as palavras "*Eu estarei com você em sua noite de núpcias*", eu deveria enxergar o destino ameaçado como inevitável. Mas a morte não me representava nenhum mal, se posta na balança contra a perda de Elizabeth. Então, com uma expressão satisfeita e até alegre, concordei com o meu pai que, se a minha prima consentisse, a cerimônia ocorreria em dez dias, e dessa forma, como imaginei, o meu destino seria selado.

Bom Deus! Se por um instante eu tivesse imaginado qual seria a intenção infernal de meu adversário demoníaco, eu teria me exilado para sempre de minha terra natal, e perambulado como um pária sem nenhum amigo sobre a terra, em vez de consentir com aquele casamento miserável. No entanto, como se possuísse algum poder mágico, o monstro havia me cegado quanto a suas reais intenções, e quando pensei que havia preparado apenas a minha própria morte, acabei por apressar a de uma vítima muito mais querida.

À medida que a data de nosso casamento se aproximava, fosse por covardia ou uma sensação profética, senti o meu coração afundar dentro de mim. Entretanto, escondi os meus sentimentos atrás de uma aparência de alegria, o que trouxe sorrisos e contentamento ao rosto de meu pai, porém não enganava o olhar sempre atento e mais afiado de Elizabeth. Ela esperava pela nossa união com um contentamento plácido, não sem um certo temor, que os infortúnios passados haviam causado, de que o que agora parecia ser uma certa e tangível felicidade poderia logo se dissipar em um sonho etéreo e não deixar qualquer traço a não ser um profundo e perpétuo arrependimento.

As preparações para o evento estavam sendo feitas. Visitas congratulatórias foram recebidas, e todos tinham uma aparência sorridente. Eu calei, tão bem quanto pude, a ansiedade que se agarrava ao meu coração, e entrei com aparente fervor nos planos de meu pai, embora eles servissem apenas como decorações para a minha tragédia. Através dos esforços dele, uma parte da herança de Elizabeth fora recuperada para ela do governo austríaco, assim, uma pequena propriedade às margens do Como pertencia a ela. Concordamos que, imediatamente após a nossa união, seguiríamos para a Villa Lavenza e passaríamos os nossos primeiros dias de felicidade ao lado do belo lago perto de onde ela estava situada.

Nesse meio-tempo, tomei todas as precauções para defender-me, caso o demônio me atacasse abertamente. Eu carregava constantemente pistolas e um punhal, e estava sempre atento para evitar artifícios; por esses meios, obtive um grau maior de tranquilidade. De fato, conforme o período se aproximava, a ameaça parecia mais uma ilusão que não deveria ser considerada digna de perturbar a minha paz, enquanto a felicidade que eu esperava em meu casamento adquiria uma maior aparência de certeza, à medida que o dia marcado para sua celebração se aproximava e eu ouvia continuamente falar dele como um evento que nenhum acidente poderia impedir.

Elizabeth parecia feliz, e meu comportamento tranquilo contribuiu muito para acalmar a sua mente. Mas no dia em que cumpriríamos os seus desejos e o meu destino ela estava melancólica, e um mau pressentimento a invadiu. Talvez ela também estivesse pensando no terrível segredo que eu prometera revelar no dia seguinte. Meu pai, por sua vez, estava exultante, e, na agitação dos preparativos, só conseguia ver no abatimento de sua sobrinha a insegurança de uma noiva.

Depois que a cerimônia foi realizada, um grande grupo se reuniu na casa de meu pai, mas estava acordado que Elizabeth e eu deveríamos começar a nossa viagem por água, dormindo aquela noite em Évian, e continuando nossa jornada no dia seguinte. O clima estava bonito, o vento favorável, e tudo contribuía para o nosso embarque nupcial.

Esses foram os últimos momentos da minha vida em que desfrutei do sentimento de felicidade. Viajamos rapidamente. O sol estava quente, mas estávamos protegidos de seus raios por uma espécie de dossel, enquanto apreciávamos a beleza do cenário — às vezes em um lado do lago, onde víamos o Salève, as agradáveis margens do Montalègre e, ao longe, acima de tudo, o belo Mont Blanc e o conjunto de montanhas nevadas que tentam em vão imitá-lo; em outras, costeando as margens opostas, víamos o poderoso Jura, opondo seu lado sombrio aos ambiciosos que abandonariam o seu país natal e formando uma barreira quase intransponível para o invasor que desejasse escravizá-lo.

Tomei a mão de Elizabeth:

— Está triste, meu amor. Ah! Se soubesse o que sofri, e o que ainda hei de passar, você se esforçaria para me deixar saborear a quietude e liberdade do desespero, que ao menos este único dia me permite desfrutar.

— Alegre-se, meu querido Victor — respondeu Elizabeth. — Não há nada, espero, que possa perturbá-lo. Tenha certeza de que, mesmo se uma alegria vivaz não está estampada em meu rosto, meu coração está contente. Ouço um sussurro que me diz para não me apegar demais ao mundo que agora se abre diante de nós, mas não vou dar ouvidos a uma voz tão sinistra. Veja quão rápido nos movemos, e como as nuvens, que às vezes obscurecem e às vezes se elevam sobre o topo do Mont Blanc, deixam esta vista de belezas ainda mais interessante. Veja também os inúmeros peixes nadando nas águas limpas, onde podemos distinguir cada pedregulho que se encontra no fundo. Que dia divino! Quão feliz e serena toda a natureza parece estar!

Assim, Elizabeth esforçou-se para distanciar seus pensamentos e os meus de toda reflexão sobre assuntos melancólicos. Contudo, o seu humor estava flutuante, a alegria brilhou por alguns momentos em seus olhos, e logo depois deu lugar à distração e ao devaneio novamente.

O sol estava se pondo. Passamos pelo rio Dranse e observamos o seu caminho através dos abismos das colinas mais altas e dos vales mais baixos. Os Alpes ali se aproximam do lago, e nos acercamos do anfiteatro de montanhas que forma a sua fronteira leste. O campanário de Évian brilhava sob os bosques que o cercavam, dominado pela imponente cordilheira que se erguia em sucessivas camadas atrás dele. O vento, que até então nos levava com uma rapidez surpreendente, diminuiu ao pôr do sol e se tornou uma brisa leve. O ar suave apenas agitava a água e causava um movimento agradável entre as árvores à medida que nos aproximávamos da margem, de onde vinha o mais delicioso aroma de flores e feno. O sol se pôs abaixo do horizonte quando desembarcamos, e, quando toquei a costa, senti reviverem as preocupações e os temores que logo me envolveriam e me prenderiam para sempre.

CAPÍTULO XXIII

Eram oito horas da noite quando desembarcamos. Caminhamos por um curto tempo na margem desfrutando da luz momentânea, e então nos recolhemos na pousada e contemplamos a adorável paisagem das águas, bosques e montanhas, obscurecida na escuridão, mas ainda mostrando seus sombrios contornos.

O vento que havia se acalmado no sul agora se levantava com grande violência no oeste. A lua atingiu o seu pico no céu e estava começando a descer, enquanto as nuvens o atravessaram mais rápido que o voo do abutre, obscurecendo seus raios, ao passo que o lago refletia a cena no céu agitado, e estava ainda mais inquieto pelas ondas que começavam a subir. De repente, uma forte tempestade começou a cair.

Eu havia estado calmo durante o dia, mas assim que a noite assombrou o formato das coisas, mil temores se levantaram em minha mente. Eu estava ansioso e inquieto, e a minha mão direita agarrava uma pistola que estava escondida em meu peito. Todo som me terrorizava, mas eu decidi que entregaria a minha vida ternamente e não fugiria do conflito até que a minha própria vida, ou a de meu adversário, fosse extinta.

Elizabeth observou a minha agitação por algum tempo em um tímido e temeroso silêncio, porém havia alguma coisa em meu olhar que lhe indicava terror, então ela perguntou trêmula:

— O que é que o inquieta, meu caro Victor? Do que é que você tem medo?

— Oh! Paz, paz, meu amor — respondi. — Só mais esta noite e tudo estará resolvido. Mas esta noite é terrível, muito terrível.

Passei uma hora nesse estado de espírito, quando, de repente, refleti sobre quanto o combate que eu esperava momentaneamente seria assustador para a minha esposa, e roguei que ela se recolhesse, decidindo não me juntar a ela até que eu obtivesse algum conhecimento sobre a situação do meu inimigo.

Ela me deixou, e então eu continuei andando para cima e para baixo pelos corredores da casa por mais algum tempo, inspecionando todos os cantos que poderiam servir de esconderijo para o meu adversário. Entretanto, não encontrei nenhum vestígio dele, e comecei a supor que algum feliz acaso tivesse intervindo para impedir o cumprimento de suas ameaças, quando, de repente, ouvi um grito estridente e assustador. Ele vinha do quarto no qual Elizabeth havia se recolhido. No momento em que ouvi aquele clamor, a verdade me atingiu, meus braços não se sustentaram mais, e o movimento de meus músculos e fibras desapareceram. Eu podia sentir o sangue escorrendo lentamente em minhas veias e um formigamento nas extremidades de meus membros. Este estado durou apenas um instante; foi quando o bramido se repetiu, e eu corri para o quarto.

Bom Deus! Por que eu não morri ali? Por que estou aqui para relatar a destruição da minha maior esperança e da criatura mais pura da terra? Ela estava ali, sem vida e inanimada, jogada na cama, com sua cabeça pendendo para fora e seu rosto pálido e distorcido semicoberto pelo cabelo. Para todo lado que eu olho, vejo a mesma figura — os seus braços sem sangue e seu corpo desfalecido arremessados pelo assassino em seu leito nupcial. Como eu poderia ver isso e sobreviver? Ai de mim! A vida é obstinada, e se agarra onde é mais odiada. Por um momento apenas perdi os sentidos e caí inconsciente no chão.

Quando me recuperei, estava rodeado pelas pessoas da pousada. Seus rostos expressavam um horror de perder o fôlego, porém o pavor deles parecia apenas uma zombaria, uma sombra dos sentimentos que me oprimiam. Escapei para o quarto onde estava o corpo de Elizabeth, o meu amor, a minha esposa há pouco viva, tão amada e tão digna. Ela havia sido movida da posição em que eu a tinha visto antes, e agora, da forma que estava, com a cabeça sobre o braço e com um lenço cobrindo o rosto e o pescoço, eu poderia dizer que ela estava dormindo. Corri para ela e a abracei com ardor, mas a sua languidez mortal e a frieza de seus membros me disseram que o que eu agora segurava em meus braços não era mais a Elizabeth que eu amava e estimava, e a sua respiração não mais saía por entre seus lábios.

Enquanto eu ainda estava debruçado sobre ela na agonia do desespero, acabei olhando para cima. As janelas do quarto antes estavam fechadas, e senti uma espécie de pânico ao ver a pálida luz amarela da lua iluminando o cômodo. As venezianas haviam sido abertas e, com uma sensação de horror indescritível, vi na abertura uma figura horrenda e abominável. Um sorriso estava estampado no rosto do monstro, e ele parecia zombar, enquanto, com seu dedo diabólico, apontava para o cadáver de minha esposa. Corri para a janela, e, sacando uma pistola de meu peito, disparei. Mas ele escapou de mim, pulou de seu posto e, correndo com a rapidez de um raio, mergulhou no lago.

O som da pistola trouxe uma multidão ao quarto. Apontei para o lugar onde ele desaparecera e seguimos o seu rastro de barco. Redes foram jogadas, mas em vão. Várias horas se passaram, e retornamos sem esperança. A maioria de meus companheiros acreditava que a figura havia sido um produto de minha imaginação. Após o desembarque, eles continuaram a busca pelo campo com grupos seguindo em diferentes direções por entre os bosques e vinhedos.

Tentei acompanhá-los, e segui a uma curta distância da casa, mas a minha cabeça girava e os meus passos eram como os de um bêbado. Eu senti finalmente um estado de extrema exaustão, uma sombra cobriu os meus olhos e a minha pele estava definhando com o calor febril. Fui carregado de volta nesse estado e colocado em uma cama, quase inconsciente do que havia acontecido. Os meus olhos correram pelo quarto como se procurassem algo que eu havia perdido.

Depois de um intervalo, eu me levantei e, como que por instinto, rastejei para o quarto onde estava o cadáver de minha amada. Havia mulheres chorando em volta dela, então inclinei-me sobre ele e juntei as minhas tristes lágrimas às delas. Todo esse tempo eu não tinha nenhuma ideia distinta, pois os meus pensamentos iam em diferentes direções, refletindo sobre os meus infortúnios e a sua causa. Eu estava atordoado, envolto em uma nuvem de espanto e horror. A morte de William, a execução de Justine, o assassinato de Clerval, e, por último, o de minha esposa — mesmo naquele momento, eu não sabia se os amigos que me restavam estavam a salvo da maldade do monstro. Meu pai poderia estar naquele momento sob suas garras, e Ernest poderia estar morto a seus pés. Essa ideia me fez tremer, e me chamou de volta à ação. Eu me levantei e decidi voltar a Genebra o mais rápido possível.

Não havia cavalos para alugar, e eu precisava voltar pelo lago, porém o vento não estava favorável e a chuva caía torrencialmente. No entanto, era quase manhã, e eu esperava chegar até o cair da noite. Contratei homens para remar, e peguei em um dos remos eu mesmo, pois sempre senti um alívio do tormento mental ao me exercitar. Entretanto, a infelicidade transbordante que eu agora sentia, e o excesso de agitação que havia suportado, me deixaram incapaz de qualquer esforço. Joguei o remo no barco, e, inclinando a minha cabeça sobre as mãos, dei vazão a cada ideia sombria que surgia. Se olhava para cima, via as cenas familiares de tempos mais felizes que havia contemplado no dia anterior, acompanhado por aquela que agora era apenas a sombra de uma memória. Lágrimas escorreram de meus olhos. A chuva havia cessado por um momento, e eu vi os peixes brincarem na água como haviam feito algumas horas antes. Eles haviam sido observados por Elizabeth. Nada é tão doloroso para a mente humana quanto uma grande mudança repentina. O sol pode brilhar, ou as nuvens podem se condensar, mas nada seria para mim como no dia anterior. Um demônio havia roubado de mim toda a esperança de felicidade futura. Nenhuma criatura jamais estivera tão infeliz quanto eu, pois um evento tão terrível era único na história da humanidade.

No entanto, por que eu deveria me estender sobre os incidentes que se seguiram a esse último evento avassalador? A minha história tem sido terrível. Ela atingiu o seu ápice, e o que devo relatar agora pode ser tedioso para o senhor. Saiba que, um a um, os meus amigos foram tirados de mim, e eu fui deixado sozinho e desolado. Minhas próprias forças foram exauridas, e eu devo dizer, em algumas palavras, o que resta de minha horrenda narrativa.

Cheguei em Genebra. Meu pai e Ernest ainda estavam vivos, mas o primeiro sucumbiu ao ouvir as notícias que eu trazia. Eu ainda posso vê-lo, excelente e venerável homem! Seus olhos vagavam no vazio, pois eles haviam perdido o encanto e a alegria — sua Elizabeth, que era mais que uma filha, a quem ele dera todo o amor que um homem sente no declínio da vida, quando, tendo poucos afetos, agarra-se avidamente àqueles que restam. Maldito, maldito seja o demônio que trouxe a infelicidade a seus cabelos grisalhos e o condenou à miséria! Ele não podia viver sob os horrores que se acumulavam ao seu redor. A fonte da vida logo secou, ele foi incapaz de se levantar da cama, e, em alguns dias, morreu em meus braços.

O que eu havia me tornado? Não sei, perdi os sentidos, e as únicas sensações que me assolavam eram as de escuridão e de correntes presas a mim. Às vezes, de fato, eu sonhava que perambulava em prados floridos e belos vales com os amigos de minha juventude; contudo, ao acordar, eu me via em uma masmorra. A melancolia se seguia, mas eu gradualmente ganhei um claro entendimento de minhas infelicidades e minha situação, e fui libertado de minha prisão. Tomaram-me como louco, e, por muitos meses, pelo que entendi, uma cela solitária havia sido a minha morada.

A liberdade, no entanto, havia sido um presente inútil para mim, se eu não tivesse despertado para a razão, e ao mesmo tempo para a vingança. À medida que a memória de meus infortúnios se forçou sobre mim, eu comecei a refletir sobre a sua causa — o monstro que eu havia criado, o demônio miserável que eu havia libertado no mundo para a minha destruição. Fui possuído por um ódio enlouquecedor quando pensei nele, e desejei e rezei ardentemente para que eu pudesse tê-lo em meu alcance, e executar uma grande e marcante vingança sobre sua maldita cabeça.

Meu ódio não se confinou por muito tempo a desejos inúteis, e logo comecei a refletir nos melhores meios de capturá-lo, e para esse propósito, cerca de um mês depois de minha soltura, fui a um juiz criminal na cidade e disse a ele que tinha uma acusação a fazer, que sabia quem era o destruidor de minha família e que exigia que ele exercesse toda sua autoridade para a prisão do assassino.

O magistrado me ouviu com atenção e gentileza:

— Esteja certo disso, senhor — disse ele —, que nenhuma dor ou esforço de minha parte serão poupados para descobrir o vilão.

— Eu agradeço — respondi. — Ouça, então, o depoimento que preciso dar. É, de fato, uma história tão estranha que temo que o senhor não lhe daria crédito se não houvesse nela alguma verdade que, embora fantástica, obriga à convicção. O relato é demasiado coerente para ser confundido com um sonho, e não tenho motivos para mentir.

Minha maneira de falar enquanto me dirigia a ele era impressionante, mas calma. Eu havia firmado em meu coração a resolução de perseguir o meu destruidor até a morte, e esse propósito aquietou a minha agonia, e, por um período, reconciliou-me com a vida. Relatei a minha história com brevidade, mas com firmeza e precisão, marcando as datas com exatidão, e nunca me desviando com injúrias ou exclamações.

No início, o magistrado pareceu perfeitamente incrédulo, mas conforme continuei, ele se tornou mais atento e interessado. Eu o vi estremecer de horror algumas vezes, e em outras, um vívido assombro, não maculado pela descrença, estava pintado em seu rosto.

Ao concluir a minha narrativa, eu disse:

— É esse o ser que eu acuso, e por cuja prisão e punição eu clamo, no exercício de todo o seu poder. É seu dever como magistrado, e acredito e espero que seus sentimentos como homem não se revoltarão contra a execução de suas funções nesta ocasião.

Este discurso causou uma mudança considerável na fisionomia de meu próprio auditor. Ele havia ouvido a minha história com aquele tipo de crença que se dá a uma história de espíritos e eventos sobrenaturais, mas quando foi chamado a agir oficialmente, toda a maré de sua incredulidade voltou. Ele, no entanto, respondeu suavemente:

— Eu lhe daria de bom grado toda a ajuda em sua perseguição, mas a criatura de quem o senhor fala parece ter poderes que colocariam em xeque todos os meus esforços. Quem pode seguir um animal que consegue atravessar o mar de gelo e habitar cavernas e covas onde nenhum homem se atreveria a entrar? Além disso, já se passaram alguns meses desde o cometimento de seus crimes, e ninguém pode imaginar para que lugar ele se deslocou ou que região ele pode habitar agora.

— Não duvido que ele está próximo do local onde moro, e se ele de fato se refugiou nos Alpes, pode ser caçado como um caprino e abatido como um animal feroz. Mas percebo os seus pensamentos, e vejo que o senhor não dá crédito à minha narrativa e não pretende perseguir o meu inimigo com o castigo que ele merece.

Enquanto eu falava, o ódio brilhou em meus olhos, e o magistrado ficou intimidado:

— O senhor se engana — disse ele. — Eu colocarei os meus esforços nisso, e se estiver em meu poder capturar o monstro, ele sofrerá a punição proporcional aos seus crimes. Mas eu temo, pelo que o senhor mesmo descreveu como sendo as propriedades dele, que isso se provará impraticável. Portanto, enquanto todas as medidas cabíveis são tomadas, o senhor deveria se preparar para a decepção.

— Isso não pode acontecer, porém tudo o que eu disser será de pouca ajuda. Minha vingança não tem importância para o senhor. Contudo, ao mesmo tempo que admito que seja uma obsessão, confesso que é a única e devoradora obstinação de minha alma. Meu ódio é indescritível quando penso que o assassino, a quem eu deixei à solta em meio à sociedade, ainda existe. O senhor me nega um justo pedido, então tenho apenas um recurso, por isso me devotarei, na vida ou na morte, à destruição dele.

Eu tremia com o excesso de agitação ao dizer isso. Havia um frenesi em minha fala e, não duvido, algo daquela altiva ferocidade que se diz que os mártires de antigamente possuíam. Entretanto, para um magistrado de Genebra, cuja mente estava ocupada com ideias muito diferentes das de devoção e heroísmo, essa elevação da mente tinha muito mais a aparência de loucura. Ele se esforçou para me acalmar, como faz uma ama com uma criança, e considerou a minha história um efeito do delírio.

— Homem! — exclamei. — Como é ignorante em sua pretensão de sabedoria! Pare, o senhor não sabe o que diz.

Saí da casa enraivecido e perturbado, e me recolhi para pensar em algum outro plano de ação.

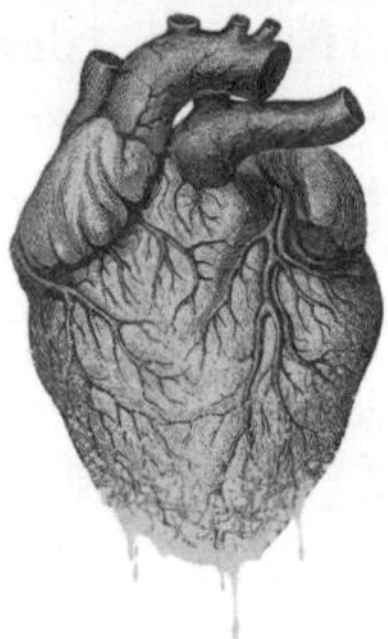

CAPÍTULO XXIV

Minha situação no momento era uma na qual todo pensamento voluntário era engolido e perdido. Fui apressado pela fúria, e a vingança por si só me havia dado forças e compostura. Ela moldou os meus sentimentos e me permitiu ser calculista e calmo em períodos em que, de outra forma, o delírio ou a morte teriam sido o meu destino.

Minha primeira decisão foi deixar Genebra para sempre. O meu país que me era tão caro quando eu era feliz e amado, agora, em meio à adversidade, havia se tornado detestável. Eu providenciei uma soma de dinheiro, junto a algumas joias que pertenceram à minha mãe, e parti.

Agora as minhas andanças começaram, e só terminarão quando a minha vida se extinguir. Atravessei uma grande parte da terra e suportei todas as dificuldades que viajantes, em países desertos e bárbaros, acabam por encontrar. Mal sei como estou vivo. Muitas vezes alonguei meus membros falhos em planícies arenosas e rezei pela morte. Mas a vingança me manteve vivo, e não ousei morrer e deixar o meu adversário à solta.

Quando deixei Genebra, a minha primeira tarefa foi encontrar alguma pista que me ajudaria a rastrear os passos de meu demoníaco inimigo. Mas meu plano era instável, e eu perambulei por várias horas nos confins da cidade, incerto sobre qual caminho seguir. À medida que a noite se aproximava, eu me vi na entrada do cemitério onde William, Elizabeth e meu pai repousavam. Entrei e me aproximei do jazigo que tinha seus túmulos. Tudo estava silencioso, exceto pelas folhas das árvores que eram gentilmente agitadas pelo vento. A noite estava quase escura, e a cena teria parecido solene e afetaria mesmo o observador mais desinteressado. Os espíritos daqueles que partiram pareciam sobrevoar aquele lugar e lançar uma sombra — sentida, mas não vista — sobre a cabeça do enlutado.

O profundo pesar que essa cena me suscitou no início logo deu lugar à raiva e ao desespero. Eles estavam mortos, e eu vivia. Seu assassino também estava vivo, e para destruí-lo eu deveria arruinar a minha própria e cansativa existência. Ajoelhei-me na grama e beijei a terra, e com lábios trêmulos exclamei:

— Pela terra sagrada em que me ajoelho, pelas sombras que vagam ao meu redor, pelo profundo e eterno luto que sinto, eu juro; e por ti, ó noite, e pelos espíritos que presidem a ti, perseguir o demônio que causou toda esta miséria, até que ele ou eu pereçamos em um conflito mortal. Em nome deste propósito eu preservarei a minha vida para executar essa bela vingança. Eu mais uma vez irei encarar o sol e pisar na relva verde sobre a terra, que de outra forma deveriam sumir da minha visão para sempre. Eu vos chamo, espírito dos mortos, e a vós, vagantes ministros da vingança, para que me ajudem e conduzam em minha tarefa. Que o maldito e infernal monstro beba da agonia, e que ele sinta o desespero que agora me atormenta.

Comecei a minha súplica com solenidade e um temor que quase me assegurou de que as sombras de meus amigos assassinados ouviram e aprovaram a minha devoção. Mas a fúria me dominou quando terminei, e a raiva sufocou a minha fala.

Obtive resposta através da quietude da noite por uma alta e demoníaca risada. Ela soou gravemente em meus ouvidos e ecoou nas montanhas, e eu senti como se o inferno me rodeasse com zombaria e gargalhadas. Certamente naquele momento eu deveria ter sido possuído por um delírio e acabado com a minha miserável existência, mas o meu juramento havia sido ouvido, e eu estava reservado para a vingança. O riso esvaneceu, e uma conhecida e terrível voz, aparentemente próxima ao meu ouvido, dirigiu-se a mim em um sussurro audível:

— Estou satisfeito, miserável infeliz! Está determinado a viver e eu estou satisfeito.

Corri em direção ao local de onde vinha o som, mas o demônio escapou de meu alcance. De repente, a grande lua surgiu e brilhou revelando a sua forma horrível e distorcida, enquanto ele fugia com uma velocidade além da mortal.

Eu o segui, e por muitos meses essa tem sido a minha missão. Guiado por uma pista frágil, eu segui a correnteza do Reno, mas em vão. O Mediterrâneo azul apareceu, e por um estranho acaso, uma noite eu vi o monstro entrar e se esconder em uma embarcação que estava a caminho do Mar Negro. Embarquei no mesmo navio, mas ele escapou, e eu não sei como.

Pelas regiões selvagens da Tartária[31] e da Rússia, embora ele tenha escapado de mim, eu segui seu rastro. Algumas vezes,

31. Tartária era um nome usado por europeus para designar uma grande região da Ásia Central e Setentrional. O termo era utilizado desde a Idade Média até o século XX. Ela se estendia do Mar Cáspio e das Montanhas Urais até o Oceano Pacífico. O nome Tartária vem dos tártaros, um grupo étnico turcomano. (N. do E.)

aldeões assustados por sua horrível aparência me indicaram seu caminho, e às vezes ele mesmo, temendo que se eu o perdesse totalmente me desesperaria e morreria, deixava alguma marcação para me guiar. A neve descia sobre a minha cabeça, e eu vi a sua grande pegada impressa na planície branca. Para quem está iniciando agora a vida, a quem a preocupação é uma novidade e a agonia é desconhecida, como podem entender o que senti e ainda sinto? Frio, carência e fadiga eram as menores dores que eu estava destinado a suportar. Eu havia sido amaldiçoado por algum demônio, e carregava comigo o meu eterno inferno, mas um espírito bondoso seguia-me e direcionava os meus passos, e, quando eu murmurava além da conta, ele subitamente me livrava daquilo que parecia uma dificuldade insuperável. Às vezes, quando estava na natureza vencido pela fome, afundava na exaustão, e um repasto era preparado para mim no deserto, o que me restaurava e inspirava. A comida era, de fato, rústica, como a que os camponeses comiam; no entanto, eu não duvido que tenha sido colocada ali pelos bons espíritos que eu havia invocado para que me ajudassem. Muitas vezes, quando tudo estava árido, os céus limpos e eu sedento, uma pequena nuvem cobria o céu e derramava algumas gotas que me reanimavam, desaparecendo em seguida.

Eu seguia, quando possível, o curso dos rios, mas o demônio geralmente os evitava, pois era onde a maior parte da população de uma região se juntava. Em outros lugares, seres humanos eram raramente vistos, e eu geralmente subsistia dos animais selvagens que apareciam em meu caminho. Eu tinha dinheiro comigo, e ganhava a amizade de alguns aldeões distribuindo-o — ou trazia comigo algum alimento que havia caçado, e que, depois de tirar uma pequena parte, dava como presente àqueles que me deram fogo e utensílios para cozinhá-lo.

Minha vida passou dessa forma, sendo de fato detestável para mim, e era durante o meu sono, sozinho, que eu conseguia experimentar alguma alegria. Oh, abençoado sono! Frequentemente, quando mais me sentia infeliz, eu me deitava para repousar, e meus sonhos me embalavam ao ponto do êxtase. Os espíritos que me guardavam haviam providenciado esses momentos de alegria, ou melhor, horas, para que eu pudesse reter forças para terminar a minha peregrinação. Se privado desse alívio, eu teria me afundado sob essas dificuldades. Durante o dia, eu era sustentado e inspirado pela esperança da noite, pois era em meus devaneios que eu via os meus amigos, minha esposa e meu amado país. Novamente eu via o rosto benevolente de meu pai, ouvia a voz melodiosa de minha Elizabeth, e via Clerval gozando de sua boa saúde e juventude. Frequentemente, exaurido por uma caminhada árdua, eu me convencia de que estava sonhando até que a noite chegasse, e eu poderia então aproveitar a realidade nos braços de meus queridos amigos. Que carinho agonizante eu sentia por eles! Como eu me agarrava a eles, quando às vezes assombravam as minhas horas desperto e me convenciam de que ainda estavam vivos! Nesses momentos, a vingança queimava dentro de mim, morria em meu coração, e eu seguia o meu caminho em direção à destruição do demônio mais como uma tarefa dada pelos céus, um impulso mecânico de algum poder do qual eu não tinha ciência, do que como o desejo ardente de minha alma.

O que ele sentia ao ser perseguido, eu não sei. Às vezes, de fato, ele deixava inscrições entalhadas no tronco das árvores ou cravadas nas pedras que me guiavam e instigavam a minha fúria:

Meu reinado ainda não chegou ao fim — essas palavras estavam legíveis em uma das inscrições —; *você vive e meu poder é completo.*

Siga-me. Eu busco o gelo eterno do Norte, onde você sentirá a miséria do frio e da geada, à qual sou imune. Encontrará perto daqui, se não tardar, uma lebre morta. Coma e reabasteça-se. Venha, meu inimigo, ainda precisamos lutar por nossas vidas, mas muitas horas difíceis e infelizes você ainda terá que suportar até que esse momento chegue.

Diabo desdenhoso! Mais uma vez eu juro vingança, mais uma vez o condeno, demônio miserável, à tortura e à morte. Nunca desistirei de minha busca até que ele ou eu pereçamos, e então, com êxtase, me juntarei à minha Elizabeth e aos meus amigos que se foram, que mesmo agora preparam para mim a recompensa de meu tedioso esforço e minha terrível peregrinação!

Conforme seguia a minha jornada em direção ao norte, a neve se tornou mais espessa, e o frio aumentou em um grau quase severo demais para suportar. Os aldeões se fecharam em suas cabanas, e apenas uns poucos dos mais valentes se aventuravam a sair para capturar animais que haviam sido forçados pela fome a retirar-se para buscar alguma presa. Os rios estavam cobertos de gelo, e nenhum peixe podia ser visto; e assim, eu fui privado de meu principal meio de sustento.

O triunfo de meu inimigo aumentou com a dificuldade de meus esforços. Uma inscrição que ele deixou continha estas palavras:

Prepare-se! Suas dificuldades apenas começaram. Enrole-se em casacos de pele e arranje comida, pois partiremos para uma jornada em que seus sofrimentos satisfarão o meu ódio eterno.

Minha coragem e perseverança foram revigoradas por essa zombaria. Eu decidi que não falharia em meu propósito, e, pedindo que os céus viessem ao meu auxílio, continuei a atravessar os imensos desertos com um ardor inabalável, até que o oceano apareceu ao longe e formou o limite máximo do horizonte. Ah, como era diferente dos mares azuis do Sul! Coberto de gelo, apenas se distinguia da terra por sua selvageria e irregularidade superiores. Os gregos choraram de alegria quando contemplaram o Mediterrâneo das colinas da Ásia, e saudaram em êxtase o limite de seus ofícios. Eu não chorei, mas me ajoelhei, e com um coração cheio, agradeci ao meu espírito-guia por me conduzir em segurança para o local onde eu esperava, apesar das provocações do meu inimigo, encontrá-lo e enfrentá-lo.

Algumas semanas atrás, eu arranjei um trenó e cães, e então atravessei as neves com uma velocidade inconcebível. Não sei se o demônio possuía as mesmas vantagens, mas descobri que, da forma que eu antes perdia terreno diariamente na perseguição, eu agora o alcançava. Quando vi o oceano pela primeira vez, ele estava a apenas um dia de viagem de distância, e eu esperava interceptá-lo antes que alcançasse a praia. Com a coragem renovada, portanto, segui em frente, e em dois dias cheguei a um vilarejo paupérrimo à beira-mar. Questionei os habitantes sobre o demônio, e consegui informações exatas. Um monstro gigante, disseram eles, havia chegado na noite anterior, munido de uma arma de fogo e vários revólveres. Ele expulsou os moradores de um chalé solitário com sua terrível aparência, levou o estoque de comida para o inverno colocando-o em um trenó, e, para puxá-lo, pegou uma numerosa alcateia de cães treinados, prendeu-os e, para a alegria dos aldeões pávidos, seguiu viagem pelo mar na mesma noite em uma direção que não levava a terra alguma. Eles imaginaram que o demônio seria rapidamente destruído pelo rompimento do gelo ou congelado pelo frio eterno.

Ao ouvir essa informação, sofri um acesso temporário de desespero. Ele havia escapado de mim, e eu deveria começar uma destrutiva e quase interminável jornada através das geleiras montanhosas do oceano, em meio ao frio que poucos dos habitantes podiam suportar por um longo tempo, e ao qual eu, nativo de um clima ameno e ensolarado, não poderia esperar sobreviver. No entanto, diante da ideia de deixar o monstro viver e sair triunfante, o meu ódio e a vingança retornaram, e, como uma poderosa onda, sobrepujaram todos os outros sentimentos. Após um breve descanso durante o qual os espíritos dos mortos me rodeavam e me instigavam a trabalhar e a me vingar, preparei-me para a minha jornada.

Troquei o meu trenó terrestre por um feito para as assimetrias do oceano congelado, e depois de comprar um bom estoque de provisões, parti da terra em direção ao mar.

Não sei dizer quantos dias se passaram desde então, mas suportei uma miséria que nada além de um sentimento perpétuo de uma justa retribuição queimando em meu coração poderia ter me capacitado a suportar. Imensas montanhas de gelo irregulares frequentemente barravam a minha passagem, e eu ouvia o ressoar do mar que ameaçava me destruir abaixo de mim. Mas novamente o gelo veio e fez os caminhos do mar mais seguros.

Pela quantidade de provisões que eu havia consumido, imagino que tenham se passado três semanas nessa jornada. A contínua prostração da esperança voltando ao meu coração frequentemente fazia pingar gotas amargas de desalento e tristeza de meus olhos. O desespero havia, de fato, quase agarrado sua presa, e eu logo deveria sucumbir a essa infelicidade. Uma vez, depois que os pobres animais que me levavam chegaram, com um impressionante esforço, ao topo de uma escorregadia montanha de gelo, e um deles, sucumbindo ao cansaço, morreu, eu observei angustiado a extensão diante de mim, até que meus olhos localizaram um ponto escuro sobre a planície sombria. Forcei a minha visão para descobrir o que poderia ser aquilo e dei um grito selvagem de êxtase ao distinguir um trenó e as proporções distorcidas de uma forma bem conhecida dentro dele. Oh, com que ardente entusiasmo a esperança voltou ao meu coração! Lágrimas quentes encheram os meus olhos, as quais rapidamente limpei para que não me atrapalhassem na vista que eu tinha do demônio. Porém, a minha visão ainda estava turva pelas gotas, até que, dando vazão às emoções que me oprimiam, eu chorei alto.

Contudo, não era hora para atrasos. Libertei os cães de seu companheiro morto, dei a eles uma generosa porção de comida, e depois de uma hora de descanso, que era absolutamente necessária, mas que ainda me pareceu amargamente incômoda, segui a minha rota. O trenó ainda estava visível, e não o perdi mais, exceto nos momentos em que, por um curto período de tempo, alguma rocha de gelo o escondia com seus penhascos intercalados. De fato, eu estava ganhando terreno, e quando, após quase dois dias de jornada, eu vi meu inimigo a não mais que dois quilômetros de distância, meu coração disparou em meu peito.

Mas agora, quando quase parecia ter o inimigo a meu alcance, minhas esperanças foram subitamente extintas, e eu o perdi completamente, como nunca antes. Ouvi o rugido do mar revolto — o estrondo de seu avanço, enquanto as águas se revolviam e se agitavam abaixo de mim, tornava-se cada vez mais ameaçador e terrível. Eu segui em frente, mas em vão. O vento começou a soprar, o oceano rugiu, e, com o poderoso choque de um terremoto, ele se abriu e rachou com um tremendo e impressionante som. O trabalho logo estaria terminado. Em poucos minutos, uma imensidão tumultuada estava entre mim e meu inimigo, e eu fui deixado à deriva em um pedaço de gelo diminuindo cada vez mais e preparando para mim uma terrível morte.

Muitas horas apavorantes se passaram assim; vários de meus cães morreram e eu mesmo estava prestes a afundar sob o acúmulo de estresse, quando vi a sua embarcação ancorada me dando esperanças de socorro e vida. Eu não fazia ideia de que navios chegavam tão longe ao norte, e fiquei atordoado com a visão. Rapidamente destruí partes de meu trenó para construir remos, e dessa forma pude, à custa da fadiga, mover o meu frágil bloco de gelo em direção ao seu barco. Eu havia decidido, caso o senhor estivesse indo para o sul, confiar na misericórdia dos mares em vez de abandonar o meu propósito. Eu tinha esperanças de convencê-lo a me dar um de seus botes para que eu perseguisse o meu inimigo. Mas o senhor estava indo para o norte. Trouxe-me a bordo quando meu vigor estava quase extinto, e eu logo teria sucumbido, sob múltiplas dificuldades, a uma morte que eu até o momento temo... pois a minha missão ainda não está terminada.

Oh! Quando o meu espírito-guia, ao me conduzir ao demônio, me permitirá o descanso que tanto desejo? Ou terei eu de morrer, enquanto ele vive? Se eu morrer, jure para mim, Walton, que ele não escapará, e que você o buscará e satisfará a minha vingança com a sua morte. E eu me atrevo a pedir-lhe que execute a minha peregrinação, que suporte as dificuldades pelas quais passei? Não, não sou tão egoísta. No entanto, quando eu estiver morto, se ele aparecer, se os ministros da vingança o conduzirem até você, jure que ele não viverá. Jure que ele não triunfará sobre os meus infortúnios acumulados e sobreviverá para aumentar a lista de seus crimes sombrios. Ele é eloquente e persuasivo, e uma vez suas palavras tiveram poder até mesmo sobre o meu coração, mas não confie nele. Sua alma é tão infernal quanto a sua forma, cheia de traição e maldade demoníaca. Não lhe dê ouvidos. Invoque os nomes de William, Justine, Clerval, Elizabeth, de meu pai e do miserável Victor, e enfie a sua espada no coração dele. Eu estarei por perto e direcionarei o punhal com precisão.

•••

Walton, em continuação

26 DE AGOSTO DE 17—

Você leu essa estranha e terrível história, Margaret, e não sente o sangue congelar de horror, da mesma forma que ainda agora gela o meu? Às vezes, tomado por uma súbita agonia, ele não era capaz de continuar a sua história. Em outras, a sua voz quebrada, mas ainda pungente, pronunciava com dificuldade as palavras tão repletas de angústia. Seus belos e adoráveis olhos ora se iluminavam com indignação, ora eram subjugados pela dor e pela tristeza, e se apagavam com uma infinita infelicidade. Às vezes ele controlava o seu rosto e o tom de voz, e relatava os mais horríveis incidentes com uma voz tranquila, reprimindo qualquer traço de agitação; então, como um vulcão em erupção, a sua face subitamente mudava para uma expressão da mais selvagem raiva, enquanto gritava insultos ao seu perseguidor.

A história dele é coerente, e contada com uma aparência da mais simples verdade, mas eu confesso que foram as cartas de Félix e Safie, que ele me mostrou, e a aparição do monstro visto do nosso navio que me trouxeram uma maior convicção da verdade de sua narrativa do que suas declarações, embora sinceras e coerentes. Um monstro desses realmente existe! Não posso duvidar, mas ainda estou perdido em surpresa e admiração. Por vezes tentei fazer com que Frankenstein me falasse sobre os detalhes da construção da criatura, mas, quanto a isso, ele foi inexorável.

— Está maluco, meu amigo? — disse ele. — Para onde essa curiosidade sem sentido o levará? Também criaria para si e para o mundo um inimigo demoníaco? Não, não! Aprenda com a minha miséria, e não procure aumentar a sua.

Frankenstein descobriu que eu havia tomado notas de sua história. Ele pediu para vê-las, e ele mesmo corrigiu e até aumentou os detalhes em várias partes, principalmente para dar vida e alma às conversas que ele teve com seu inimigo.

— Já que preservou a minha narrativa — disse ele —, eu não gostaria que uma versão mutilada fosse para a posteridade.

Assim, uma semana se passou enquanto eu ouvia sobre a história mais estranha que a imaginação poderia formar. Meus pensamentos e cada sentimento em minha alma embeveceram-se com o interesse por meu convidado, criado por essa história e pelas suas próprias maneiras nobres e gentis. Eu queria consolá-lo, mas posso eu aconselhar alguém tão infinitamente infeliz, tão destituído de toda a esperança de consolação, a viver? Oh, não! A única alegria que ele poderá experimentar será o apaziguamento de seu espírito destroçado na paz e na morte. Mas desfruta de um conforto, descendente de sua solidão e de seu delírio. Acredita que, em seus sonhos, ele conversa com os seus amigos, e deriva dessa comunhão o consolo para as suas infelicidades ou os estímulos para a sua vingança; sente que eles não são a criação de sua imaginação, mas os próprios seres que o visitam das terras de um mundo remoto. Essa fé confere uma solenidade a seus devaneios, que os torna, para mim, quase tão imponentes e interessantes quanto a verdade.

Nossas conversas nem sempre são limitadas à sua própria história e infortúnios. Em todos os pontos da literatura geral, ele demonstra conhecimento ilimitado e uma apreensão rápida e penetrante. Sua eloquência é convincente e comovente. Não posso ouvi-lo, seja quando relata um incidente patético ou se esforça para mover as paixões da piedade ou do amor, sem que lágrimas me venham aos olhos. Que gloriosa criatura ele deve ter sido em seus dias de prosperidade, quando é tão nobre e divino em sua ruína! Ele parece sentir o seu próprio valor e a grandeza de sua queda.

— Quando era mais jovem — disse ele — eu acreditava que estava destinado a algum grande empreendimento. Meus sentimentos são profundos, mas eu possuía uma frieza de julgamento que me tornava apto a realizar conquistas ilustres. Esse sentimento do valor de minha natureza me apoiava quando outros teriam se sentido oprimidos, pois eu considerava criminoso desperdiçar, em mágoas inúteis, esses talentos que poderiam ser proveitosos para os meus semelhantes. Quando refletia sobre o trabalho que havia concluído, nada menos que a criação de um animal sensível e racional, não consegui me classificar entre os projetores comuns. Mas esse pensamento que me sustentou no começo de minha carreira agora me serve apenas para lançar-me ao pó. Todas as minhas especulações e esperanças não são nada, e, como o arcanjo que aspirava à onipotência, estou acorrentado a um inferno eterno. Minha imaginação era vívida, mas o meu poder de análise e aplicação eram intensos pela união dessas qualidades, então concebi essa ideia e executei a criação de um homem. Mesmo agora, eu não posso me lembrar sem paixão de meus devaneios enquanto o meu trabalho estava incompleto. Eu podia tocar o céu com meus pensamentos, ora exultante com os meus poderes, ora queimando com a ideia de seus efeitos. Desde a minha infância, eu era imbuído de grandes esperanças e uma grandiosa ambição; entretanto, como estou arruinado! Oh, meu amigo, se você tivesse me conhecido como eu era, não me reconheceria neste estado de degradação. A tristeza raramente visitava o meu coração, e um destino elevado parecia me carregar, até que eu caí, para nunca, nunca mais me levantar.

Devo perder esse ser admirável? Ansiei por um amigo, procurei alguém que tivesse simpatia e amor por mim. E veja, encontrei nesses mares desertos alguém assim, mas eu temo que o encontrei apenas para conhecer o seu valor, e então perdê-lo. Eu o reconciliaria com a vida, no entanto ele tem repulsa a essa ideia.

— Eu agradeço, Walton — disse ele —, por suas boas intenções para com um ser tão infeliz e miserável, porém quando fala de novos laços, novos afetos, pensa que alguém pode substituir aqueles que se foram? Pode algum homem ser para mim o que Clerval foi? Ou alguma mulher ser para mim como Elizabeth? Mesmo onde as afeições não são movidas fortemente por alguma excelência superior, nossos companheiros de infância sempre possuem um certo poder sobre a nossa mente, que dificilmente algum amigo tardio consegue obter. Eles conhecem as nossas disposições infantis que, ainda que alteradas mais tarde, nunca são erradicadas, e eles podem julgar as nossas ações com conclusões mais certeiras quanto à integridade de nossos motivos. Uma irmã ou irmão nunca pode, a menos que esses sintomas tenham se manifestado muito cedo, suspeitar de uma fraude ou falsidade por parte do outro, enquanto um amigo, por mais apegado que seja, pode, não obstante, ser contemplado com a suspeita. Apesar disso, eu gostava de meus amigos, queridos não somente por hábito ou associação, mas por seus próprios méritos, e onde quer que eu esteja, a calmante voz de minha Elizabeth e as conversas de Clerval sempre serão sussurradas em meus ouvidos. Eles estão mortos, e apenas um sentimento em meio a tamanha solidão pode me convencer a preservar a minha vida. Se eu estivesse envolvido em qualquer projeto ou desígnio, carregado de extensa utilidade para os meus semelhantes, então eu poderia viver para cumpri-lo. No entanto, este não é meu destino. Devo perseguir e matar o ser ao qual dei a existência; então o meu fado na terra estará cumprido, e eu poderei morrer.

2 DE SETEMBRO

Minha querida irmã,

Escrevo a você cercado pelo perigo e sem saber se estou condenado a nunca mais ver a minha amada Inglaterra, e ainda mais amados amigos que nela habitam. Estou sitiado por montanhas de gelo que não permitem nenhuma fuga, e ameaçam a cada momento destruir a minha embarcação. Os bravos marinheiros que convenci a serem meus companheiros olham para mim em busca de ajuda, mas eu não tenho nada a oferecer. Há algo terrivelmente assustador em nossa situação, mas a minha coragem e esperança não me abandonam. Porém, ainda é terrível a reflexão de que as vidas de todos esses homens estão em perigo por minha causa. Se estamos perdidos, meus planos insanos são o motivo.

E como, Margaret, ficará a sua mente? Não ouvirá sobre a minha destruição e aguardará ansiosamente por meu retorno. Anos se passarão, e será visitada pelo desespero, e ainda torturada pela esperança. Oh, minha amada irmã, falhar com as suas sinceras expectativas é, em perspectiva, mais terrível para mim que a minha própria morte. Mas você tem um marido e filhos adoráveis, então pode ser feliz. Que o céu a abençoe e a faça feliz!

Meu desafortunado convidado me observa com a mais terna compaixão. Ele se esforça para me dar esperanças, e fala como se a vida fosse uma posse que ele valorizasse. Ele me recorda frequentemente de que acidentes desse tipo ocorreram com outros navegantes que se aventuraram nesses mares, e, apesar de mim mesmo, me enche de bons presságios. Até os marinheiros sentem o poder de sua eloquência, pois quando ele fala, eles esquecem o desespero. O meu amigo desperta as energias deles, e, enquanto ouvem a sua voz, acreditam que essas vastas montanhas de gelo são morros como os feitos por toupeiras que cavam uma toca e que desaparecem sob a vontade do homem. Esses sentimentos são passageiros. Cada dia de expectativa os enche de medo, e eu estou a ponto de temer um motim causado por esse desespero.

5 DE SETEMBRO

Uma cena de interesse deveras incomum acaba de se passar, e embora seja altamente provável que esses papéis nunca cheguem até você, ainda assim não posso deixar de registrá-la.

Ainda estamos cercados por montanhas de gelo, ainda em perigo iminente de sermos esmagados em uma possível colisão. O frio é excessivo, e muitos de meus pobres camaradas encontraram um túmulo em meio a essa cena de desolação. A saúde de Frankenstein tem decaído cada dia mais: um fogo febril ainda brilha em seus olhos, mas ele está exausto, e, quando é animado por algum esforço, rapidamente se afunda de novo, quase sem vida.

Mencionei em minha carta anterior meus medos quanto a uma rebelião. Esta manhã, enquanto observava o pálido rosto de meu amigo — seus olhos semiabertos, e seus membros pendentes e apáticos —, fui abordado por meia dúzia de marinheiros que exigiam acesso à cabine. Eles entraram, e o seu líder se dirigiu a mim. Disse que ele e seus companheiros haviam sido nomeados pelos outros para me fazer uma requisição, que, em justiça, eu não poderia negar. Estávamos emparedados pelo gelo, e provavelmente nunca escaparíamos, mas eles temiam que, tanto quanto possível, se o gelo se dissipasse e uma passagem se abrisse, eu seria teimoso o suficiente para continuar a minha viagem, e levá-los a novos perigos, depois de terem, felizmente, superado este em que estamos. Eles insistiram, portanto, que eu deveria fazer uma promessa solene: se a embarcação fosse liberada, eu imediatamente mudaria o curso em direção ao sul.

Esse discurso me perturbou. Eu não havia me desesperado, nem havia considerado a ideia de retornar caso ficássemos livres. Entretanto eu poderia, visando a justiça, ou mesmo a possibilidade, recusar este pedido? Hesitei antes de responder; Frankenstein, que estava em silêncio até então, e, de fato, parecia quase não ter força suficiente para compreender, agora estava desperto. Seus olhos brilhavam e suas bochechas estavam coradas com o vigor momentâneo. Voltando-se aos homens, ele disse:

— O que estão dizendo? O que pedem de seu capitão? Serão tão facilmente desviados de seu desígnio? Não disseram que esta seria uma gloriosa expedição? E por que gloriosa? Não porque o caminho era suave e plácido como o mar do sul, mas porque era cheio de perigos e terror, porque, a cada novo incidente, sua força seria testada e sua coragem se mostraria, e porque o perigo e a morte a rodeiam, e os senhores seriam bravos para superá-los. Por isso era gloriosa, por isso era uma tarefa honrosa. Depois disso, vocês serão saudados como os benfeitores de sua espécie, seus nomes serão adorados, pertencentes aos homens que encararam a morte pela honra e pelo benefício da humanidade. E agora, vejam, com a primeira imaginação de perigo, ou melhor, o primeiro teste poderoso e terrível de sua coragem, os senhores se encolhem e fogem, e se contentam em serem conhecidos como homens que não foram fortes o suficiente para suportar o clima e o perigo, e então, pobrezinhos, estavam com frio e voltaram para suas lareiras. Bem, isso não requer essa preparação. Não precisavam vir tão longe e arrastar o seu capitão para a vergonha da derrota, meramente para se provarem covardes. Ora, sejam homens, ou sejam mais que homens! Mantenham-se firmes em seu propósito, firmes como rochas. Este gelo não é feito do mesmo material que seu coração. Ele é inconstante, e não pode resistir aos senhores, se disserem que não resistirá. Não voltem para as suas famílias com o estigma da desgraça em suas testas. Retornem como heróis que lutaram e conquistaram, e que não sabem o que é dar as costas ao inimigo.

Ele falou isso com uma voz tão modulada pelos diferentes sentimentos expressados em seu discurso, com olhos tão cheios de um nobre desígnio e heroísmo, que você pode imaginar como esses homens ficaram comovidos. Eles se entreolharam, incapazes de responder. Eu tomei a palavra, falei para se recolherem e pensarem no que fora dito. Prometi que não os levaria mais para o norte, se eles desejassem o contrário tão veementemente, entretanto esperava que, com essa reflexão, sua coragem retornasse.

Eles se retiraram, e eu me voltei para o meu amigo. Porém, ele já havia sucumbido à fadiga, e estava quase sem vida.

Como tudo isso vai terminar, eu não sei, no entanto prefiro morrer do que retornar vergonhosamente, sem cumprir o meu propósito. Contudo, ainda temo que esse será o meu destino. Os homens, sem o sustento dos ideais de glória e honra, podem não continuar de boa vontade a suportar as presentes dificuldades.

7 DE SETEMBRO

A sorte está lançada. Eu consenti em retornar, se não formos destruídos. Assim, as minhas esperanças foram arruinadas pela covardia e indecisão. Retorno ignorante e desapontado. É necessária mais filosofia do que possuo para suportar essa injustiça com paciência.

12 DE SETEMBRO

Já passou. Estou retornando para a Inglaterra. Perdi as minhas esperanças de utilidade e glória, também perdi meu amigo. Ainda assim, vou me esforçar para detalhar essas amargas circunstâncias a você, minha querida irmã, e enquanto estiver sendo levado de volta para a Inglaterra e para você, não desanimarei.

Em 9 de setembro, o gelo começou a se mover, e rugidos semelhantes a um trovão eram ouvidos à distância, enquanto as ilhas se dividiam e rachavam em todas as direções. Estávamos sob o mais iminente perigo, mas, como podíamos apenas permanecer passivos, a minha atenção estava principalmente voltada para o meu pobre amigo, cuja doença havia piorado de tal maneira que ele estava totalmente confinado em sua cama. O gelo se quebrava atrás de nós, e era levado com força para o norte. Uma brisa vinha do oeste, e no dia 11 a passagem em direção ao sul tornou-se perfeitamente livre. Quando os marinheiros viram isso, e que seu retorno ao país de origem era aparentemente certo, soltaram um grito de alegria alto e contínuo. Frankenstein, que estava dormindo, acordou e perguntou a causa do tumulto.

— Estão gritando — respondi — porque logo retornarão à Inglaterra.

— Então, realmente retornará?

— Infelizmente, sim! Não posso contrariar seus pedidos. Não posso levá-los contra a sua vontade em direção ao perigo, e devo retornar.

— Faça isso, se quiser. Mas eu não irei. Pode desistir de seu propósito, mas o meu me foi dado pelo céu, e eu não ouso renunciá-lo. Estou fraco, mas certamente os espíritos que me assistem em minha vingança me darão força suficiente.

Dizendo isso, ele tentou sair da cama, mas o esforço foi demais para seu corpo, então ele caiu para trás e desmaiou.

Levou um longo tempo para que ele se recuperasse, e eu várias vezes pensei que a sua vida estava totalmente extinta. Ele finalmente abriu os olhos; respirava com dificuldade, e era incapaz de falar. O cirurgião deu a ele um sedativo, e ordenou que não o perturbássemos. Nesse meio-tempo, ele me disse que meu amigo certamente não tinha mais do que algumas horas de vida.

Sua sentença estava dada, e eu podia apenas lamentar e ser paciente. Sentei-me ao lado de sua cama, observando-o. Seus olhos estavam fechados, e eu pensei que estivesse dormindo, no entanto ele me chamou com uma voz débil, e me puxando para mais perto, disse:

— Pobre de mim! A força com a qual eu contava se foi. Sinto que morrerei logo, e ele, meu inimigo e perseguidor, continuará vivo. Não pense, Walton, que nos últimos momentos de minha vida eu sinto o ódio queimando, e o ardente desejo de vingança que uma vez expressei, mas sinto que é justo desejar a morte do meu adversário. Nesses últimos dias, estive ocupado em examinar a minha conduta no passado, e não a considero condenável. Em um acesso de loucura exultante criei uma criatura racional, e fui obrigado a garantir-lhe, tanto quanto me fosse possível, a sua felicidade e o seu bem-estar. Esse era o meu dever, mas havia outro mais importante que esse. Meus deveres para com os seres de minha própria espécie precisavam mais de minha atenção, pois incluíam uma maior proporção de felicidade ou miséria. Impelido por essa visão, eu me recusei, e fiz o certo em me recusar a criar uma companheira para a primeira criatura. Ele demonstrou malevolência e egoísmo sem paralelos. Destruiu os meus amigos e dedicou-se à destruição de seres que possuíam sentimentos incríveis, felicidade e sabedoria. Não sei onde essa sede de vingança pode terminar. Miserável por si só, para não tornar mais ninguém miserável, ele deve morrer. A tarefa de destruí-lo era minha, mas eu falhei. Levado por motivos egoístas e perversos, pedi a você que assumisse a minha missão inacabada; renovo o meu pedido, agora induzido apenas pela razão e pela virtude. Mas não posso pedir que renuncie ao seu país e aos seus amigos para cumprir esta tarefa, e agora, voltando à

Inglaterra, terá poucas chances de encontrá-lo. Mas considerando esses pontos, e o equilíbrio do que pode considerar seus deveres, deixo a seu cargo. Meu julgamento e minhas ideias já estão perturbados pela proximidade da morte. Não ouso pedir que faça o que eu acho correto, pois ainda posso ser enganado pela cólera. Que ele viva para ser um instrumento do caos me perturba. Em outros aspectos, esta hora, quando espero pela minha libertação, é o único momento feliz que tive em tantos anos. As almas de meus amados falecidos passam diante de mim, e eu quero ir para os seus braços. Adeus, Walton! Procure a felicidade na quietude e evite a ambição, mesmo que seja apenas a aparente e inocente ambição de ser reconhecido na ciência e nas descobertas. Mas o que estou dizendo? Eu falhei nessas esperanças, mas outro pode ter sucesso.

A voz dele se tornou mais fraca conforme ele falava, e finalmente, exausto com o seu esforço, ele mergulhou no silêncio. Cerca de meia hora depois ele tentou falar novamente, mas não conseguiu, então apertou a minha mão suavemente e seus olhos se fecharam para sempre, enquanto a irradiação de um sorriso gentil desaparecia de seus lábios.

Margaret, que comentário posso fazer sobre a extinção prematura deste glorioso espírito? O que posso dizer para que você entenda a profundidade de minha tristeza? Tudo o que eu poderia expressar seria inadequado e fraco. Minhas lágrimas caem, e minha mente está envolta em uma nuvem de decepção. Entretanto, estou viajando para a Inglaterra, e talvez lá eu encontre consolo.

Estou sendo interrompido. O que esses sons anunciam? É meia-noite, a brisa sopra forte e os vigias no convés mal se mexem. Novamente, há um som como o de uma voz humana, porém mais rouco. Ele vem da cabine onde ainda jaz o corpo de Frankenstein. Preciso me levantar e examinar. Boa noite, minha irmã.

Bom Deus! Que cena acabou de acontecer! Ainda estou atordoado com a lembrança. Nem mesmo sei se tenho poder de detalhá-la, mas a história que registrei ficaria incompleta sem esta espantosa e última catástrofe.

Entrei no compartimento onde estavam os restos mortais de meu malfadado e admirável amigo. Sobre ele pairava uma forma que não consigo encontrar palavras para descrever: gigantesco em estatura, mas rude e distorcido em suas proporções. Enquanto se inclinava sobre o leito de morte, seu rosto estava oculto por longas mechas de cabelo esfarrapado, porém uma grande mão estava estendida, com cor e textura semelhantes às de uma múmia. Quando ouviu o som de minha aproximação, parou de emitir exclamações de dor e horror e correu em direção à janela. Nunca tive uma visão tão horrível como a de seu rosto, de uma feiura tão repugnante e aterrorizante. Fechei os olhos involuntariamente e me esforcei para lembrar quais eram meus deveres em relação a esse destruidor. Pedi que ele ficasse.

Ele parou, olhando para mim com espanto, e, mais uma vez se voltando ao corpo sem vida de seu criador, aparentou esquecer-se de minha presença, e cada expressão e gesto parecia instigado pela mais selvagem raiva de uma cólera incontrolável.

— Ele também é minha vítima! — exclamou. — Em seu assassinato, meus crimes estão consumados. A miserável saga de meu ser está próxima do fim! Oh, Frankenstein! Generoso e devoto ser! De que adianta pedir agora o seu perdão? Eu que o destruí aniquilando tudo o que você amava. Oh, Deus! Ele está frio, e não pode me responder.

Sua voz parecia sufocada, e os meus primeiros impulsos, que me sugeriram o dever de obedecer ao pedido moribundo do meu amigo, e destruir o seu inimigo, estavam agora suspensos por uma mistura de curiosidade e compaixão. Aproximei-me daquele tremendo ser. Não ousei levantar novamente os meus olhos para o seu rosto, pois havia algo muito assustador e sobrenatural em sua feiura. Tentei falar, mas as palavras morreram em meus lábios. O monstro continuou a proferir autocensuras selvagens e incoerentes. Por fim, juntei a determinação para me dirigir a ele em uma pausa na sua fúria:

— Seu arrependimento — falei — agora é supérfluo. Se tivesse ouvido a voz da consciência e se atentasse à angústia do remorso antes de levar sua vingança diabólica a esse extremo, Frankenstein ainda estaria vivo.

— E você está sonhando? — disse o demônio. — Acha que eu estava morto para a agonia e o remorso... Ele — continuou o monstro, apontando para o cadáver — não sofreu na consumação do ato, oh, nem a décima milésima parte da angústia que foi minha durante os persistentes detalhes de sua execução. Um terrível egoísmo me apressou, enquanto o meu coração estava envenenado pelo remorso. Acha que os gemidos de Clerval eram música para os meus ouvidos? Meu coração foi moldado para ser suscetível ao amor e à simpatia, e, quando foi forçado pela miséria ao vício e ao ódio, ele não suportou a violência da mudança sem ser torturado de uma forma que você nem pode imaginar.

"Depois do assassinato de Clerval, voltei para a Suíça de coração partido e abatido. Tive pena de Frankenstein, e meu martírio se transformou em horror, pois passei a abominar a mim mesmo. Entretanto, quando descobri que ele, o autor tanto de minha existência quanto de seus indescritíveis tormentos, ousava esperar pela felicidade; que, enquanto acumulava miséria e desespero sobre mim, buscava seu próprio prazer em sentimentos e paixões cuja indulgência me era para sempre vedada, então a impotente inveja e a amarga indignação me encheram de uma insaciável sede de vingança. Lembrei-me de minha ameaça e decidi que ela deveria ser cumprida. Eu sabia que estava preparando para mim uma tortura mortal, mas eu era o escravo — não o mestre — de um impulso que eu detestava, mas não podia desobedecer. Mas, oh! Quando ela morreu... Não, eu não estava infeliz. Eu havia abandonado todo sentimento, subjugado toda angústia, para revoltar-me no excesso de meu desespero. O mal, desde então, tornou-se meu bem. Instigado até então, não tive escolha a não ser adaptar a minha natureza a um elemento que eu havia escolhido por vontade própria. A realização de meu projeto demoníaco tornou-se uma paixão insaciável. E agora está terminado, aqui está a minha última vítima!"

A princípio, fiquei comovido com as expressões de sua miséria. No entanto, ao me lembrar do que Frankenstein havia dito sobre os seus poderes de eloquência e persuasão, e quando voltei meu olhar ao corpo sem vida de meu amigo, a indignação se reacendeu dentro de mim.

— Desgraçado! — eu disse. — É bom que venha aqui para lamentar a desolação que causou. Você joga uma tocha sobre o que foi erguido e, quando tudo foi consumido pelo fogo, vem se sentar entre as ruínas e lamentar a sua queda. Demônio hipócrita! Se aquele que você lamenta ainda vivesse, ele ainda seria o objeto, e novamente se tornaria a presa de sua maldita vingança. Não é pena que você sente. Apenas lamenta porque a vítima de sua malignidade foi tirada de seu poder.

— Oh, não é isso... Não é isso — interrompeu-me a criatura. — No entanto, essa deve ser a impressão transmitida a você pelo que parece ser o objetivo de minhas ações. Todavia, não procuro um companheiro em minha miséria. Jamais encontrarei simpatia. Quando a busquei pela primeira vez, era o amor pela virtude, os sentimentos de felicidade e afeição com os quais todo o meu ser transbordava, que eu desejava partilhar. Mas agora que a dignidade se tornou para mim uma sombra, e que os júbilos e o afeto se transformaram em um amargo e detestável desespero, em que devo buscar simpatia? Estou satisfeito em sofrer sozinho enquanto os meus sofrimentos perdurarem. Quando eu morrer, estarei contente que a aversão e a desonra carreguem a minha memória. Outrora, minha imaginação se acalmava com sonhos de dignidade, de fama e de prazer. Tive uma vez a falsa esperança de encontrar seres que, ao perdoarem a minha aparência externa, me amariam pelas excelentes qualidades que eu era capaz de revelar. Eu era nutrido por pensamentos elevados de honra e devoção, entretanto, agora o crime me degradou abaixo do animal mais mesquinho. Nenhuma culpa, nenhuma injúria, nenhuma maldade, nenhuma miséria podem ser comparadas à minha. Quando analiso a terrível lista de meus pecados, sou incapaz de acreditar que sou a mesma criatura cujos pensamentos já estiveram repletos de visões sublimes e transcendentes da beleza e da majestade da bondade. Mas é assim que ocorre: o anjo caído se torna um demônio maligno. No entanto, mesmo o inimigo de Deus e do homem tinha amigos e companheiros em sua desolação, já eu estou sozinho.

"Você, que chama Frankenstein de seu amigo, parece ter conhecimento de meus crimes e infortúnios. Ainda assim, nos detalhes que ele lhe deu sobre eles, não conseguiu resumir as horas e os meses de miséria que suportei, desperdiçando-os em iras impotentes. Pois enquanto eu destruía as suas esperanças, não satisfazia os meus próprios desejos. Eles sempre foram ardentes e insaciáveis; apesar disso, eu desejava amor e companheirismo, e ainda assim era rejeitado. Não houve injustiça nisso? Devo ser considerado o único criminoso, quando toda a humanidade pecou contra mim? Por que não odeia Félix, que expulsou de sua porta um amigo, com desprezo? Por que não execra o camponês que tentou destruir o salvador de sua filha? Não, esses são seres virtuosos e imaculados! Eu, miserável e abandonado, sou um aborto, que deve ser desprezado, chutado e pisoteado. Até hoje meu sangue ferve ao me lembrar dessa injustiça.

"Mas é verdade que sou um desgraçado. Assassinei os amáveis e os desamparados, estrangulei os inocentes enquanto dormiam e agarrei até a morte a garganta de quem nunca feriu a mim ou a qualquer outro ser vivo. Entreguei o meu criador, espécime seleto de tudo o que é digno de amor e admiração entre os homens, à miséria. Eu o persegui até essa ruína irremediável. Lá ele jaz, branco e frio na morte. Você me odeia, mas a sua aversão não se iguala àquela que tenho para comigo. Olho para as mãos que executaram o ato, penso no coração em que a sua imaginação foi concebida e anseio pelo momento em que verei mais uma vez essas mãos, quando essa lembrança não mais assombrará os meus pensamentos.

"Não tema que eu seja o instrumento de futuras maldades. Meu trabalho está quase concluído. Não é necessária a sua morte nem a de qualquer outro homem para consumar a saga de meu ser e fazer aquilo que deve ser feito, mas é necessária a minha própria morte. Não pense que demorarei a realizar esse sacrifício. Deixarei o seu navio na jangada de gelo que me trouxe até aqui e procurarei a extremidade mais setentrional do globo. Construirei a minha pira fúnebre e reduzirei a cinzas este corpo miserável, para que os seus restos não sirvam de inspiração a nenhum infeliz curioso e profano que queira criar outro ser como eu fui. Eu morrerei. Não sentirei mais as agonias que agora me consomem, nem serei vítima de sentimentos insatisfeitos, mas não apagados. Aquele que me criou está morto, e quando eu não existir mais, a própria lembrança de nós dois desaparecerá rapidamente. Não verei mais o sol ou as estrelas, nem sentirei os ventos brincarem em minhas bochechas. A luz, os sentimentos e os sentidos desaparecerão, e nessa condição devo encontrar a minha felicidade. Há alguns anos, quando as imagens que este mundo oferece se mostraram para mim pela primeira vez, quando senti o alegre calor do verão e ouvi o farfalhar das folhas e o gorjeio dos pássaros, e isso era tudo para mim, eu teria chorado ao pensar na morte, entretanto agora ela é o meu único consolo. Poluído por crimes e dilacerado pelo mais amargo remorso, onde mais posso encontrar descanso, senão na morte?

"Adeus! Eu o deixo, e, em você, o último da espécie humana que estes olhos jamais contemplarão. Adeus, Frankenstein! Se ainda estivesse vivo e acalentasse um desejo de vingança contra mim, ele seria melhor saciado em minha vida do que em minha destruição. Mas não foi assim. Você buscou a minha extinção para que eu não causasse mais desgraça, e se ainda assim, de alguma forma que desconheço, não tivesse deixado de pensar e sentir, não desejaria contra mim uma vingança maior do que a que eu sinto. Por mais destruído que estivesse, a minha agonia ainda era superior à sua, pois o ferrão amargo do remorso não deixará de atormentar as minhas feridas até que a morte as feche para sempre.

"Mas logo", exclamou ele, com um triste e solene entusiasmo, "morrerei, e o que sinto agora não será mais sentido. Logo essas misérias ardentes serão extintas. Subirei triunfante em meu monte fúnebre e exultarei na agonia das chamas torturantes. A luz dessa conflagração se apagará, as minhas cinzas serão levadas ao mar pelos ventos, meu espírito descansará em paz, ou, se pensar, certamente ele não pensará assim. Adeus."

Ao dizer estas palavras, ele saltou da janela da cabine para a jangada de gelo que estava próxima à embarcação, e logo foi levado pelas ondas, perdendo-se na escuridão e na distância.

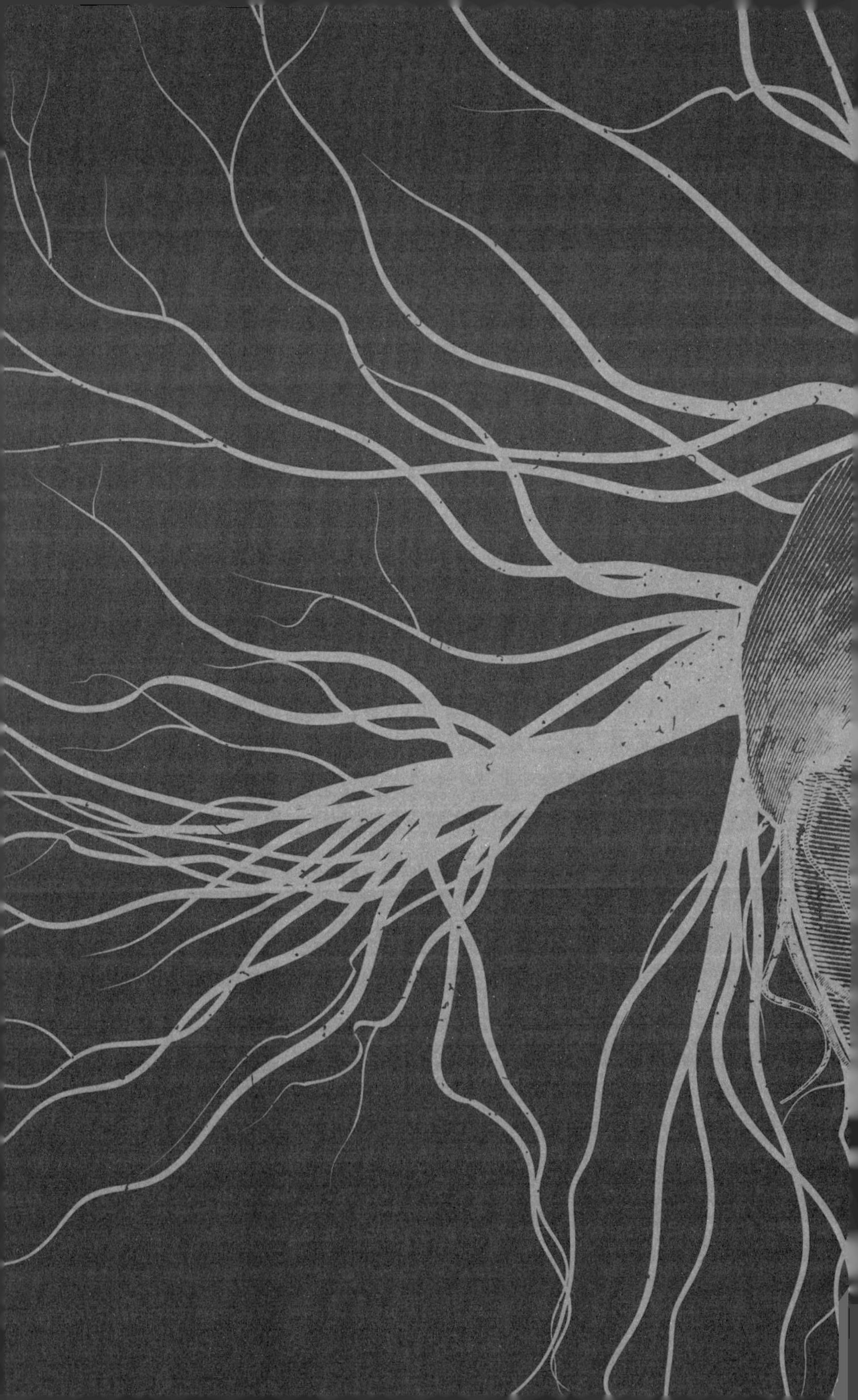

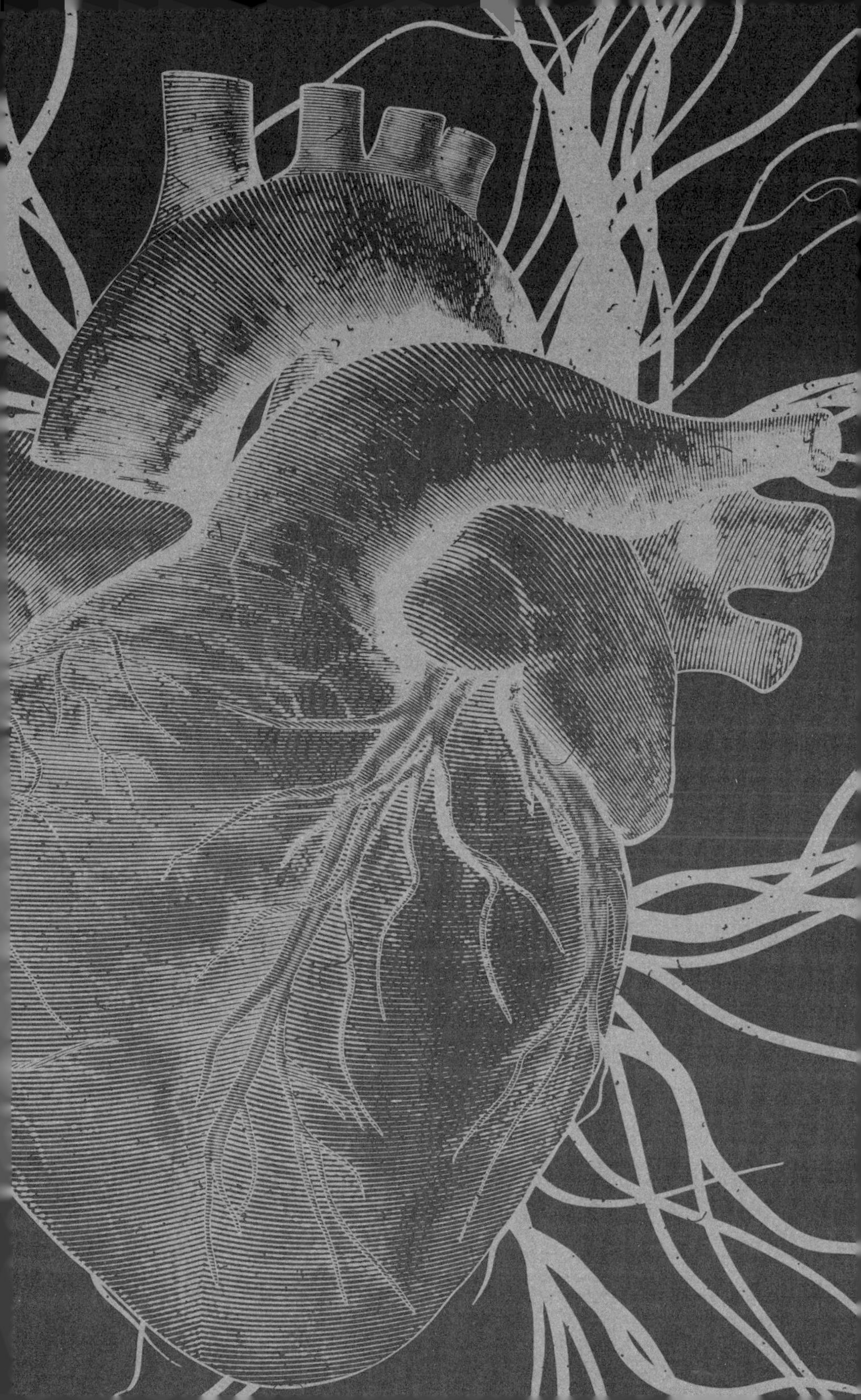

SOBRE A AUTORA

Mary Wollstonecraft Shelley nasceu em Londres, em 30 de agosto de 1797, em um ambiente intelectual raro para qualquer época. Filha de Mary Wollstonecraft, filósofa e escritora pioneira na defesa dos direitos das mulheres, e de William Godwin, escritor, jornalista e pensador político de influência anarquista, Shelley cresceu cercada por debates sobre razão, liberdade e moralidade. Dez dias após seu nascimento, sua mãe morreu em decorrência de complicações no parto, e essa perda precoce marcaria profundamente a autora, que mais tarde exploraria, em sua obra, temas como a orfandade, o abandono e a criação da vida.

Mary teve acesso à vasta biblioteca do pai e conviveu com figuras centrais do pensamento e da literatura inglesa. Ainda adolescente, demonstrava vocação para a escrita, compondo contos e ensaios em um estilo já repleto de reflexão filosófica e sensibilidade moral. O pai, entretanto, não via com bons olhos o envolvimento amoroso da jovem com o poeta Percy Bysshe Shelley, um dos nomes mais expressivos do romantismo inglês, casado na época. O relacionamento escandalizou a família e levou o casal a fugir para o continente europeu em 1814, iniciando uma vida de intensas viagens e criação literária.

Durante uma estadia às margens do Lago de Genebra, em 1816 — ano conhecido como "o ano sem verão", devido à erupção do vulcão Tambora que cobriu a Europa de nuvens frias e escuras —, Mary, Percy, Lord Byron e John Polidori reuniam-se nas longas noites chuvosas para ler e discutir histórias de terror. Byron sugeriu que cada um escrevesse seu próprio conto sobrenatural. Dessa provocação nasceria *Frankenstein: ou o Prometeu moderno*, publicado em 1818, quando Mary tinha apenas 20 anos.

O romance reflete as inquietações intelectuais de sua época. A obra dialoga com os avanços científicos do século XIX, como as experiências com eletricidade e galvanismo, que buscavam reanimar tecidos mortos, e com as discussões filosóficas sobre os limites do conhecimento humano. *Frankenstein* transcendeu o gótico e inaugurou um novo tipo de narrativa, tornando-se referência fundadora da ficção científica moderna. O livro combina reflexão moral, especulação científica e crítica social, explorando a solidão, a responsabilidade do criador e as consequências éticas do poder da ciência.

Alguns estudiosos sugerem que a autora tenha conhecido, por meio de leituras ou relatos, figuras como Konrad Dippel, alquimista e teólogo que viveu no *Castelo Frankenstein*, famoso por ter inventado, por acaso, o ácido cianídrico. Ele tinha duas ideias fixas: fabricar ouro a partir de metais inferiores e dar vida a defuntos. Dippel foi expulso de Estrasburgo, acusado de exumar corpos "para bizarras experiências anatômicas". Tais hipóteses permanecem como conjecturas, mas ajudam a compreender o contexto cultural em que Mary formulou sua história.

Esse castelo, situado próximo à cidade de Darmstadt, na Alemanha, é envolto em uma aura de mistério que há séculos alimenta o imaginário popular. Construído na Idade Média, o local serviu de moradia para diversas famílias nobres, mas ganhou fama sobretudo por estar associado ao nome de Konrad, que acreditava ser possível prolongar a vida humana e até reanimar cadáveres, utilizando substâncias como o Óleo de Dippel, o qual ele próprio criara. Boatos de que exumava corpos para suas experiências contribuíram para cercar o local de lendas sombrias. Quando Mary Shelley viajou pelo vale do Reno com Percy Shelley, em 1814, é provável que tenha ouvido histórias sobre o castelo e seu excêntrico morador, o que levou alguns estudiosos a sugerirem que o nome e parte da atmosfera de seu romance tenham se inspirado nessas narrativas.

O nome Frankenstein tem origem alemã e significa literalmente "pedra dos francos". Ele já existia muito antes da publicação do livro, sendo nome de famílias nobres e localidades, inclusive do próprio castelo, localizado na região de Hesse, perto de Darmstadt. O termo aparece em registros medievais como designação geográfica, provavelmente indicando uma fortificação construída sobre terreno rochoso pertencente a um clã franco.

Quando *Frankenstein* foi lançado, em 1818, muitos críticos odiaram a obra. "Que tecido de absurdo horrível e repugnante este trabalho apresenta", escreveu John Croker, da revista *Quarterly Review*. Mas romances góticos eram moda na época, e a moda não liga para a crítica; logo, *Frankenstein* ganhou leitores apaixonados. Em 1823, uma peça intitulada *Presumption; or The Fate of Frankenstein* consagrou a popularidade da história.

Apesar de ter sido publicada anonimamente, a primeira edição de *Frankenstein* causou grande impacto. Muitos críticos a consideraram uma obra repulsiva e moralmente perigosa, mas o público logo foi arrebatado pela força de sua narrativa. Com o tempo, o nome de Mary Shelley passou a ser reconhecido e, em 1831, uma nova edição do romance foi lançada, agora assinada pela autora, que revisou o texto e acrescentou um prefácio explicando a origem da obra. Essa versão consolidou *Frankenstein* como um marco da literatura ocidental.

A vida de Mary Shelley, no entanto, foi marcada por tragédias pessoais. Dos quatro filhos que teve com Percy Shelley, apenas Percy Florence sobreviveu à infância. Ela registrou em seu diário o sonho angustiante de trazer uma filha morta de volta à vida, esfregando-lhe o corpo até que se aquecesse. Pouco depois, sua meia-irmã Fanny Imlay e a primeira esposa de Percy suicidaram-se, aumentando o fardo emocional da jovem escritora. Em 1822, Percy morreu afogado em um naufrágio na costa italiana, deixando Mary viúva aos 24 anos.

Mesmo diante de todas essas perdas, Mary manteve uma carreira literária ativa e diversificada. Escreveu romances como *Valperga* (1823), *The last man* (1826), *The fortunes of Perkin Warbeck* (1830) e *Lodore* (1835), além de biografias, relatos de viagem e contos. Também se dedicou à preservação da memória e da obra do marido, editando e publicando seus escritos.

Shelley foi, portanto, uma intelectual que refletiu sobre os limites da ciência, da moral e da condição humana. *Frankenstein* tem como característica uma consciência filosófica aguda, marcada pelo racionalismo herdado de seus pais e pela sensibilidade romântica de seu círculo intelectual. O romance questiona as ambições da razão moderna e o poder criativo do homem frente à natureza e à moralidade, questão que permanece atual na era da inteligência artificial.

Ao contrário da imagem popularizada pelo cinema, a criatura concebida por Mary Shelley não é um ser monstruoso e irracional. No livro, demonstra linguagem, sensibilidade e desejo de pertencimento. Lê *Paraíso perdido*, de John Milton, *Vidas paralelas*, de Plutarco, e *Os sofrimentos do jovem Werther*, de Goethe, e aprende a refletir sobre a justiça, o amor e o sofrimento. Sua aparência repulsiva contrasta com sua alma consciente e ferida, um simbolismo para o descompasso entre a criação e a responsabilidade ética do criador, Victor Frankenstein.

Nos últimos anos de vida, Mary sofreu de intensas dores de cabeça e episódios de paralisia, provavelmente decorrentes de um tumor cerebral. Ainda assim, continuou escrevendo e revisando textos até que sua saúde permitisse. Morreu em 1º de fevereiro de 1851, aos 53 anos, em Londres. Foi enterrada ao lado dos pais, no cemitério de St. Peter, em Bournemouth, e, segundo relatos, manteve até o fim da vida o coração de Percy Shelley envolto em um de seus poemas, guardado em sua escrivaninha, um símbolo da devoção que uniu o amor e a dor em sua trajetória.

Em 1910, Thomas Edison fez um filme de 15 minutos de *Frankenstein*, considerado um dos primeiros filmes de terror da história. Muitos achavam que estivesse perdido, até que foi encontrado nos anos 50. Ao longo do século XIX e do XX, a imagem da criatura se transformou. As versões cinematográficas de 1931 e 1935, protagonizadas por Boris Karloff, fixaram a figura do ser de pele esverdeada, parafusos no pescoço e olhar vazio, muito distante da descrição original de Shelley, que o retratava como uma figura de dois metros e meio, de pele amarelada, cabelos negros e dentes brancos como marfim. Em 1994, Robert De Niro reinterpretou o personagem com uma fidelidade maior ao texto.

O filme *Frankenstein*, lançado em 2025 e dirigido por Guillermo del Toro, foi uma das adaptações mais aguardadas do clássico de Mary Shelley. À frente do elenco estão Oscar Isaac, no papel do atormentado cientista Victor Frankenstein, Jacob Elordi como a criatura e Mia Goth como Elizabeth Lavenza. Del Toro, conhecido por transformar o horror em poesia visual, traz a atmosfera sombria e gótica do romance acrescida de sua sensibilidade única, com delicadeza e inquietação. O diretor declarou que buscou honrar o espírito de Shelley, e não o mito do monstro, recriando o universo do romance com o rigor histórico merecido.

FRANKENSTEIN

vitrola®
Editora

vitrolaeditora

VITROLA EDITORA E DISTRIBUIDORA LTDA.

Rua das Camélias, 321 — Aparecida — CEP: 98400-000
Frederico Westphalen — RS
Tel.: (55) 3744-6878
editora@vitrola.com.br
www.vitrola.com.br